芥末爱情

JIE ♥ MO
AIQING

张剑彬

ZHANG JIAN BIN
WORKS

著

内蒙古出版集团
内蒙古文化出版社

图书在版编目（CIP）数据

芥末爱情 / 张剑彬著 . —呼伦贝尔 : 内蒙古文化出版社，2015.6

ISBN 978-7-5521-0887-3

Ⅰ . ①芥… Ⅱ . ①张… Ⅲ . ①长篇小说－中国－当代 Ⅳ . ① I247.5

中国版本图书馆 CIP 数据核字（2015）第 131692 号

芥末爱情

张剑彬　著

内蒙古出版集团

出版发行	内蒙古文化出版社
	（呼伦贝尔市海拉尔区河东新春街 4 付 3 号）
印刷装订	北京富达印务有限公司
责任编辑	丁永才　包文明
开　　本	710 毫米 ×1000 毫米　1/16
印　　张	17　字　数　240 千
版　　次	2015 年 9 月第 1 版
印　　次	2015 年 9 月第 1 次印刷
书　　号	ISBN 978-7-5521-0887-3
定　　价	32.00 元

版权所有　翻印必究

楔　子

　　如果我说，这一切都是真的，你肯定会用怀疑的目光看着我；如果你说，这一切都是假的，那么，你肯定会引起一些人的愤怒。

一

我记得很清楚,那一天是6月18日,这是个多么吉利的数字。人们做事情总是喜欢选择良辰吉日。不知道左小伟是不是特地选择了这一天。

那时候人人都在忙着搞毕业论文设计、联系工作,谁也顾不上去瞧别人一眼。左小伟却在这个时候悄悄出现在城市的另一端,那个离他们家不远处的地铁出口。谁也想象不出他当时的样子,但肯定不是雄纠纠气昂昂的,也肯定不是"风萧萧兮易水寒,壮士一去兮不复返",肯定有点恍惚,有点神不守舍。他的怀里抱着一只他常用的绛红色小登山包,包里有一只装蝈蝈的小笼子,那只可怕的蝙蝠就在里面静静地蜷缩着,老鼠一样的小眼睛不时凶光迸射。

不用说,他对于母亲和水忆寒的活动规律是了如指掌的,所以才会选择在五点半的时候进入家门。那个时候,舒梅——也就是他的妈妈,还没有下班回家。潜伏的地点也是预先选好的,就在他母亲卧房隔壁的入衣柜内。

这听上去有点匪夷所思,一个儿子潜身母亲幽会的场所,可这的的确确发生了。

一切如他所料,半个小时后,母亲舒梅进入了家门;再过一刻钟后,水忆寒——那个左小伟从小一直喊他水叔的男人,也悄无声息地潜入了他们家。而这个时候,父亲左大成驾着他的东风大货车,已经到了二百公里之外了。

一切也如他所愿。当舒梅与水忆寒相拥着进入卧室以后,那只致命的蝙蝠,被他悄悄地塞入了水忆寒习惯性丢在客厅的包中。同时被巧妙地藏进去的,还有一只花高价从网上邮购来的高性能窃听器。

五分钟后,左小伟顺利出了新村,进了地铁入口,从容地步入一列即将离站的地铁。他的耳中塞着耳机,谁都认为他是在听MP3,车厢里起码有五个人耳朵里塞着这玩意儿。他怎么会跟他们一样呢?他耳朵里塞着

的，是那只高档窃听器的耳机。

他的耳朵里模模糊糊地响着那些声音，那些在他很小的时候曾经听到过的声音。但是他似乎什么都听不见。如果说那些声音是冰雹的话，那么这些冰雹所落在的地方，是厚厚的冰层，这些又厚又冷的冰，从他童年时就开始在他心底凝结。不时划过的灯光把他的面孔映得阴晴不定，他的脸上看起来也仿佛结了一层灰白色的冰。

突然，耳机里传来一声突如其来的"哧——"的巨响，把这层"冰"陡然划破，是那只包的拉链被拉开了。左小伟的嘴巴不由得也跟着张大，在那一瞬间，连呼吸都停止了。那个男人熟悉的声音清晰地传入他的耳中，满是恋人间才有的亲昵与温存：

"我给你办了一张健身卡，贵宾级的呢。我要一辈子看着你的身材还是那么……"温存的声音突然变成了惊呼，"呀——什么咬人……飞了，好快！像只鸟。呀，流血了……"

左小伟忽然感到一阵虚脱，两腿一软，朝下瘫去。但他未等身子着地，又迅速站起。慌乱地看看四周，在身旁的一张椅子上坐下来。

二

左小伟的宿舍在学院的最西头。因为临近毕业，其他两个室友去参加外地的招聘会了，这里就成了他一个人的天下。

走进宿舍，左小伟不由得冒出一个念头，要是这间屋子也是一列地铁，一列悄悄向前永不停止的地铁，多好啊。他关好门，跟往常进入宿舍所做的第一件事一样，习惯性地坐到电脑前，打开电源，联结上网，点击登录"伤心小筑"。

一股酸楚从心底涌上来，他紧紧地闭上眼睛。天亮以后，这所不管多忙，他天天都要光顾打理的"小筑"，这所他与她悉心打造了近四年的"伤心小筑"，这间他住了差不多整四年的屋子，这里的一切，都将离他远去。明天，他将背上行囊，去一个闭塞的无名边陲小山村，去当一名默默无闻的山村教师。

那里没有人认识他。

那里没有人鄙视他。

那里将是一个令他心灵感到安宁的地方。

即使闭着眼睛,他也能看见"小筑"首页上,她那小溪般清丽的姿影,还有他前天录上去的、告知广大网友的一首小诗:

假如
我从你们视线中消失
请不要悲伤
那是我化作落叶一片
随风去了远方

日子
还会照常向前流淌
你们想哭就哭
该唱就唱
我会永记这个小筑
记住我们一起承载的
无数忧伤
和那些无数个
一起相伴的夜晚
如果偶尔想起我
就在春天看看小树
那些年年爆出的新芽
是我年年请求
对我不辞而别的见谅
我将在无名的异乡
默默为你们祈安
……

他一条条翻看着网友们的留言。他要去的那个小山村不通电,更别说别的通信设施,以后可能再也看不到这些了。几年间,这上面的留言差不多已经累积到二十多万条了,亲爱的朋友!

他甩一甩脑袋,觉得不能再看下去了,再看下去,只怕泪水要出来了。手指轻点,打开了另一个页面。

不知不觉间,长夜悄然滑过,霞光偷偷溜进小屋,爬上收拾好的行囊,爬上桌子,爬上左小伟的身子。此刻他已经疲惫地趴在桌上睡着了,阳光把他的面颊染成一片淡红。他的耳朵里还塞着那只耳机。面前的电脑仍然开着,屏幕上已经被他换成了另一种内容,显示着一只大大的蝙蝠图案,跟昨天晚上放入水忆寒包中的那只一模一样。下面有几行这样的文字:

……产于南美,暗灰色,体小,性凶暴,带有浓烈的狂犬病毒……

过了一阵,屏幕无声地转入保护状态:一只美丽的小鸟快活地扑扇着翅膀,好似欲飞出来。就在此时,外面传来砰砰的敲门声。但沉睡着的左小伟根本没有听到。敲门的力度加大了,伴随着一个浊重的喊叫:

"左小伟!左小伟!"

左小伟终于给惊醒,迷糊了一阵,才意识到是外面有人在喊,不假思索地起身拉开门。只见门口立着三个人,其中一人是他的班主任,另两人看起来挺有来头。左小伟一时绕不过弯来。

"李老师……"

李老师眼中带着明显的忧虑:"左小伟,这两位是派出所的赵警官和陈警官,来找你了解点情况。"

左小伟脑袋嗡地响了一下,睡意全消:"我,我怎么了……"

赵警官拍拍他的肩:"别紧张,小左,只是问你点事情。最近干了些什么吗?"

"……"左小伟脸刷地白了,嘴唇抖了半天,什么也没说出来。身后屏幕上的那只小鸟换了个姿势,飞得更轻快、更活泼了。

赵警官嘴角露出一丝笑意,可眼神里的压力一点也没减轻:"来,先坐下。瞧，都出汗了。我给你倒杯水啊？哎哟，这瓶里是空的呀？看来你最近挺忙，连开水都没功夫打。不过，你一看就是个老实人，不会跟我们绕弯子，对不对？"

李老师沉痛地插话道："唉，左小伟，有什么就说什么吧！早点说出来，反而好。你跟美院广告系的那个女孩子究竟是怎么回事？"

左小伟丈二和尚摸不着头脑，同时心底却松了口气，看来与蝙蝠无关。只要不扯上那个，什么都好说。这么一来，他脸上也有了血色，嘴皮子利索多了。

"美院广告系……水芷烟？"

赵警官脸上笑开了花："我就说你是个老实人么，怎么样？我就喜欢你这种人。说吧说吧，接着说。"

左小伟莫明其妙："要我说什么？水芷烟她怎么了？"

赵警官的笑容倏地消失了："你看你，刚才还表扬你呢，不经表扬不是？"他跟拍惊堂木似的，顺手抓着旁边的鼠标拍了一下，屏幕上立刻又跳出那只蝙蝠画面。

左小伟的脸色刷又变了，脑子即刻成了一锅熬糊的粥。蝙蝠……蝙蝠……蝙蝠怎么出来了？我记得很清楚，把它从生物系拿出来的时候，根本没有人看见呀。水忆寒被咬的时候，也没看清它是什么，还以为是一只鸟呢。况且，就算水忆寒真的染上了那种病，也不可能这么快就查出来，应该有一个潜伏期。别慌，别那么熊包……这么一想，一脑子沸腾的稀粥又渐渐冷却下来。

左小伟的神情变化逃不过警官的眼睛。他不动声色地注视着，等待着。倒是李老师比谁都紧张，脑袋动得跟拨浪鼓似的，一会儿转向这个，一会儿又转向那个。左小伟看看赵警官又看看李老师："我真的不知道。到底是怎么回事？"

赵警官脸沉下来："真不知道？还是想跟我们绕弯子？"

左小伟脸涨得通红，叫起来："我说，你们这算怎么回事儿？你们这是侵犯人权，我要告你们！"

李老师痛心地喝道："左小伟！"

赵警官皱起眉头："你嚷嚷什么？谁侵犯你了？这不为了不对你造成

影响,没喊你到所里去吗?我今天来,连警服都没穿。我告诉你,那个女孩子割了手腕啦!"

左小伟大吃一惊,猛地站起身:"啊?!她死了吗?她人哪?"

李老师赶紧拍拍他的肩,让他重新坐下:"别怕,别怕,她没有大碍,没有大碍。"

赵警官把一张被鲜血浸透的纸拍在左小伟面前,上面写满"左小伟":"看看,这是什么?"忍不住发起了牢骚,"这种事,本来不归我们管,但既然有人报了案,我们就不能袖手旁观,好像怕我们闲出病来似的。"

左小伟的心骤然缩紧了,脸又变得煞白:"怎么会……这样?"

赵警官冷冷地说:"怎么会这样,这要问你哪。你是怎么欺负人家的?"

左小伟心思还在那片血字上面:"我……怎么欺负她的?"

赵警官又皱起眉头:"咦,你问谁呢?问你呢!你们最近一次见面是什么时候?"

左小伟眼睛盯在血字上,喃喃地道:"最近……没有。我跟她已经淡下来好几年了,那要从……高二的下半学期算起。上大学以后基本上没见过面。"

一直阴着脸不做声的陈警官开口道:"断了?"

"也不是,也算是……天天见面。"

几个人都听得云里雾里。两位警官禁不住对视一眼,想,这小子该不是脑壳进水了吧?左小伟见他们不明白,起身抓起鼠标点了一下,那个打开的蝙蝠页面不见了,制作精美的"伤心小筑"页面呈现在人们面前,片刻几个人才明白过来。

赵警官说:"点击率还挺高啊。这是你的个人网站?"

"这是我跟她合办的。算不上独立网站,这其实是一种博客。"

"你们合办的?不见面地合作?"

"对。一开始是我制作了这么一个网页。后来,她从别的同学那里听说了这件事,就上来了。她一下子就猜到我的用户名和密码,她知道我最喜欢用什么。她一上来就把网页改了很多。"

"你知道是她干的吗?"

"她把她的照片也发上去了。她留下话说,明人不做暗事。"

"你喜欢吗?"

"喜……欢。"

陈警官插话说:"你们就是通过这种方式见面?"

左小伟点了一下头。

"天天?"

左小伟又点了一下头。

"为什么要以这种方式呢?"

左小伟低下头,一言不发。

赵警官想,这叫什么事儿呀?网恋?那也不对呀。听说他们从小是一块儿长大的,正宗的青梅竹马。现实生活中谈着不新鲜了,又改网上谈了?那也不对头。真看不懂这些年轻人,还要死要活的。

李老师却暗想,什么样的女孩呀?三头六臂似的,看照片不是挺文静的么?

三

谈话没有什么结果。当李老师建议左小伟去看看水芷烟的时候,左小伟想都没想就答应了。其实就算别人硬挡着,他想尽办法也还是要去的。虽然这么多年一直躲着她,但谁也无法取代她在他心中的地位。

水芷烟就住在美术学院附近的第三人民医院。

左小伟在李老师的陪同下,刚拐上通往病房的走廊,不禁愣住了。只见走廊两旁站着几十名水芷烟的同班同学,见到左小伟到来,目光齐刷刷地射到他身上。左小伟怔了怔,在这特殊的夹道中,默默向前走去。越走,越窘迫,步履越沉重,脚下简直不听使唤了。快要走到队伍尽头时,一个浑身上下胖乎乎圆乎乎的女孩口中吐出个字,声音不高却不容置疑。

"站住!"

左小伟像得到军令似的,刷地收住脚,声音比蚊子还低:

"高山山……"

高山山的眼睛狠狠地剜住他："我想对你说一句话。"凑近他的耳边，"你他妈还算人吗？"

好不容易挨进病房。里面除了水芷烟的老师、同学以外，还有几名美院的领导。大家见到左小伟，仿佛见到一个怪物，都往旁边让了让。左小伟更为窘迫，钉在了原地。

一名护士在给刚刚输完液的水芷烟拔针头。水芷烟仰面躺着，双目紧闭，脸色苍白，一副视死如归的样子。尽管如此，仍能一眼看出这是名极活泼的女孩子，只要稍微有点精神，她就会跟一条刚钓上岸的鲫鱼一样活蹦乱跳。然而，这样的女孩却割腕自杀了。左小伟仿佛觉得那一刀是割在他的心上。他们已经几年没有说过话了，重新面对面，却是在这样的场合，这样的情景。

一位领导俯身说："水芷烟同学，医生说，你已经没事了，只是流了点血。"

水芷烟的班主任却是一肚子气："水芷烟，我说句话，不管你爱听不爱听。你们的事儿，我不想多管。但是，你们现在基本上算是毕业了，就差举行个毕业典礼了，还做出这样的事，把那么多领导、老师、同学都弄得寝食不安。你这样做对得起辛辛苦苦培养你四年的母校、老师吗？你们都成人了，道理都懂……"

领导用眼色制止住班主任。几个人一起退出门外，转眼间病房里只留下水芷烟、左小伟、高山山。水芷烟突然咳嗽起来。

高山山横了左小伟一眼："还愣着干什么？还不快去给她拍拍？"

水芷烟睁开眼睛瞅了左小伟一眼，左小伟只觉得仿佛是月牙上开了一朵灿烂的桃花，心都跟着颤了一下，赶紧伸手去拍。

水芷烟咳得脸都红了，对左小伟连连摇手："谢谢，谢谢。左小伟先生，你快去洗下手。"

左小伟看看自己的手，说："我，我手不脏……"

水芷烟急躁地说："快去呀。"

高山山对外面努努嘴："水龙头外边就有。"

左小伟看着自己很干净的手，不敢不从。走出病房，不一会儿甩着手进来。

水芷烟面无表情地盯着他:"有没有好好洗洗?左小伟先生,我这儿的东西你不能碰。你多干净、多清高、多纯洁,我们都是下里巴人,哪儿配得上你呀!"

高山山柔声道:"怎么啦芷烟?生气生完就得了,干吗还老放在心上?两个人哪有不闹别扭的?我跟我那位还打架呢。你看,"捋出手臂,露出一块青斑,"这是他拿文具盒砸的。我也不含糊,我在他屁股上啃了一口,差点啃掉他一块肉,叫他几个星期不敢沾凳子。可完事儿了你猜怎么着?他硬是把从伙食费里抠出来的MP3给了我,还给我给买了一套'丹尼丝'……"

水芷烟幽幽地说:"我哪儿能跟你比?我是个孤独的笨小孩,卖火柴的小女孩,夹在天鹅群里的丑小鸭,刁钻古怪,让人讨厌,又没有章子怡的脸蛋、李宇春的身材。我这种人,活在世上是多余的,死不足惜。你让大家都回学校吧,别为我操心了。"

高山山搂住水芷烟的肩:"胡说什么呀你?咱班上谁有你长得漂亮?谁不羡慕你?好了,我不跟你罗嗦了。照顾你的人来了。哎,左小伟先生,我可把人交给你了。看见外面那几十道愤怒的目光了吗?要是水芷烟再有个三长两短,那些目光一使劲儿,能把你勒死!"

左小伟张口结舌,什么也说不出来。高山山得意地笑了笑,走了出去,把门带上。

门一关,屋内彻底静了下来,空气仿佛都变得粘实了,吸进去那么困难,左小伟都能听见它们呼噜呼噜的声音。他不知道水芷烟什么表情,因为他不敢看她。说不定她现在瞅都不愿意瞅他一眼,也说不定她对着他怒目圆瞪,火山就要喷发了。不知熬了多久,水芷烟终于开口说话,还好,很正常。当然,这种正常是指在左小伟这些熟悉她的人听来的正常,如果是个不熟悉她的人,就肯定会坐立不安了。

水芷烟说:"咦,你留在这儿干吗呀?谁让你来的呀?哦,明白了,准是他们怕我断绝求生的欲望,派你来安抚我这颗破碎的心。否则,谁能请得动您的大驾呀?我告诉你,我没事儿,我这里不需要你,我不敢耽搁您的宝贵时间,您请回吧。"

左小伟吸了一口气,尽量使自己的声音听来跟常人一样:"我,我怎么了我……你干吗没事儿想着自杀?"

水芷烟说:"谁想着自杀了……我高兴呗。我一高兴就上吊,就跳河,就撞车,就吃药。我就喜欢干这个。哦,允许有人喜欢打牌、踢球、游泳、下棋,就不允许我爱干这些?这就是我的爱好!"

左小伟又吸了一口气:"他们,他们都以为是我害了你,你看你纸上写的那些字儿。"

水芷烟声音提高了点:"谁写字儿了……写了又怎么了?你的名字就不能写呀?美国总统的名字还天天有人写呢,我又没写是你杀了我!"

左小伟:"……"

见左小伟无言以对,水芷烟的声音又降回原来的那个八度,嘴角的一丝笑意一闪即逝:"大家肯定都在骂你是忘恩负义的陈世美吧?你放心,明天我就回去跟他们说,你不是无情无义的陈世美,你是情深似海的梁山伯。这事儿你没有一点点儿责任,一点点儿都不能怪你,是我欺骗了你,你是普天下最有情有义的男子汉,够得上破吉尼斯世界之最了……您现在多忙啊,听说您要去远方开拓伟大的事业,您快请回吧,别耽搁了您的远大前程。你又没负我什么,我怎么能连累你!"

左小伟想要回话,张了张嘴,却像被施了定身术一样定在那里。因为他透过门上的玻璃,看见高山山领着水芷烟的父亲水忆寒、母亲柯敏,还有左小伟的父亲左大成、母亲舒梅,正推门而入。高山山喜滋滋地说:

"芷烟,你看谁来了?"

柯敏一见宝贝女儿,眼泪就下来了,喊了一声:"芷烟……"因为过于激动,不由得一阵眩晕,身子晃了晃,朝地上倒去。

紧跟在后面的水忆寒手疾眼快,一把扶住妻子:"柯敏,你怎么啦?"水芷烟大惊失色,大叫一声:"妈!"跳下床去。

舒梅急道:"柯敏!快,抱她上床!芷烟,你别乱动,快躺床上去!"

左小伟慌手慌脚地也想过去帮忙,父亲左大成却打横里蹿了过来。没等左小伟反应过来,已结结实实挨了左大成一记耳光。

左大成吼道:"混账东西,你就是这样对待芷烟的?你还算个人吗?你还有点良心吗?"接着又一推,左小伟站立不稳,一头撞在床头柜上,柜子翻了，左小伟脑袋也破了，鲜血淌下来。

水忆寒喝道："大成，你疯了？"

他欲拉住左大成，但被左大成推开，腋下夹着的包也被甩到一边。左大成怒气不消：

"我打死你个畜生！"

水芷烟却意想不到地跳过来，动作出奇地快，一把抱住左小伟，小母狼似的尖声叫着：

"不许打他！不许打他！左伯伯，你怎么啦？干吗打他呀？要打就打我吧！要打就打我吧！不能怪他，他又没打我，又没骂我，是我自己不好！"

这一连串的尖叫倒是叫醒了柯敏："芷烟，你到底怎么啦？啊，小伟又怎么啦？"

左小伟起先给揍得懵里懵懂，这会子又在水芷烟怀里不敢动弹，只觉额上一股液体蚯蚓一样朝下爬着。水忆寒急得架起左小伟："急救室在哪儿？急救室在哪儿？"架着左小伟就往外跑。

高山山紧跟在后面："这边这边！"

左小伟赌气地挣扎着："我没事儿，水叔，你放我下来，我没事儿……"突然，他看到水忆寒手指上的蝙蝠噬伤，一下子噤了声，任由水忆寒把他背上肩。

左大成此时才觉失手，诚惶诚恐地在旁边扶着左小伟。舒梅没好气地把他拱到一边，自己在旁边扶着。闹哄哄的声音吸引住过道上不少病人跟家属，众人窃窃私语。一个病人说：

"听说这男的逼得女朋友自杀，公公心疼儿媳，上来就把儿子开了瓢。丈人又舍不得女婿，正背着他去包扎呢。瞧这一家子。"

这个时候，病房里面只剩下柯敏、水芷烟母女二人。柯敏泪流满面：

"芷烟，你怎么会想到走这条路？都怪妈妈没用……"

水芷烟搂住妈妈的脖子："妈，妈，您别哭，别难过。"

柯敏哭得更加厉害："妈妈怎么能不难过？万一你有个三长两短，妈怎么活得下去！"

水芷烟瞅瞅四下无人，压低声音："妈，我告诉你，我这自杀是假的。"

柯敏以为自己听错了:"你说什么?"

水芷烟嘴唇贴在妈妈耳朵上:"我这自杀是假的。"

柯敏猛地抓住女儿:"什么?假的?"

水芷烟急忙堵住柯敏的嘴:"轻点!现在事情闹大了,把派出所都惊动了,我们院领导也来了。万一给别人知道了真相,我可得落个处分了,弄不好连毕业证书都拿不到!"

柯敏目瞪口呆:"那你,究竟怎么回事?"

水芷烟得意之极:"我就是想吓唬吓唬左小伟,谁叫他不理人?我划刀片的时候,早已算好距离,只划破一点点血管。其实只流出了小半杯血,还有的都是用红墨水代替的。就他那木瓜脑袋,还想跟我玩儿?"

柯敏气不打一处来:"啊?!你这孩子!从小就鬼点子多,长大了还不改。小半杯血还少啊?血管多细啊?万一割断了,你还活得成吗?"

水芷烟胸有成竹地一扬脸:"我有数,我事先在一条鸡腿上练习划刀子,练了好长时间呢。"

柯敏无可奈何:"你跟小伟之间究竟怎么了?是不是他欺负你了?"

水芷烟鄙夷地哼了一声:"他敢!就他那三脚踹不出个闷屁的熊样儿,还敢欺负人?"

柯敏问:"你们两个人不太好了?"

水芷烟反问:"谁说的?"

柯敏困惑地说:"那你们两个人怎么疏远得多了,都那么几年了?"

水芷烟认真地问:"他看上别的女孩了吗?"

柯敏摇摇头:"这倒没听说。"

"我看上别人了吗?"

"没听你说过呀——咦,这话怎么你问我呀?你自个儿不懂?"

水芷烟白了老妈一眼:"这不就得了吗?这叫距离产生美。"

柯敏气道:"既然是这样,你吓唬他干什么?他那么老实,经得起吓吗?真搞不懂你们,现在的爱情是越来越复杂了。"

水芷烟拖长腔调:"复杂好啊。你看有的人,互相认识还不到三分钟,就上床了,简单是简单,能长得了吗?你是愿意我们简单呢还是愿意我们复杂?"

"你……"柯敏一时说不出话来。

不一会儿,门外响起左小伟的声音:"水叔,您放我下来,我能走。"

水忆寒背着刚包扎完的左小伟走了进来,后面紧跟着舒梅和蔫头蔫脑的左大成。水忆寒吁吁带喘:

"没事,我背得动。你小时候我不常这样背着你吗?那时候脖子上还得挂一个芷烟呢。"

舒梅指着近旁的一张空铺:"这边这边,就这边。"

水芷烟赶紧过来帮着铺被子:

"怎么样怎么样?要紧吗?缝了几针?伤口深不深?见没见骨头?"

舒梅忙去拦水芷烟:"没事儿没事儿,擦破点皮。芷烟,你赶紧躺着去,这儿有我们。"说完狠狠瞪了左大成一眼,"你该干什么干什么去,没轻没重的,什么时候才能学会办事儿?"

水忆寒的目光落到女儿身上:"芷烟,你怎么起来了?"

水芷烟心思依旧在左小伟身上:"我没事儿。"

水忆寒上下打量她:"真没事儿?"

水芷烟觉察到回答得不太好,连忙改口:"嗯——有点事儿。"

"能走?"

"有点能。"

"你到外面来一下。"

"啊?哦。"水芷烟觉得老子的话不大对头,警惕地跟着他出了病房门。水忆寒还随手把门轻轻带上。

水忆寒声音不高,但是疑虑不轻:"你跟小伟之间究竟发生了什么事?"

"没有啊。"

"前一段时间是不是小伟跟你不太好了?"

"谁说的?我们还合办了个小网站呢,天天精诚合作。关系不好能合作吗?"

"那你为什么要做这种事?"

"什么事?"

"割手腕呀!"

水芷烟一脸的天真:"为什么?不为什么。"

水忆寒很不满："那……为什么？你这孩子……"

水芷烟一本正经地说："说了你也不懂。你是男人，跟我们又差了那么多年纪，所以你不懂。知道不？女人比男人的自杀率要高得多，当代的女性更容易自杀，尤其是年轻女性，这是世界潮流。谁叫我是一个当代的年轻女性呢？还是一个学艺术的看见花儿凋谢就感伤得要掉泪的大学生。那一天我看了一本村上春树的《挪威的森林》，忽然感到说不尽的惆怅，人生苦短，生之茫茫，就不由自主地拿起了刀片……"

水忆寒真有点火了："神经病！你究竟是真自杀还是假自杀？"

水芷烟摸摸脑袋，身体晃了两晃："我头晕。"

水忆寒只好赶快扶住她："你赶紧躺着去。"

不等他扶着女儿入内，柯敏和舒梅就迎了出来，一边一个把水芷烟扶上床。柯敏没好气地冲着水忆寒嚷道：

"你干什么呀？孩子都这样了！"

一位护士托着盐水瓶进来，来到左小伟的床前。

水芷烟又翻身坐了起来："要不要输点血？"

"不用。输点消炎药，防止发炎。"

左小伟已从最初的懵懂中彻底回过神来，一肚子的窝囊与恼火。一骨碌下了床，把小护士吓得缩到一边。他瓮声瓮气地说：

"我不用挂水，死不了！我还有事，我先走了。"

水忆寒连忙拦他："小伟，你现在不能走！"

舒梅也过来拉他："小伟！"

左小伟脸拉得要渗水，推开二人："你们别拦我，谁拦我我跟谁急！"

水芷烟一看不对头，从床上嗖地蹦起来："左小伟，你怎么了你？你给我站住！"

但左小伟已甩门而去。等水忆寒和舒梅追出门，他已冲下了楼。把舒梅急得直跺脚："怎么这脾气？都是谁生的这？"

四

左小伟头缠纱布,跑一百米似的冲上大街,把两个正在巡逻的巡警吓了一跳,盯着他看了一阵,见没人追杀他,也没有"抓小偷、抓强盗"之类的呼喊,这才放下心来。

从医院到他们学院,三公里的路他只用了十来分钟。如果那次校运会也跑出这样的速度,肯定摘金夺银了。他上气不接下气,扶住大门摇摇晃晃。传达室的老头小心地盯着他。喘了片刻,左小伟往里走。老头喊住他。

"你是计算机系的左小伟吧?上次得一等奖的那个?这儿有你一封信,都来两天了。"

"哪儿……来的信?"

老头话不对题,自顾自地说着:"要是今天不看见你,这信能放到明年去。以后经过传达室多看看,你们这些孩子,每次走这儿,头都昂得跟要下蛋的鹅似的,谁都不理。"

只看了一眼,信封上的字迹就把左小伟的目光牢牢粘住了。上面写的是:本市理工学院计算机系02(2)班左小伟亲启。落款:本市美术学院盛寄。

这不是水芷烟寄来的吗?这是怎么回事?

左小伟立刻觉得脑袋不疼了,腿也不累了。信一展开,便飘来一股沁人的幽香。准确地说,是水芷烟的幽香,是她最喜欢的百合香,左小伟曾经多么熟悉,一瞬间,左小伟不禁有些晕眩。久违了!

小伟:你好。

　　昨天我到你们学院来找你,在你们院门口整整徘徊了两个小时,终于没有进来。也许这道大门就像你的心扉,我这一生中是再也不能迈进了。也许,我们这一生中就只能这样了。

我来找你，是想当面问你，你写在网上的那首诗是什么意思？你是真的想离开这个地方吗？你究竟想去哪里？为什么？你还会回来吗？还会关心"伤心小筑"吗？

我还想顺便告诉你，我想去新西兰留学。我觉得我不适合呆在这个地方。我在这里度过太长的冬季，它使我寒彻心脾，有谁能够给我一点点温暖？

但是，走之前我想解开心中的一个结，一个在我心中埋藏了整整六年的结。你还记得我们上高二时的那个夏夜吗？那个令人永生难忘的一夜……可是，我实在想不通，从那一夜以后，你为什么突然变得不愿意理我了？虽然我们近在咫尺，可是却让人感觉到你越来越远，越来越模糊。在此之前，你完全不是这样的。我脑海里总是浮现出小的时候，我们手牵着手，到处瞎逛的情景。有一次我假装脚扭了，以后两个人在一起，你都非得背着我……我不知道，这些是否也在你的心中留下了一点点回忆？我写出这些，也许你会耻笑我不自重，不要脸。但是，在我的心中，那些过去是无比美好、无比纯洁的，无论什么也无法与之相比。

你为什么突然离我远去了？扪心自问，我没做任何对不起你的事。即使你要离去，似乎也不应该在那个时候。在我的心中，从那一夜起，我们的生命就永远联结在了一起，今生今世，永远永远。也许我的这种保守，会被我们这个时代的大多数女孩子所耻笑，但我的想法是真实的，我不认为这有什么错。我就是这样，外表开放，内心却很保守。

可是你为什么会离去呢？这一切都是因为什么？我思前想后，只有一个原因，那就是我父亲和你母亲的特殊关系，长久以来对你的心灵造成了伤害。也许在你的心中，我们的这种感情基础是畸形的。的确，也正是由于我父亲跟你母亲的特殊关系，我们才得以从小相识、相处并相爱。

但是，他们的这种关系是早就存在了的。而且我认为，我们是我们，他们是他们。只要两个人是真心的，无论什么也影响不了我们。在别人的心目中，我们是天生的一对，青梅竹马，两小无猜。可是，谁能想到我们现在竟是这样。

不知道我猜测得对不对。只有你才能解开我心中的结，请你无论如何给我一个准确的答案。看在过去的情份上，别让我背着这沉重的心灵包袱离开这里，好吗？

估计这封信你28日能收到。29日上午八点半，我在"红人咖啡馆"门前等你，请你务必见我最后一面……

左小伟拿着信，久久地伫立在那里。传达室老头本来就对他有些怀疑，这会子更是疑云重重，小心翼翼地凑过来。

"怎么啦，小伙子？瞧你这脸色，要出人命似的。"

"出人命？"左小伟茫然地盯着他，突然大喊一声，"出人命了！"一阵风似的冲出了校门，差点把老头吓一跟头。

"出人命了？"

他盯着左小伟的背影，半天绕不过弯来。

疯跑了一阵，左小伟的速度慢下来，自己这算是干什么呢？

眼前的人群或悠闲、或匆匆。看到两个手牵着手走路的小孩了，他的脑海中不由得浮现出童年时的一幕：水忆寒骑着自行车，后座上挤着他和水芷烟，两人各拿一支糖葫芦。小左小伟的另一只手紧紧抱着小水芷烟，两个人开心地笑着。

小左小伟说："芷烟，你的屁股好大好大，都快把我挤掉下来了。"

小水芷烟说："明明是你的屁股大，还说别人，没羞！"

水忆寒扭头笑吟吟地看着他俩："小伟，芷烟长大给你当媳妇好吗？"

小左小伟脑袋摇得跟拨浪鼓似的："不要不要，她屁股大！"

水忆寒严肃地说："你不要，我可把她嫁给别人了。"

左小伟又马上把头点得跟鸡啄米似的："不不，我要我要！"

"到底要不要？"

"要！要！要……"

水芷烟却把嘴巴噘得老高："我才不嫁给你呢。等你长大了，你的屁股肯定比我还大，到时候我坐哪儿呀？"

眼前的两个小孩渐渐离去，左小伟在一条石凳上疲惫地坐下。脑海中

又不禁浮现出十七岁时的那个夏夜：

两个少男少女在昏暗中缠绵着。突然，少年左小伟爬起身，胡乱地套上衣服，冲出门去，水芷烟愣在那儿……

"左小伟！"一声大叫，把左小伟吓得坐直了身子。高山山一路急急地寻觅过来，"你怎么跑这儿来了？大家还以为你负气出走，从此不再出现了呢。幸亏你们学院传达室的老大爷指点，不然到哪儿找你去？"

"我……"

高山山粗气跟热汗并出："左小伟，我可跟你说，咱们是打幼儿园起的老同学，你跟水芷烟的事儿我多少知道一点，你可得负起责任来！"

左小伟有点糊涂："我有什么责任？"

"什么责任？人家水芷烟把一切都献给了你，一夜夫妻百日恩，你还有一点良心没有？女孩子的贞操就那么不值钱啊？我告诉你，你别看她表面上咋咋呼呼的，大学这几年，足有一个加强排的男生追她，她都没理，她心里就只有一个你。要搁我呀，非当着你的面谈上一个加强连，气得你挥刀自宫去！你就算真的不爱她，现在也得装出点爱来，哪怕以后再慢慢想办法脱身。现在什么时候？人家都不想活啦！你要再这样下去，说不定哪天她再拿刀片来这么一下子，我告诉，你这一辈子都别想平静！懂吗？她虽非你杀，却因你而亡。你看着办吧……你怎么就一点不知道怜香惜玉呢？我说了你可别跳起来，人家水芷烟长什么模样，你长什么模样？你还以为自己是周杰伦的孪生兄弟吧？人家可属于校花那一类的，你属于什么？顶多也就属于冬青树、小叶黄杨那一类吧。人家找上你，不敢说是一朵鲜花插在牛粪上吧，顶多也就插在一只破瓦盆里了，你还偏以为自己是乾隆皇帝的金尿盆呢！"

高山山电风扇一样飞快扇动的嘴唇和冰雹似的话语把左小伟弄得直眨眼皮子。他根本插不上话，只好别过脸去看街道。

高山山说："不敢看我了吧？你也知道问心有愧呀？"

左小伟脸上丝毫不敢表现出什么，事实上这会儿他整个人都麻木了，真的表现不出什么了。一个卖花的小姑娘从身边走过，边走边叫出令人怦然心动的哀婉之音：

"卖花啦，卖花啦，清鲜水灵的郁金香，情深意厚的玫瑰花……"

左小伟口中喃喃低语:"九百九十九朵玫瑰……"

小姑娘一下子捕捉到商机:"先生您说什么?"

高山山耳朵却不大灵:"你咕哝什么你?有话就大声说,别跟蚊子似的。小姑娘你别理他,他现在不太正常。"

左小伟继续喃喃有声:"九百九十九朵玫瑰……"

小姑娘笑逐颜开:"您要九百九十九朵玫瑰?呀,我可没这么多。您拿九朵不一样吗?花香不在多,只要感情足。花儿不在贵,只要人相配。要想感情好,花可不能少。要想女友爱,现在把花买……"

左小伟语调跟神态一点没变:"九百九十九朵玫瑰……"

小姑娘被左小伟的神情吓住,脸上的笑容渐渐凝固。她迅速断定眼前不是什么迷人的商机,拔腿欲走,却被高山山叫住:

"嘿,你这人,快买呀。小姑娘,把你手上的玫瑰都拿过来。小小年纪,生意经倒不少!"

左小伟几乎是被高山山押着回到医院的。还没有到病房,就听到里面水忆寒正在打手机。

"……不在?嗨呀,这孩子,跑哪儿去了?"突然看见门口的左小伟,"小伟,小伟,快进来呀!我可告诉你啊,以后不管跟谁生气,都不许乱跑,多让人不放心哪,我正跟你们学校联系呢。"

舒梅赶出来,一把拖住儿子:"你这孩子,都大学毕业了,还这么任性。爸爸打你一下,也是为你好呀!"

高山山朝着两对父母又是挤眼睛,又是歪鼻子。几个人总算明白了她的意思,识趣地相继朝外走去。

两对父母一退出,病房内一下子安静下来。左小伟手捧玫瑰花,一时不知该怎么办。

高山山又开始朝左小伟挤眼睛跟歪鼻子,还狠狠地剜了他两眼。左小伟脸上泛起潮红,习惯性地吸了口气,抓紧玫瑰,闯了大祸般深一脚浅一脚地走到水芷烟面前:"那封信,我刚刚才收到,在传达室耽搁了……"

水芷烟却立刻扭过脸去,不再看他。左小伟木头一样张口结舌,连连瞧向高山山,他是真不知道该怎么办了。高山山冲左小伟吐了下舌头,悄悄摸到水芷烟身后,抱住她的脑袋一扭,愣把她的脸给扭了过来。这时他

们看到,刚刚还笑容满面的水芷烟,此刻已是泪流满面。两个人都不由得心里格登一下。高山山一边给水芷烟理着头发,一边柔声说:

"芷烟,你瞧,人家给你买花了。"

水芷烟盯着玫瑰:"这花,是给我的吗?"

"他本来还想买九百九十九朵玫瑰呢,可惜没有了。"

晶亮的泪珠顺着水芷烟柔嫩的面颊滴滴嗒嗒往下掉着,掉得高山山眼圈都红了。

"芷烟,你干吗呢?人家不是向你诚心认错了吗?你瞧他那可怜样儿,就是一根木头,恐怕也比他活泛点。人家不跟你联系,又不是另有了新欢。我都给你打听清楚了,人家是一心扑在学业上。"不禁有些得意地斜了左小伟一眼,"我没说错吧?别以为咱们不在一所学校,咱的朋友遍天下,你的一举一动都逃不过我们的眼睛。我还寻思着毕业后开一家侦探公司呢。"

水芷烟瞧向窗外一棵葱郁的水杉,片刻哽咽着说:"要是你及时接到那封信,会到'红人'咖啡馆吗?"

过了一阵,左小伟才明白这是在问他,慌忙点头,语无伦次地应道:

"对,对对,对……"

高山山又在水芷烟身后使起了眼色,就差把眼珠子抠出来往他身上砸了。左小伟不知道自己又哪里做错了,看看自己,又瞧瞧身后。高山山到底忍不住了,狠狠地一跺脚,喊道:

"献花呀,木头!此时不献,更待何时?"

左小伟这才明白过来,上前一步,就要把花递上。不料高山山又是一声断喝:

"不是这样,单腿点地!"

"哦。"左小伟仿佛一个任人摆布的木偶,单腿朝前一跪,把玫瑰花高高地举过头顶,吭哧了半天,终于嘹亮地喊出一句:

"献花喽——"

水芷烟扑哧一下笑出声来,高山山给逗得前仰后合。

五

所有的人都认为,这一对年轻人是在怄气,所以她才会想着去新西兰,他才会想着去小山村。现在这层窗户纸捅破了,她便不用去新西兰了,他也用不着去小山村了。

水芷烟本来就不想去,她本来就是假的。

左小伟也不敢再坚持去。大家都这么认为,你再那样坚持,究竟是什么意思?最怕的,还是怕这个神神叨叨的女孩子一受刺激,再在手腕上来上这么一刀。

于是,在华阳路一间偏僻简易的出租屋内,诞生了一家新的网站——伤心小筑,在汹涌的网站浪潮中,又增添了一朵浪花。网站的主人,便是刚刚经过一场要死要活的左小伟与水芷烟。

这得托福于高山山的英明指引。现在工作那么难找,他们又并非毕业于名牌大学。而"伤心小筑"有着那么好的人气,办个独立的小网站,光靠拉广告,两个人的工资就挣回来了。如果还想着去求职大军里凑热闹,那不是白痴一对吗?

这样好吗?左小伟不知道。

这样不好吗?左小伟不知道。

在他的潜意识里,如果他的生命之舟上应当有一位乘客相伴而行的话,这个人非水芷烟莫属。实际上,这个位置他一直为她保留着。现在她真的来了,以后她、他会怎样呢?他的这条小船会驶向何方呢?他更不知道。现在这条柔弱的小船已经轮不到他自己作主了,许多暗流在推着它,许多双手在替他把着舵。他只知道,在他的旁边,多了一双时刻关注着他的眼睛。他心中的弦绷得更紧了,连做梦也丝毫不敢松懈。因为在他的心中,始终盘旋着一只——

蝙蝠!

可能在这座繁华的都市中，只有这座幽静的街心公园才算得上是左小伟心中的一方净土了。

以前心里烦躁的时候，他也经常来这里坐坐。现在他对这里更向往了，但是现在这种向往常常成了一种奢望，要想出来的话，没有一个合适的借口，那是想都别想的。比如现在，他就是借口到图书馆去查一种资料。

其实，能不能来这里享受一会宁静，倒不是最重要的了，这个街心公园还有个好处，那就是离水忆寒的公司比较近，现在他最最关心的，除了那只致命的蝙蝠，还能有什么？

他跟往常一样静坐在树荫深处的一张旧条椅上，谁都不会想到，他耳中插的那个东西，其实是一只窃听器的耳机。耳朵里正传来一个陌生女人的声音。

"……所以呢，第三季度的业务形势非常严峻。从春节到现在，全市雨后春笋般地冒出了几十家运输公司，还不包括数不清的黑车。而市场这块蛋糕一点也没长大。如果任凭他们来分食的话，剩到我们碗里的还能有多少？这一点，水科长最清楚，等一会儿请他谈谈。所以呢，全公司上下一定要心往一处想，劲往一处使，齐心合力，共渡难关。所以呢，公司针对目前的情况，制订了一系列的措施，开源节流，最大限度地这个争效益。啊，这个，所以呢……"

中间还夹杂着喝水声、搁茶杯声、咳嗽声、移动椅子的声音。左小伟纳闷了一阵，才搞清这是一个开会现场。紧接着耳机里面响起水忆寒的声音，左小伟一下子提起神。

"下面我来汇报一下本季度的业务状况。本季度共出车一万一千一百一十八台次。啊，这数字听起来是很吉利的，要要要要发。按照往年的这种业务量，这也确实发了。可是现在不赔本就算不错了。现在大大小小的运输公司那么多，黑车数不清。为了赢得客户，都拼命地压低运费，有的甚至赔本也在拉。如果单单我们一家提高运费……"

左小伟拔出耳机，发呆地望着面前一棵黄绿相杂的法国梧桐树，那上面挂着一片片手掌形的树叶，风一吹，飒飒作响，不时有一片一片半枯的叶片飘然而下。左小伟想，我是哪一片呢？

不知过了多久，他才藏好耳机，抬起沉重的身子，慢慢走出树林，走上街道，往"伤心小筑"方向走去。

快到"伤心小筑"门口了，他才打开手机。他知道，这么半天不回去，水芷烟一定快把他的手机打爆了。

敲了敲门，里面却无人应声。他掏出钥匙，门一打开，不由得魂飞魄散。只见水芷烟横卧在地上，额头上淌着鲜血，雪白的墙上也溅了一大块鲜血。左小伟脑子里跳出的第一个念头是：她又自杀了，她真的把这个当成爱好了！他稍怔了一下，猛扑上去：

"芷烟！芷烟！你怎么了……"他的哭音都出来了，一手抱着她的身子，另一只颤抖着伸到她鼻子底下，试了试她的鼻息，毫无动静。他跳起身，扑向电话机，"喂！喂！120！120！喂喂喂……"要命的是，刚刚安装的电话竟然没有声音。他的眼泪流了下来，想要掏手机，却听到一声叹息，似乎是水芷烟发出来的。他立刻扭过脸，叫了一声，"芷烟！"俯下身子，嘴对嘴做起人工呼吸来。

左小伟哪里知道，在他埋头做人工呼吸的时候，水芷烟的眼睛忽然睁开了，含着笑瞧着他。左小伟抬头换气的时候，她眼皮一合又闭起来。做了一阵人工呼吸，左小伟直累得上气不接下气，可是看起来什么效果也没有。

左小伟哽咽着掏出手机："芷烟，你等着，我打120！"没等他拨完号，水芷烟长长地吐了口气，左小伟一下停止动作，"芷烟……是你吗？"赶紧又趴下做起人工呼吸来。做了半天，水芷烟还是没什么动静。左小伟又沉不住气了，又拿起手机。可就在此时，水芷烟又吐了一口气。左小伟连忙又埋下头做人工呼吸。

水芷烟忽然嘴一努，一颗东西到了左小伟嘴里。左小伟吐到手上一看，竟然是一块糖。他想也没想，丢掉糖，继续做人工呼吸。做着做着，忽然发现不对劲，水芷烟竟然抱紧他的脖子，跟他接起吻来。他想要挣脱她，她却抱得更紧。他脑袋里终于绕过弯来，使劲儿推开她：

"你到底在干什么？"

水芷烟开怀大笑："你也哭鼻子了吧？你也就这么厉害呀？"

"谁哭了？"

"哭没哭?哭没哭?这俩眼睛怎么跟兔子的一样?"

左小伟气鼓鼓地说:"你把电话线也拔了?"

直到此时,左小伟才发现办公桌底下有一只颜料盒——那里面的红颜料全空了。

水芷烟翻身坐起,得意扬扬:"告诉你,这是对你的惩罚,谁叫你把手机关了,我白打了那么多电话。下次外出再敢这样,我就真撞墙!"

左小伟气得扭过脸去,水芷烟硬是把他的脸扳过来:"你知道为什么这么急把你召回来吗?"

左小伟又把脸扭过去。

水芷烟笑嘻嘻地绕到他的对面:"有一个好消息哎!"

左小伟眼皮子稍稍抬了一下:"什么好消息?"

水芷烟变戏法似的拿出一张请柬:"咱们高中时的老班长甘林今天晚上生日派对,请咱们去参加。你看他请柬上都写着什么,还'左小伟、水芷烟贤伉俪',嘻嘻,当咱们是老夫老妻了。"说着从抽屉里取出一件新买的T恤,"换上这个,如今你是老板了,也得装出点老板派头来。"

不料左小伟摇摇头:"我不去。"

水芷烟十分诧异:"怎么了?"

"没什么。"

"你跟甘林有仇?上中学那会儿,你们不是挺要好的吗?人家甘林现在混得比咱们好,给咱们发请柬,那是瞧得起咱们。"

左小伟还是那句硬梆梆的话:"我不去,要去你去。"说着过去打开电脑,不再理她。

水芷烟怔了一下,拉了张凳子,坐在左小伟对面,手撑下巴,不声不响地注视着左小伟。左小伟给她盯得发毛:

"你老这么看着我干什么?"

水芷烟冷冷地笑着,不说话。左小伟更加不自在:

"你到底怎么了?你还想干什么?"

"你真以为我没看出来?"

"看出什么了?"

"装糊涂吧?从网站开业到现在,你跟我一道外出过几次?一次也没有！每次碰到要两个人一起外出，你总是找借口逃开。好像我是个妓女，是个瘟神，让人看见你跟我在一起，就会掉你的份似的。你以为我真的不知道是什么原因？"

"瞎说什么？"

"瞎说？不就是因为我爸睡了你妈吗……"

啪！水芷烟话音未落，脸上已结结实实挨了左小伟一记耳光。打完了两个人都愣在那儿。左小伟吃惊地望着自己的手，仿佛不相信刚才那一巴掌是自己挥出去的。

水芷烟首先清醒过来："你……你打我？"啜泣一声，跌跌撞撞冲出门去。左小伟依旧呆呆地伫立在原地。

六

冲上大街的水芷烟差点引起一场骚乱，至少有十个人拿起电话报了警。一个漂亮的女孩，满头"鲜血"，跑得如此之急，还一路飞洒着泪珠，不引起众人的严重关注才是怪事呢。也幸亏水芷烟一路跑得急，等人们打完电话，她已不见了踪影。

她跑进一条僻静的街巷，上气不接下气地在一条街边的长椅上坐下。她的头上已经几乎看不出"血迹"了。一边跑，她一边用袖子擦得差不多了。这是她跟左小伟之间的"私事"，她不想让别人瞎操心。尽管如此，仍不时有路人好奇地看她一眼。

在她的身后，是一个幼儿园。下了课的孩子们尽情地玩耍着，几个孩子在开心地荡着秋千，天真的笑声吸引得水芷烟不由得回过头去。看着看着，一个稚声稚气的儿歌声渐渐从尘封的记忆中钻出，又回响在她的耳中：

秋千秋千飞呀飞，飞到天上彩云间。云中有个胖神仙，神仙说，让我也来荡一回。哎呀呀，可不行，你的肚子实在大，小小秋千挤不下……

儿歌声中，小左小伟与小水芷烟亲昵地挤坐在一个简易的秋千架上，

犹如两只轻盈的燕子,一会儿飞到东,一会儿飞到西。

幼儿园内玩耍的孩子们也注意到她,渐渐聚拢过来。

穿着"米老鼠"外套的孩子说:"阿姨,你怎么了?干吗哭鼻子呀?"

一个脸上脏兮兮的孩子说:"是不是摔跤了?摔哪儿了?我给你揉揉好吗?"

一个扎着小羊角辫的小女孩说:"不对不对,肯定是谁欺负她了。"

"米老鼠"说:"是谁打你了吗?那个人是疯子吗?我上次看到一个疯子,可可怕了。"

水芷烟脸上布满泪水,却笑起来。把手伸进栅栏内,久久地抚摸着"米老鼠"的脸。

天色不知不觉地暗了下来,幼儿园早已放了学,水芷烟蜷在长椅上睡着了。偶有路过的行人或好奇、或警惕、或不怀好意地盯她一眼。远远近近的灯光及时地赋予了城市另一种光明。这种在一定时间内恒定不变的光明,常常让人模糊了时间,只是街面上越来越少的行人,越来越稀的车辆,告诉人们夜越来越深。

夜风卷起几片枯叶落到水芷烟身上。因为天凉,她蜷得越发地紧,身子显得越发地小,分外可怜。

睡梦中的她不知道,另一条街道上,左小伟正焦急地寻找她。

几名巡夜的辅警出现在长椅前。一名辅警伸脚踢踢椅子:

"嘿,嘿!醒醒,醒醒!"

水芷烟迷迷糊糊地睁开眼:"干什么?"

辅警打量着她:"怎么睡这儿了?就不怕坏人吗?把身份证拿出来看看。"

水芷烟懵懵懂懂说:"身份证……什么身份证?我是本市人,没事儿带身份证出来干什么?"

辅警一点不含糊:"没身份证不能说明问题。跟我们走一趟。"

"上哪儿去?"

"到所里去啊。"

"我不去。"

队员提高声音:"你心里有鬼吧?"

另外两名辅警从身后围了上来。水芷烟的倔劲上来了：

"你才有鬼呢，去就去！谁怕谁呀？"

水芷烟的后半夜是在派出所里度过的。值勤警官问她电话、住址，她就是不肯说，她就是要让左小伟急死。

天快亮的时候，那个警察严肃地说，你不肯说那也不要紧，没人担保的话，我们是不能放你的。但你也不能老呆在这里，我们这里可不是免费旅馆。天亮以后，我们将把你送到收容所，跟那些流浪者作伴去。

水芷烟一听，要那样的话，可就惨了。赶紧把高山山的手机号报了出来，同时提出，让她一个人来，不能让别人知道。别看她咋咋呼呼好像什么事都做得出来，她也知道这事说出去丢人。

高山山来得特别快，她就在这附近的一条街转着。左小伟到处找水芷烟的时候，当然也去了她那里，这后半夜她也没闲着，一直在跟左小伟分头找。

一见着高山山，水芷烟就忍不住哭了。到现在为止，她满肚子的委屈还没找着一个倾诉的对象呢。高山山也忍不住掉了泪，眼前的水芷烟哪里还是那个精灵活泼的水芷烟？脸色苍白，眼睛浮肿，头发蓬乱，头发、衣服上还沾着黏糊糊脏乎乎的油彩，都跟街边的乞丐差不多了。

出了派出所的门，高山山问："要不要通知左小伟，说找到你了？"

水芷烟恨恨地说："不，让他接着找，急死他！"

高山山担心地问："这事你家里知道吗？"

"怎么能让家里知道？我妈妈非急死不可，她那身体。"

"左小伟呢？不会告诉你们家？"

"他敢！我们说好的，两个人之间就是闹天大的矛盾，也只能是局部战争，个许让家里知道，引起世界大战。"

高山山气愤地数落道："这左小伟简直有病，你说他吧，两个人一起上街有什么呀？哪有恋人不在一起走的？哎——芷烟，我多一下嘴，你可别多想。"

"咱俩谁跟谁呀？半夜三更把你吵出来，我心里还老过意不去呢。再说，你说得一点没错，他这不叫毛病叫什么？"

高山山说来了劲:"就是,我总觉得左小伟有点那个,嘁,不正常。当然不是精神病,我是说,会不会是心理有毛病,就是心理障碍。我们学校以前不是举办过心理咨询吗,我听过一点。我的意思是,会不会是因为你爸跟他妈的特殊关系,对他心理产生了什么影响,他可是从小就受这影响的。"

水芷烟突然停住脚步,目光久久地落在高山山脸上。以前没人提醒,她还真没往这方面想过。现在高山山这么一说,越想越觉得像这么回事。其实何止是成立网站以来,以前左小伟不也同样反常吗?然而事实证明,左小伟对她的感情从来都是真的,完全可以说,没有第二个人能够取代她在他心中的地位。这又是怎么回事呢?

她感到双腿乏力,连在派出所里的时候,也没觉得这么累过。她慢慢地在马路牙子上坐下来。高山山大气不敢喘,也在水芷烟身边蹲下,摸着水芷烟的脸:

"芷烟,是不是我说错了什么?你别往心里去啊,我是瞎想的。"

"不,你说得一点不错。"水芷烟脸上勉强露出一丝笑,声音很低很涩,"山山,你说,我该怎么办?"

高山山试探着问:"如果真是那样,你还爱他吗?"

水芷烟的目光从高山山脸上移开,投向对面那片叶子开始发红的枫林,声音听起来那么遥远,却是如此的真切:

"那颗感情的种子,从我刚开始记事的时候,就已经种在我的心里、融入我的生命里了。是什么人种下的,为什么种下的,我无权过问,我只知道,那颗种子是我的……"

高山山动情地望着水芷烟,仿佛她一下变得陌生了似的。良久,抓住水芷烟的手,使劲儿握在自己手心里,嗓子有些发哑:

"芷烟,真到今天,我才算是认识了你……"

七

"心的家"心理诊所是本市最有名的一家心理诊所。水芷烟没有听从高山山让她先回家的建议,而是直接去了那个诊所。不把心中的那些疑团搞清楚,她是无论如何也不能安心的。

真的到了"心的家"门前,她又犹豫起来,她突然有些难为情起来。把两个家庭里那些最令人不齿的东西,向一个外人倾诉,就算她再不拘小节,也觉得难以启齿。

徘徊了一阵,她记住了诊所大门上的电话号码。走进马路对面的一间公用电话亭,拨下了大门上的那个号码。从电话亭这边望去,水芷烟清楚地看见对面诊所内的一位中年男大夫也拿起了听筒。一个沉着、稳重、富有磁性的声音传了过来,一下子博得了水芷烟的好感。

"您好,'心的家'心理诊所,为您疲惫的心找到回家的路。为了答谢社会各界的支持,本诊所对首次光临者免费治疗。对于各种咨询实行免费。"

一向伶牙利齿的水芷烟竟有些结巴起来:"不、不是我,是……是我男朋友。"

大夫:"您想为您的男朋友进行心理咨询?"

"是的……可以吗?"

"当然可以。请说说他的症状。"

水芷烟渐渐镇定下来,声音重新变得流畅:"其实,他也不是有什么特别的毛病,我只是觉得他的心理,某些方面好像有点不大对劲儿。"

"哪些地方不大对劲儿呢?"

"比方说吧,他不愿意跟我一起上街,不愿意跟我一道出现在公众场合。在我们面前一旦有了别人,他就紧张、不安,跟要上舞台表演似的。"

"在最亲近的人面前也这样吗?比如自己的父母等等。"

"那倒不一定,在生人面前特别明显。"

"他以前有这种现象吗?比如小时候。"

"没有。他小时候很正常,活泼开朗,跟一般的孩子一样。"

"他跟你单独在一起的时候呢?"

"很正常,不,简直很出色,话很多,机智、幽默。"

"那他受过什么刺激吗?特别是在你们恋爱的过程中,你给过他什么刺激吗?"

"我?我没有。如果说有什么刺激的话,我想……"

水芷烟沉默下来,一时不知该如何开口。

大夫打破了沉寂,声音依旧那样不紧不慢:"我知道,您有些话肯定难以启齿,对不对?您放心,为患者严格保密是我们心理医生最起码的职业道德。患者的话进了我们的耳朵,就等于进了保险箱。不管患者告诉我们什么,我们都绝不会对他人泄露一丝一毫,否则,患者可以到法院起诉我们。如果患者不把生活中的一些遭遇、一些事实真相告诉我们,我们也无法对症下药,对不对?"

水芷烟:"……"

大夫的声音继续传来:"您之所以不直接到我们诊所来,而是选择电话咨询,肯定是心里有所顾忌。反过来说,您现在只是在电话中和我对话,就算告诉我一些情况,我也不认识您呀,对不对?"

这时,有人到水芷烟对面打电话。水芷烟仿佛被从沉默中唤醒似的:

"您等我一会儿,行吗?对面有人打电话。"

"可以。"

对面的人很快打完电话离去。水芷烟重新开了口,她的思绪已理清:

"是这样。嗯,我爸爸吧,跟他妈妈关系不太正常。您明白我的意思吗?"

"您是指彼此之间结下仇怨的那种不正常吗?"

水芷烟说:"不,不是。"

隔着马路,水芷烟能看到大夫在缓缓地点着头:"哦,我明白了。这种情况有多长时间了?"

水芷烟回忆着:"二十多年了吧?在我们记事之前就有了。"

"那您跟您男朋友是什么时候认识的呢?"

"记不清什么时候了，反正从记事起，就形影不离了。"

"这么说，你们从小青梅竹马？"

水芷烟动情地说："那个时候，我们天天在一起，连夜里也常常睡在一个被窝里。我爸爸经常带着我们一道上公园，一起做游戏，买东西也一买就是双份。那个时候我们……"她说不下去了，热泪猛地从她的双眼中涌出，滚下面颊，流进她的嘴里。

大夫等她稍稍平静一些，继续问道："你明显觉得你爸爸和他妈妈的关系开始影响到你们的时候——特别是影响到你男朋友时，是什么时候呢？又是怎么影响的呢？"

水芷烟擦掉泪水："什么时候？记不太清了，反正随着渐渐懂事，他好像越来越害羞，越来越内向，越来越不愿意跟我在一起。可是，上高二的那年夏天，他却突然空前和我好起来。紧接着，我们之间发生了一件事……"说到这里，她停住了，下面的话该如何开口？

大夫追问道："什么事？"

又是一阵沉默之后，水芷烟鼓起勇气，红着脸答道："我们两个人……初尝了禁果。"

"哦。"大夫轻轻地说，"其实，这在恋人之间是再平常不过的。"

"不，我们跟别人不同……事情刚一结束，他就突然一声不响地离去了，好像做了什么亏心事似的。从此以后，他就离我更加远了，一直躲着我，不肯跟我在一起。直到最近，我……假装自杀，才使他重新走近我。"

大夫沉吟着："哦，你们这种情况挺复杂。那么，你们那次发生关系，是他主动的还是你主动的？"

水芷烟有些发怔："这……也要回答吗？"

"是的。"

水芷烟咬了咬嘴唇："他，是他硬要的。事后我想，上高二那年夏天，他之所以突然重新跟我好起来，也许目的就在于这个。只是我始终不明白，发生这件事之后，他为什么离我更加远了？不是说一夜夫妻百日恩吗？"

"你能够感觉到他对你爸爸跟他妈妈的关系有反感吗？"

"肯定不赞成吧？但他从来不跟我说。他跟我爸爸也一直相处得很好，

我爸爸也一直把他视作未来的女婿……只是在他上小学的时候，曾经发生过一件事。有一天放学回家，他正好撞见我爸跟他妈在一起，他骂了他们，他妈妈打了他。"

"哦——"话筒里突然静默下来，大夫似乎在思索着。过了一阵，大夫的声音继续传来："你们周围的人也肯定把你们视作天生的一对吧？"

水芷烟说："是的……他们说得比较难听。"

"说什么？"

"老的是一对暗的，小的是一对明的。"

"你很爱他，是吗？"

水芷烟的眼泪又涌了出来，哽咽着道："是的……谁也取代不了他在我心中的地位。我们从小就在一起，他是我的初恋，我把一个少女最完美的一切都献给了他。"

"是的，我完全能够感觉得出来。他爱你吗？"

"他——他表面上好像看不出什么，但是心底对我感情很深，我可以感觉到，没有人能够取代我。我考验过他。"

"通过那个假自杀？"

"不仅仅是这个，从平时的相处中，我就可以明显感觉出来。"

大夫轻轻吁了口气："小姐，我明白了。但是，你必须抱着理解、宽容的态度去帮助他。"

水芷烟不觉有些紧张起来："他究竟是什么病？"

"根据你刚才所说的情况，我觉得他可能得了轻度自闭症。这是一种常见的心理障碍。它是指对某些特殊环境或事物所产生的恐惧或紧张不安的内心体验，并出现回避反应的一种神经症。主要特点是对某一特定事物、活动或处境产生持续和不必要的恐惧，并不得不采取回避的态度。许多患者虽然认识到这种恐惧是过分的和不必要的，却不能控制。"

水芷烟有点不解："怎么会这样呢？谁吓过他呀？"

大夫说："小姐，您是一位女性，而且又很年轻，所以，说句不怕您见怪的话，您可能对男人的某些特殊心理还不太了解。我也是个男人，所以，我很能理解你男朋友的心态。"

"您可以说得更明白点吗？"

顿了顿,大夫缓缓地说:"小姐,我给您讲个故事。从前,有一位寡母和自己的儿子相依为命。寡母私通一个和尚,但他们家与和尚庙隔着一条河,两个人每次幽会的时候,寡母都要绕河走上很多路。儿子渐渐大了,为了免除母亲的苦楚,就不辞劳苦,在河上搭了一座桥,让母亲每次都能很快地与和尚相会。后来寡母不幸病故。在一个月黑风高之夜,这位儿子悄悄摸进庙里,一刀将和尚捅死了。这个故事的题目就叫做《搭桥顺母意,杀僧报父仇》。小姐,您能理解这个儿子为什么要这样做吗?"

"他……"

"其实,这代表了许多中国人的心态。对于中国的许多男人来说,没有比戴绿帽子更大的耻辱了。有些人宁可当亡国奴,也不愿戴绿帽子。这也是中国人的传统心态呀。你男朋友小的时候,母亲的不贞洁并没有给他带来太大的影响,因为那时候他还不懂事。但是随着年龄的增长,他渐渐明白了你父亲和他母亲是什么样一种关系,也渐渐读懂了周围人异样的目光。这无疑在他心底投下了一块浓重的阴影。而且随着年龄的增长,这块阴影越来越大、越来越沉。虽然说,这本来是他父亲的事,但是,带给他的感觉却是一样的。而且,这种耻辱又无法向别人诉说。长期的压力,使得他越来越羞于见人,特别是怕跟你一起外出,因为,你就是他母亲情夫的女儿。"

水芷烟有些结巴:"但、但他内心是真正爱我的!"

"是的。"大夫说,"毕竟你们从小形影不离,这感情基础是难以替代的。但是,你们的这种青梅竹马,实际上是多少带点畸形的。"

水芷烟声音不觉提高了两分:"畸形的?"

"小姐,请您不必多心。这种畸形,并不等于他不爱你,他内心深处还是深爱着你的。"

"深爱……那他,为什么高二的那一夜以后,又突然不理我了呢?"

大夫又停顿了一下,语调更加低缓:"小姐,我的分析,不知道您是否能够承受。"

不知不觉中,水芷烟的心跳加快了,呼吸也有些急促起来:"您说,您请说。我之所以找到您,就是作好了充分的思想准备的。"

"我觉得,他和您的那一夜,并不是出于感情冲动,而是出于——"

"什么?"

"报复。"

水芷烟失声道:"报复?!"

"是的,报复。"大夫的声音异常清晰,"用句粗俗的话来表达,就是你父亲占有了他母亲,他就要占有你,以牙还牙,用这种方式来报父仇。说不定,他这样做蓄谋已久了。但是,一旦真正达到目的以后,他就后悔了,心里又背上另一个包袱——对你的负罪感。他心底充满了自责与对你的忏悔,因为他觉得这样做伤害了你,对不起你。所以,以后他不理你,并不一定是疏远,更可能是没有勇气见你……"

听筒渐渐从水芷烟手上滑落,大夫的声音继续传出:

"因此我认为,虽然你表面上受到了伤害,但是他心底的创伤是巨大的,比你的伤口要深得多,时间又那么长。要想使他的伤口愈合,绝不是一件简单的事,肯定需要很长的时间。现在对于他来说,最好的医生就是你,你不是深爱着他吗?你应该拿出你的全部爱心,温暖他,关心他,像阳光一样,慢慢溶化他心底的阴影。另外,我还有个猜测,不知道说出来是否合适:你对他这样好,似乎带有一种赎罪的意思——为你的父亲赎罪。只是这种情感隐埋在你的内心最深处,你从来没有意识到罢了。喂,喂,小姐,你在听吗……"

八

水芷烟也不知道自己是怎么回到"伤心小筑"的。

一到"小筑"所在的那层楼,便看见门大开着。左小伟疲惫地歪靠在电脑旁睡着了,脸色苍白,头发蓬乱。他几乎要累瘫了,水芷烟一出走,他脚步就一刻未停过,直到一个小时前,才回到这里。

在他的旁边,放着两堆凌乱的文稿,蹑手蹑脚走进屋的水芷烟立刻被吸引住。一堆文稿上打印的是"寻人启事",上面还印着水芷烟的照片:

水芷烟，女，现年二十一岁。瓜子脸，身高一米六五，身材苗条。上身穿深红色无袖短衫，下身穿紫色半裤。脚穿"香足牌"水晶凉鞋。于二十一日下午出走，望知情者电告132323135X联系人：左小伟。重谢。

另一堆打印的则是请柬：

派对征集令

为庆祝伟大的贤伉俪左小伟、水芷烟相识相爱二十周年，兹定于下周六晚八点于"伤心小筑"举行派对，望各位同学老友赏脸光临。

伟大的贤伉俪左小伟、水芷烟共邀

地址：华阳路43号"伤心小筑"

对于第一堆文稿，水芷烟大体还能知道是怎么回事儿。对于第二堆，可就大惑不解了。举行派对，还"庆祝伟大的贤伉俪左小伟、水芷烟相识相爱二十周年"，自己怎么不知道哇？这都是谁想出来的啊？左小伟？不会，这种东西他躲还来不及，怎么会自己往里凑呢？

正发着愣，左小伟突然惊醒过来，一眼看到身边的水芷烟，还以为是在梦中。怔了两秒钟，嗖地跳起来，一下子把水芷烟箍得透不过气来。尖叫了一声："芷烟！"便哽住了。

水芷烟也紧紧地抱住左小伟，泪水在眼眶中打转儿。要搁以前，她肯定得孩子一样咧着嘴哇哇大哭了。但是今天她却出奇地镇定，只是一遍遍爱怜地轻抚着左小伟的头、脸。

左小伟松开水芷烟，拿起旁边的一叠"请柬"："芷烟，你瞧，咱们也开派对。以后不管你想干什么，想去哪里，我都陪你！"

说着他抓着鼠标点击几下，随着异常热烈的歌声、笑声、掌声、喝彩声的传出，屏幕上出现了一个异常欢快热闹的场面：里面正在举行一个盛大的演唱会，场中的主角，居然是左小伟与水芷烟，他们正一起尽情地表演着。很显然，这是用电脑技术合成上去的。

水芷烟就算再镇静，也不禁傻傻地绕不过这个弯来。左小伟这是怎么

了?怎么一下子……左小伟当然明白她的心思,伤感地叹了一口气,重新搂着她,面颊在她头部、耳后轻柔地摩挲着,过了一阵,才幽幽地说:

"芷烟,其实我自己到底怎么了,难道我自己不清楚?这么多年来,虽然我不跟你在一起,但是你几乎无时无刻不在我的视线之内。我经常偷偷走到你们宿舍对面的枫叶林中,为的就是看你一眼。那时我最盼望的就是你能走到窗前,或是出现在阳台上。每次看到你映在窗户上的身影,你想像不出我的心里多甜、多暖!要是哪一次看不到你,我这心里就空荡荡的,直到下一次看到你为止。有一个下雪天,我偷偷给你买了一件火红的毛衣,想要亲手送给你。我在那片枫叶林中整整徘徊了两个星期,就是鼓不起这个勇气……"

左小伟声音颤抖着,说不下去了,滚烫的泪水顺着他的腮帮,滴进水芷烟白皙的脖子里。水芷烟早就泪流满面,她紧咬住嘴唇,不敢开口。她知道自己只要一开口,就会泣不成声,只是紧紧地抱着左小伟。

"后来,我把那件火红的毛衣挂在一棵美丽的枫树上。我想,你一定会看到这件毛衣的,一定会想到这是我送给你的。一定会想到这件火红的毛衣就是一团熊熊的火,是从我的心里燃出的炽热的火,是为你——专门为你一个人而燃的……"

水芷烟泪流如涌,再也控制不住,一把扳过左小伟的脑袋,火热的嘴唇堵上他那同样滚烫的双唇。她那火山一样沸腾的脑海里翻来覆去呼喊着这样一句话:虽然我最终没有看到那件毛衣,但是那团火会一直熊熊燃烧在我心里,一直、一直……

自从相识以来,这一对恋人还从来没有像今天这样忘我地投入过。周围的一切都不存在了,过去的种种不快,也都如烟一样暂时悄悄溜走了。剩下的,只有两对火一样的唇。

迷迷糊糊间,水芷烟忽然感觉到左小伟的手在不知不觉地解着她的裙扣。她先是心里一阵激荡,双臂把左小伟搂得更紧。但立刻又坚决地制止住左小伟的动作,喘息着说:

"不,不行,现在不行……"

但正处于"熊熊燃烧"状态的左小伟哪里控制得住自己?这不是一般的燃烧,这是把自己冷藏了多少年,突然之间的火山喷发呀。她努力想捉住左小伟的手,但哪里捉得住?情急之下,她轻轻地在那两片黏在她脸上的热唇上咬了一下,总算让那两只疯狂的手停止动作。水芷烟抱着心上人,心疼地舔着左小伟被咬处,娇喘吁吁:

"不行,现在还不行。我的一切迟早都是你的,但是我要把自己再次完完整整地交给你。我们要忘记过去的一切,把过去所有的创伤都修补完好,让一切重新开始。再忍几天,好吗?"

左小伟窘迫得不敢正视水芷烟。但水芷烟的话让他很是不解,完完整整地,什么完完整整地?水芷烟娇羞地在他额上狠亲了一下,红着脸说:

"到时候你就会明白的。"

九

水芷烟跟左小伟的派对举办得很成功。左小伟一点也没表现出不对劲的地方。而且从这一天开始,他们开始定期去双方父母家,看上去跟一般的恋人没什么两样了。水芷烟简直很亢奋,怕就怕左小伟不能正视这一切,现在他勇敢地迈出了第一步,还怕什么呢?

其实左小伟何尝不想做一个真正的恋人?但是他做不到,他现在是一支射出去的箭,无法回头了,那只蝙蝠无时无刻不在他心里飞。其实他去水芷烟家还有一个目的,就是观察水忆寒有没有表现出狂犬病的症状。可惜几乎每次去,水忆寒都不在家,在公司当一名中层干部的他虽然官不大,应酬倒不少。左小伟只得继续发挥窃听器的作用。但是到目前为止,他一点也没有发现水忆寒有不正常的地方,他心里不禁有几分轻松。有几回夜里,他梦见自己在为水忆寒祈祷,祈祷他千万不要染上狂犬病。醒来后便再也睡不着,不禁反反复复地问自己,是不是自己的举动太疯狂、太过分了?

这一天,左小伟仍跟往常一样躲进那个街心公园。刚插好耳机,里面立刻传来脚步声和两个人的对话,虽然很低很模糊,但还是勉强可以辨出,是母亲舒梅跟水忆寒。鲜血立刻涌上左小伟的面庞,他们在哪里?难道……他狠狠地咬住嘴唇。

舒梅："……看那对老人。我真羡慕他们。如果我们到他们这个年纪，也能像他们这样经常手挽着手到处散散步，见着谁也不用躲，谁说什么也不在乎，那我这辈子什么遗憾也没有了。"

水忆寒："我何尝不是啊！别人肯定以为我们这种人是肉欲第一，他们真是想错了。"

舒梅："我对你没有吸引力了？"

水忆寒："那倒不是。我承认，年轻的时候，我恨不能每时每刻和你……年纪越大，感情越占上风啦。现在我才明白，这感情啊，就是我们年轻时不经意做下的一缸酒，时间越长，这酒越醇香。可我们这酒再香，也没法让人知道，只能自己偷着尝尝。"

舒梅："唉，自己也尝不了几口啦，真不知把它搁哪儿好。"

水忆寒："搁哪儿？搁心里。"

舒梅："我怕把我醺坏了。"

谈话暂时停止了，只剩下忽轻忽重的脚步声。片刻舒梅的声音又响起来：

"找个地方坐坐吧。这儿离你的公司不远，万一撞上熟人。"

水忆寒："好吧，到那里去坐坐。"

左小伟哪里知道，水忆寒跟舒梅拐进的地方，正是左小伟所在的街心公园。他只觉得耳机里的脚步声越来越清楚，说话声也越来越响亮。

水忆寒说："那儿。"挽着舒梅在一张椅子上坐下，与左小伟的坐椅仅隔一排树。然后二人长久无语。

左小伟听耳机里没了声，以为耳机坏了，拔出来看看。可这时舒梅的声音传来：

"你怎么不做声？心里难过？"

水忆寒："不，我高兴。两个人就是这样坐坐，也高兴。"

舒梅："这枫树真美。"

左小伟悚然一惊，以为自己听错了，明明自己没戴耳朵啊，怎么会听得见呢？那些声音继续传来。

舒梅："我记得第一次见到你的时候，你就送了我这样一片枫叶。"

水忆寒:"真不好意思,一片树叶。"

舒梅:"不,它像火一样,一直燃烧在我心里。"

左小伟觉得不对劲,扭头四处搜寻,赫然发现近在咫尺的水忆寒、舒梅,赶忙悄然溜走,眼睛里满是恨意。

十

当左小伟再一次外出时,水芷烟也悄悄开始了她的"完整人生再造工程"。地方是早就打听好的,本市最有影响的"丽雅"美容诊所。

诊所大门外的广告牌上醒目地写着"吸脂减肥、个性隆胸、修补处女膜"等。水芷烟把目光落在"修补处女膜"上。那一项声称"国际专利,专家指导,无须手术,十分钟 OK"。虽然这一点她已经反反复复看过 N 遍了,但她还是不由自主地想多看几眼,仿佛想从这些修饰得十分得体的字眼上,研究出背后有没有陷阱。到这里来之前,没有人可商量,现在也没有人陪伴。这些事情对谁都难以启齿,不靠自己靠谁?

一位面容友善的护士小姐悄然来到她身边,贴近她耳边悄声道:

"小姐想做什么手术?"

水芷烟脸腾地红了,虽然来之前她已作好充分的思想准备,突然有人问起来,还是禁不住有几分慌乱:"您这儿……您这儿……"她的目光投向"修补处女膜"几个字上。

护士小姐显然接触过很多这样的女孩子,稍微点了点头,仍是那样细语莺声:"小姐想修补处女膜吗?"

水芷烟更为窘迫,只是连连点头。

护士小姐优雅地一笑:"小姐放心,我们这儿都是专家亲自动手,质量绝对可靠,绝对为患者保密,而且我们有保质期。我给您介绍一位专家吧。"

望着护士小姐温柔的眼神,水芷烟的心渐渐安定下来。她跟着护士进了一间诊室,里面只有一位五十多岁的女医生。

护士小姐介绍说:"这位是李教授,本市著名妇科专家。"然后,她轻轻关上门走了出去。

李教授对水芷烟温和地笑笑:"请坐下吧。想做手术吗?不用紧张。"

能不紧张吗?平时打个针还紧张得要命呢。水芷烟那刚刚放下的心不知不觉又提了起来,脸红红地问:

"大夫,做了这种手术后,男方会看得出来吗?"

李教授依旧保持着那种职业性的微笑:"绝对没问题。只要7天之内不同房,就绝对不会出现什么问题。7天之后拆了线,就算是我们妇产科医生,也是很难看出来的,一般的人就更不用说了。"

"做这种手术会对身体造成伤害吗?比如说,会不会影响生育?"

"哦,您太多虑了。"李教授拿出一本书,"您看这幅图,这就是处女膜。从医学角度讲,修补处女膜就是对被破坏的处女膜进行缝合,是个很小很小的手术,跟一般的表皮缝合完全一样,怎么会伤害身体呢?更不会影响生育了。"

"那……很痛吗?"

"就这么一个小小的手术,怎么会很痛呢?我们会上进口的麻醉药,不会感觉痛苦。您完全不必担心。"

水芷烟不停地点着头,表情却一点没有放松下来。

李教授话题一转:"小姐,到我们这儿来做这种手术的人很多,我完全能了解您的心情。不少姑娘当初误入岐途,沦落风尘。修补一下处女膜,就可以把过去的一切统统抛掉,开始新的生活。别看一片小小的处女膜,它能决定一个女人的一生是否幸福啊。"

水芷烟的脸羞红得快胀开了,急道:"不,不,您别误……我跟她们不一样。"

李教授的话又不露声色地绕了回来:"哦——对不起,您误会了。我的意思是,像那些风尘女子,我们都能做得天衣无缝,更不用说您这种纯洁的女孩子了。不过,如果要做的话,您可得抓紧,再过个把月就是国庆节了,做的人会很多,因为许多女孩子会赶在国庆节结婚。全市能做到我们这种水平的,可不多呀。"

水芷烟看了看左右:"那,到哪儿交钱去?"

十一

水芷烟歪歪斜斜地一出现在"小筑"门口,便遭到正等得心焦的左小伟的劈面训斥:"你去哪里了?天都快黑了……"立刻又发现水芷烟的脸色不太好,连忙跑过来扶住她:"你怎么啦?不舒服吗?"

水芷烟仔细端详着左小伟,这种神情是左小伟以前没有见到过的。她突然一把抱住他,喃喃地说:

"你爱我吗?"

左小伟的心悬了起来:"怎么了你?脸色这么难看……身上还有一股消毒药水的味儿。你去哪儿了?"

水芷烟疲惫地偎在他的肩头:"你会永远爱我吗?"

左小伟心里更加发毛:"你怎么了?是不是哪儿不舒服?"

水芷烟眼里注满深深的忧伤,声音还是跟蚊子似的:"你说,你会永远只爱我一个人吗?"

左小伟想扳过水芷烟的面孔,却扳不动:"你今天到底怎么啦?你有点不正常。"

"你说呀。"

左小伟只好小心地抱着她,一只手轻抚她的秀发,低声说:"当然,我不爱你爱谁呀?从小到大,我心中就只有一个你。"

水芷烟突然从拥抱中挣出来,刹那间容光焕发,声音也从一只蚊子变成了百灵鸟,尽管嘴唇还是那样苍白:

"告诉你,我今天去完成了我的'再造工程'!"

左小伟丈二和尚摸不着头脑:"再造工程……造什么?"

水芷烟两颊犹如染上了灿烂的朝霞,猛地搂住心上人的脑袋,在他的额上叭地亲了一口,声音重新变得跟蚊子似的,在他耳边吹气若兰:

"我要把自己重新完完整整地交给你!"

左小伟依旧跟根木头似的莫明其妙。

十二

  水芷烟天真地以为，补上了那块膜，就是撑起了一块天大的保护伞，她真是天真了，她把自己当成那补天的女娲了。

  如果说她跟左小伟是两棵一心想茁壮成长的小苗，那么从这两棵小苗出土的第一天起，头顶上就笼罩着一块厚重的云彩。什么时候下雨，什么时候有阳光，什么时候飘点雪花甚至砸点冰雹，可就全看这块云彩了。

  他们是否幸福，得先看看这块云彩；想知道他们的故事，不妨先看看这块云彩的故事。事实上，他们的故事，是那块云彩附带着生下来的，是那块变幻莫测的云彩的附属品。

  他们的双亲大人，就是那块要死要活的云彩。一切悲欢祸患，皆起源于他们。

  实际上，从二十一年前起，双方的家庭就如同一根韧性无与伦比且后劲十足的大麻花，紧紧地拧在了一起，谁都没法分开。

  二十一年前，左小伟的父亲左大成完全称得上是一位幸运儿。即便是现在回到他的农村老家，他仍然是儿时伙伴羡慕——甚至妒忌的对象。

  怎么能不妒忌呢？论个头，他才刚过一米六；论斤两，要是赶上夏天称量，他还不足百斤。就这斤两个头，走起路来还有点罗锅子，谁见着都会想起一只畏畏缩缩的猴来。正是因为这样的身材，干不动重活儿，在同龄人们纷纷去学泥水匠的时候，家里才咬咬牙，让他学开汽车——他的好运，就是从那时候开始的。尔后他又削尖脑袋，进了现在这家运输公司。再尔后，凭着驾驶员与半个城里人的"显赫"身份，顺利地娶到了以前想都不敢想的本村最标致的姑娘舒梅。

  就在左小伟出世后不久，他们认识了同在一家公司的水忆寒。他的幸运儿生涯，大概也就是在那时候结束的。当然，接着而来，并不等于就是厄运，只是，有点没面子。他当然明白发生了什么。是的，他清楚得很，他一点也不傻。但是他不敢不装傻，他那时还只是公司的临时工，而那时水忆寒的叔叔是这家公司的老总。人家要端掉他的饭碗易如反掌。况且人家还通过关系，把舒梅介绍进了一家效益不错的工厂，没费他左大成一点神。现在她也跟他一样，是城里人了，并且根扎得比他还要深，再也用不着羡慕他了。这么多年来，作为公司业务科长的水忆寒，一直额外地送给他许多业务，使他多挣了不少钱，这让他更加难以说什么。

就算他对这些都不稀罕，他也不能不在乎老父生前的那些话和那双饱经忧患看透一切的眼睛。这二十一年来，那双混浊中透着睿智的眼睛，时时在他心底闪动，如同一对既飘忽又顽强的烛火，照着他，灼着他，每当他头顶上的绿帽子愈重，那烛火就愈亮。

还要说什么呢？他只能抱定一个想法，挣钱养家，盼着儿子早日成人，顺顺当当地成家立业。

但是，如果说他左大成完全没有了感觉，那是不可能的。这二十一年来，那团阴云哪一天不牢牢地压在他的心底。他头上哪里是一顶绿帽子？那简直就是一座绿色的大山啊，压得他一直无法抬头做人。以前的事可以不提了，可现在孩子们都这么大了，不能总这样下去吧？就算他能忍，孩子们的脸面往哪儿放？

他一直想做点什么，就算是为了孩子，却又不知该如何去做。如果不是他的那些同行们，他肯定还得一直当他的闷葫芦，咬紧牙关把头顶上的那座绿色大山一直扛下去，直到扛进坟墓。

也许，这也怪不得那些同行们，他们的眼馋不是一天两天了。就像一锅水，烧了这么多年，早该沸腾了。

这一天，左大成出车回来，照例在公司停车场检修汽车。水忆寒拿着一张提货单走过来。走过几名正倚车聊天的司机们身边时，一名叫做吴志亮的司机喊道：

"水科，给点生意做做吧，我们都连着三天没出车啦。再这样下去，本季度的承包额又完成不了啦。"

水忆寒只对他们点点头，径直走到左大成身边："大成，星期六跑趟唐山，给兴业公司拉一车铝材。"

左大成赶紧擦擦手，接过提货单："哎、哎。"

吴志亮他们妒忌地盯着左大成。等水忆寒一离去，吴志亮说：

"老左,我们要是有你这福气就好了。一步不用挪,生意跑上门。"

司机刘铁民哼了一声,不屑地说:"福气?有,把你媳妇贡献出来就行。"

吴志亮哈哈大笑,挤眉弄眼:"哎哟,这可不行,我家的责任田就得归我种,谁敢来?让水科到你们家去,你也天天有车出了。"

刘铁民叫道:"滚你妈的。我们家的责任田就属于我一个。得了,咱们还是跟老左借顶绿帽子戴戴,也沾点喜气!"他拍拍左大成的肩,"老左,你不会舍不得吧?"

左大成猛然转过身,握紧拳头,怒视着刘铁民。

刘铁民比他火气还大:"怎么?还想打人?老子还说错了?这些年,你多做的那些生意、多挣的那些钱,本来就应该我们大家平分,现在让你一个人独吞了!你他妈凭什么?有种的把那钱吐出来!"

其他司机连忙围上来:"算啦算啦……"

左大成在驾驶室里足足闷坐了一个小时,抽光了一包烟,末了把那张提货单撕得粉碎,发动货车,开出了公司的停车场。他没有回家,而是直奔着水忆寒家的方向而去。

自打学开车以来,左大成还从来没有将他的车开得如此杀气腾腾过。一路上其他的车辆都吓得纷纷躲避。但到了水忆寒家所在的小区时,左大成的满腔怒火,已经给他压抑得只剩下火星了,多少年来,他都是这么压抑过来的。

这个饱受屈辱的男人将货车停在路边,关锁好车门窗,埋着头走进一栋居民楼。他在一家住户门前停下,犹豫了一下,摁响门铃。虽然他早就知道水忆寒家住在这里,但他从来没有来过。如果不是今天受了这么大的刺激,他这辈子大概也不会来。不一会儿,里面传来一个女人的声音:

"谁呀?来啦。"

门开了一道缝,水忆寒的妻子柯敏从里面审慎地朝外探视着。当她看清门外站着的是从未登过门的左大成时,不禁十分意外。怔了片刻,笑容才跟漾起的水波一样,一圈一圈泛上她的面庞:

"是左师傅呀。有事儿?快请进来坐。"

左大成闷声闷气地说:"嫂子,我找你说几句话。"

"哦，水忆寒他——"

左大成低着脑袋，用脚蹭着地砖上的一条细缝："我知道水科长在公司，我才来的，我就找你。"

左大成的神色使柯敏起了几分戒备，但她嘴里仍然很热情："快进来。我给你倒杯水。"

进了屋，左大成拘谨地坐到沙发一角，自己点着一根烟，埋头猛抽起来。柯敏把一杯热腾腾的茶放在他的面前，不动声色地注视着他。

一口气抽了大半根烟，左大成才猛地抬起头，他的眼睛变得红通通的，不知是燃烧着怒火，还是渗着泪水。柯敏吓了一跳，都有点不敢瞧他。左大成说：

"嫂子，我要找你不是一时了……我是个不会说话的人。看到两个孩子相处得这么好，我，我心里高兴！可是，现在孩子都大学毕业了，长辈也得有个长辈的样子，有些事情过分摆在孩子们眼前，不好看哪！嫂子，你是个明白人，你肯定知道我指的是什么。嫂子，我好歹算个大男人，今天这话从我嘴里出来，比杀了我还难受，反正在你面前，我也谈不上什么面子了！"

柯敏连忙附和："我明白，我明白，我明白你指的是什么。你说得对，你就是不来找我，我也要去找你。都是快过半百的人啦，该收收心啦。"

左大成眼中亮闪闪的："嫂子，我满肚子苦水，也不好对别人说。我枉做了一辈子男人。当年要不是顾虑着孩子小，得有个妈，我早就……嗨，这话就不提了！"

柯敏也不禁跟着眼窝里发潮，还从来没有一个大男人在他面前流过泪："兄弟，你别难过，我理解你的心情。你也别恨水忆寒，要恨，就恨我。说出来你肯定会骂我，当年水忆寒这么做，是我默许的……"

左大成猛地抬起头，眼睛瞪得老大："嫂子，你……"

柯敏头扭向一边，两行晶亮的泪珠簌簌而下："唉，大成啊，我对不起你。你可能也听说过，当年生下芷烟之后，我就得了慢性肾炎，还伴有严重的心脏病。这么多年来，我一年倒有大半年的时间要往医院里跑。可他是个正常的男人啊。"她擦干泪，目光落到左大成脸上，"大成，其实，你也算不上吃亏。你心里也应该有数，这些年来，水忆寒帮了你们家多

少?你的送货生意有大半是他给接的吧?他这个运输公司的业务科长,差不多有小一半就是为你当的。兄弟呀,想开点,有得必有失,有失必有得。这就叫'塞翁失马,焉知非福'。你就是心里再有气,也得看在孩子面上。你看,俩孩子相处得那么好,咱们以后还要成亲家呢。你说是不是?"

左大成目瞪口呆。柯敏清了清嗓子,她的泪已经完全干了:

"要不,你就把气出在我身上,打也行,骂也行,我就坐在这儿,保证毫无怨言。"

左大成直愣愣地看着柯敏,不知所措。

柯敏伤心地叹了口气:"大成啊,我的心情跟你一样。你戴了几十年绿帽子,我何尝不是?你说得对,现在该是摘帽子的时候啦,再怎么样,也不能把帽子带进棺材里去。兄弟,咱们多联系,联防联治,盯紧点,不让他们有机可乘,不信他们改不了。"

左大成狠劲一拍沙发扶手,愤愤地说:"那好,下次他要再被我堵着,可别怪我不客气!"

柯敏吓了一跳,紧张地望着左大成:"大成,你可别胡来!"

左大成脸涨得通红:"我胡来?我忍了多少年?我做了多少年活王八、戴了多少年绿帽子?我胡来过吗?要不是看在孩子的面上,我……我杀了他都不过份!你知道公司里的同事都怎么笑话我吗?说我左大成是靠了头上的绿帽子发的财!"

柯敏厉声问:"谁这么说的?"

左大成直喘粗气:"谁这么说?大家都这么说。跟你说实话,刚才为这事,我,我还差点儿和人打了一架!公司里谁不笑话我?谁不把我左大成看成一只活乌龟?"

柯敏皱起眉头:"照你这么说,水忆寒和舒梅的事儿,公司上下都传开了?"

左大成脸上露出一丝比哭还难看的苦笑:"当然,还会等到今天吗?"

柯敏缓缓点着头,深思了一会儿,问:"今天想和你打架的人是谁?"

"刘铁民!"

柯敏立起身:"好,你等着,嫂子给你出气去!"

"出气?"柯敏的话令左大成有些意外,怔了怔,叹了口气,"嫂子,算了吧。你身体不好,不能这样动怒。都怪我不好,不该来告诉你这些。"

"哼!"柯敏冷冷地哼了一声:"不,你不懂。那句话是怎么说的?众人拾柴火焰高。这谣言就是柴,就是火,大家你加一点,他加一点,你跟水忆寒在公司里还呆得下去吗?早晚会给大家烧死。就算别人暂时烧不死你们,早晚你跟水忆寒两个人得互相烧起来。大成,男人得坐得住,得有肚量。别听别人稍微扇点风,你就能下阵雨,要看透别人说这话的险恶用心是什么。现在别人是在吃你的醋你懂吗?因为水忆寒给你的业务多,你出的车比别人多,你挣的钱多,别人眼烧得不行,就想出种种卑鄙手段来中伤你。巴不得你一个坐不住,离开公司,这样你的业务就全落到他们手里,钱就被他们赚去了,你可要看清形势,千万不要上了别人的当!"

左大成给柯敏说得一愣一愣。

柯敏咬着牙说:"不行,我非去你们公司不可,去找混蛋刘铁民算账,现在只有我能扑灭那些邪火!"

左大成反倒有些担心起来,连忙站起身:"嫂子,别,你去也没用,刘铁民这会儿可能已经出车了,得后天才能回来。"

柯敏态度十分坚决:"那好,我就等到后天。大成,你还是不大明白,不是嫂子要学那泼妇,嫂子书读得不算少,也从来都瞧不起泼妇。可是有句话说得好哇,防患于未然,现在火已经烧起来啦,我是亡羊补牢呀。羊圈已经破了,再不补起来,可就真晚了!"

十三

左大成对拜会柯敏取得的成效非常满意,因而回来的路上,车也开得格外温柔。

但他觉得还不够,应该双管齐下。谁说的呢,攘外必先安内。最关键的是,得和舒梅培养好感情。他越想越觉得,这些年自己只顾着跑车,对妻子关心得很不够,结婚这么多年,连件像样的衣服也没给她买过。水忆

寒跟她发展到那种程度，自己不能说一点责任都没有。要是自己对妻子温柔点，体贴点，水忆寒能有空子可钻吗？

他的口袋里正好有一笔还没来得及上解的货款。他找了一个地方停下车，直奔一家新开的时装大卖场。

别看左大成一年到头走南闯北，这种地方还几乎没来过。面对着成千上万件各式各样的女装，他眼都花了。幸亏现在的售货小姐个个比火还要热情。立马有一位售货小姐轻盈地来到他面前，笑容可掬地问：

"先生想买服装吗？"

"对。"

"想买给夫人？"

"对。"

"您单独来挑服装，是想给夫人一个惊喜吧？"

太对了，现在的售货小姐，真是比猴都精。售货小姐转眼提来几件同一款式的时装。

"先生看这一款怎么样？香港名牌，进口面料，您瞧这做工。对了，您今天真运气，正好碰我们卖场搞促销。您夫人身高、腰围大概是多少？"

左大成望望售货小姐："跟你差不多吧。"

售货小姐欣喜地说："这就更加好办了，我给您套上试试不就得了？"她套上衣服，燕子般在左大成面前轻盈地转了两个圈，"您看，正合适。您可真是一位模范丈夫，这衣服一买回去呀，您夫人一定会加倍地爱您。"

几句话说得左大成心里那个热乎呀："哎哎，挺合适，挺合适，就像是定做的。多少钱？"

售货小姐笑道："我刚才不是说了吗，您运气好，正好碰上我们卖场搞促销，一千二，您要是再早一天来呀，得两千了。"

左大成流露出失望的表情，摇了摇头。

售货小姐察言观色，笑吟吟地说："您不用皱眉，看在您对夫人一片深情的份上，还可以打九折。"

左大成仍旧摇头："不行。"

售货小姐心说，这个主儿看上去挺老实，看来也挺会还价，不那么好对付："那……好说，您愿意出什么价？"

左大成说:"太便宜了。有没有再贵点的?"

售货小姐张了张嘴,片刻才反应过来,惊喜交集:"啊,啊,有!有!有有有,有有有。那件,您看,两千,多好看,您夫人穿上,比布什夫人还精神呢!"

左大成提起那件衣服,上下瞧了瞧,当即拍板:"行,就它了。"

售货小姐开心得嘴巴都快咧成猪八戒了,赞不绝口:"我真羡慕您夫人,有您这样一位豪爽的好丈夫,您的夫人一定是世界上最最幸福的夫人,您也一定是世界上最最幸福的丈夫!"

左大成乐得合不拢口。

十四

左大成到家的时候,天已差不多黑了。他挟着那件新买的高档时装,悄悄打开门。

舒梅腰扎围裙,正把饭菜往桌上摆。她斜了一眼探头探脑往屋里钻的左大成:

"回来了?"

左大成腼着脸儿,猛地把衣服举到她眼前。

舒梅惊诧地说:"这是什么?给谁的?"

左大成得意扬扬:"我买回来的,还能给谁呢?"

舒梅仿佛不相信似的:"给我的?真的?这死鬼,什么时候想过给我买衣服,太阳从西边出来了。多少钱?"

"你猜猜看。"

舒梅爱惜地摸着衣服,看得出她一下子就喜欢上了,看来左大成这衣服还真买对了,左大成难免更为得意。

"这料子,这款式,都挺上档次。上次到我们厂来视察的那位女副市长,不就穿这种衣服吗?总得四五百块吧?"

"你这眼界就这么点宽呀?"

"多少？"

左大成伸出两根手指。

舒梅嘴巴张圆了："两千？"

左大成开心地打了个响指。

舒梅简直吓了一跳，叫起来："你发神经呀，两千块钱买件衣服？"

左大成气壮如牛："不能买吗？你什么衣服不能穿？世界上最贵的衣服你都能穿！来，穿！"

舒梅上下打量了丈夫一阵，警惕地说："不对，你今天肯定有什么话要说。"

左大成说："先穿衣服。"

舒梅坚决地摇摇头："不，你不把话说清楚，我不敢穿。"

左大成歪着脖子想了想，把头一甩，说："行，我就打开天窗说亮话，反正咱们心里都清楚。从今天起，你别再跟水忆寒来往了。"

舒梅不动声色："就这个？"

"就这个。"

舒梅不停地冷笑，笑得左大成摸不着头脑。

"怎么了？什么意思？你笑什么？"

舒梅的声音又尖又脆，冰雹一般毫不留情地砸向左大成："什么意思？左大成，我说你今天怎么突然送我这么好的衣服呢，咱俩结婚那阵，你都没这么来劲过。这可不是人穿的衣服，这是糖衣，里面裹的是炮弹哪，不，是美国人打伊拉克的那什么战斧……导弹！你是黄鼠狼给鸡拜年，根本没安好心啊！"

左大成愣了片刻，明白过来："照你这么说，你是想继续跟水忆寒来往了？"

他猛地抱起衣服，就要往地上摔。舒梅却比他动作更快，衣服刚被他举过头顶，就被她劈手夺下。她的尖嚷声变成了一把锋利的刀，刺得左大成直眨巴眼皮子：

"干什么！这衣服，你不打算送给我了吗？"

"是你自己不想要！"

舒梅气势汹汹："谁说我不想要了？我男人买的衣服，好的也是好的，不好的也是好的。是你自己不相信人。告诉你，我跟水忆寒已经断了！我跟他之间现在是正常的同志之间的关系！你要不相信，咱们立马上公证处公证去！这衣服，明天我就穿，天天穿，见人我就宣传，这衣服是我男人买的，两千块，多好！"

十五

差不多在左大成进入家门的同时，水忆寒也回到他自己的家。一打开屋门，便见到柯敏正静静地呆坐在客厅的椅子上。

"你一个人傻坐在那儿干什么？芷烟呢？还没回来？你这么看着我干什么？你那眼神……跟老师似的，怎么啦？"

柯敏眼神里满是忧伤，声音很低："该回家啦。"

水忆寒不解地说："我不是回来了吗？"

"你的心。"

水忆寒反应过来，心里苦笑一声，得，又得接受再教育了。但他脸上却是十二万分地虔诚："我的心？哦——你不用多说了，我明白了。我的心已经回来了，不信你摸摸，在这儿呢。"

"真的？"

"我骗过你吗？都是快到知天命的人了，就算自己不要脸，也得给孩子争点面子吧？"

柯敏眼里闪烁着泪光："咱们这个家就像条海岸线，我好歹也算是座码头。这几十年来，我一直孤零零地守在这里，等着你靠岸……"

水忆寒心里也不禁有几分感伤，默默地走上前来，无声地抱住妻子。

十六

透过水忆寒办公室的窗户，可以看到不远处他们公司的停车场，可以看见左大成正在车下忙着。水忆寒眼中布满伤感，电话筒已经在他手中握了足有二十分钟。

"……我就估摸着，他们八成是联合行动。要不为什么会同时发出禁令呢？以后，唉……你哭啦？唉，我——"他也几乎要流泪。这时进来一位职员，拿着一份单据请水忆寒签字。水忆寒马上转变语气，"啊，老朋友了，还这样客气。哈哈哈哈，行行行行，大家发财，大家发财。"一边打着哈哈，一边飞快地在单据上签上自己的大名。等职员一出门，他的语气又迅即转了过来，"对，刚才有危险，来签字的。唉，说实在的，如果他们不下禁令，我还好受一点。禁令一下，我就特别特别地想你，比以往任何时候都要想，想你火热的嘴唇，想你的身体……就是，谁叫他们下禁令的呢？如果不下禁令，还不至于想得这么厉害。人哪，就这样，对于要失去的东西，都会倍觉珍惜。对，机会肯定有的，你当他们真是火眼金睛啊……"

水忆寒跟舒梅绝对不会想到，在那个僻静的街心公园里，左小伟耳朵里塞着耳机，正全神贯注地听着他们之间的对话。听着听着，他激愤地拽出耳机，把一只MP3的耳机塞入耳内，耳中立刻斥满一个震耳欲聋的快节奏的音乐声。他浑身的血流也跟这快节奏的音乐流得一样快，因为他的脸不仅发红，而且有些发紫了。

如果水忆寒继续在他的办公室里呆上两分钟，他一定会十分惊讶，因为一向在家养病足不出户的柯敏居然出现在他们公司的停车场上，而且步履前所未有的矫健，带着一股咄咄逼人的杀气。当她从一辆货车前经过时，躺在车底检修底盘的左大成一眼就认出了她，他立刻就呆住了，他知道下面将会发生什么了，因为柯敏是直奔着刘铁民而去的，她显然事先已打探好哪个是刘铁民。

刘铁民正专心做着出车的准备，他做梦也不会想到大清早会有一位斗志昂扬的女人来找他的麻烦。

柯敏眯着眼打量了刘铁民一下，一开口便如山崩似海啸、迅雷不及掩耳："您就是刘铁民师傅吧？您不认识我，我自我介绍一下。我是你们公司业务科水忆寒的爱人，我叫柯敏。我听人说，您非常关心我们家的事儿，知道我们家水忆寒在外面有人，您为了维护我们家的荣誉，还差点跟人打架。我真得好好感激你，不然的话，我还蒙在鼓里呢。我还真想不到，我一向以为我们家水忆寒老实巴脚的，还这么有本事呀？刘师傅，您索性好人做到底，跟我到你们公司王总那儿去一趟，告他王八蛋去，他才当个小科长，就包二奶，搞腐败，这还得了？这不是破坏党的形象吗？还党员先进性呢，尽先进在'性'上了。要是共产党员个个像他，还不得亡党亡国！"

刘铁民给轰得晕头转向，好半天才弄明白是怎么回事："我……盛师母，您千万别误会，您千万别听人瞎说……"

"误会？"柯敏的斗志一浪高过一浪："非去不可！"她指着不远处正听得聚精会神的左大成，"你以为你光给他戴绿帽了了吗？我也给你戴上了！我告诉你，现在是法制社会，你这是损坏我们的名誉，是犯法！你给我到全公司的人面前说清楚去，给我们恢复名誉！否则，我到法院告你去！"

她那义正辞严的声讨声中，满脸羞惭的左大成哆哆嗦嗦地爬上尚未检修完毕的货车，呼地一下，腾云驾雾般朝外冲去。把几个正进出公司大门的员工吓得失声尖叫着，没命地四散窜逃。

整个公司中，最无地自容的，其实还是水忆寒水科长。这一天，他都不知道自己是怎么捱到下班的。回到家，心头那火还没消散，可又不敢轻易发作出来，毕竟正义不在自己一边。他深知，柯敏要么不动作，动作起来，不是那么好对付的。况且她那身体，万一把她一下子急得背过气去，那残局还不得自己来收拾？而且将来在女儿水芷烟面前，还没法子说清楚。其实今天柯敏雄纠纠气昂昂地杀到他们公司的时候，他除了没脸见人以外，最为担心的就是这个。

但是就这样算了显然也不行，自己不表一下态，很可能会有下回。

直到吃晚饭，看到柯敏脸上的阴云消散得差不多了，并且大有放晴的

迹象，才小心翼翼地开了口，半是诉苦，半是埋怨：

"多大个事儿呀，你非得闹到公司里去，弄得全公司上下沸沸扬扬。我还有脸见人吗？"

柯敏恨铁不成钢地瞧着他："这事还小吗？家和国才能安，这也算国家大事！我是为我呀？我是为你！你以为你不吭声，公司里就没人知道了？风筝早就放上天了。只是没人当面对你说罢了。你还以为自己当个科长多威风哪？臭名早就远扬了。我告诉你，人就那样，得了寸，就要进尺，今天他们敢在背后这样说你，明天就敢当面臭你。到那个时候你怎么办？你这个科长还有点威信可言吗？工作还做得上去吗？我这样做，就是郑重警告他们，别乱嚼舌头。我是你的妻子，这种事情，我不承认，别人谁也没有权利说三道四。否则，就是诽谤，就要负法律责任！同时，我这样做，也是为了让别人明白，我柯敏才是你合理合法的妻子，什么舒梅舒柳，那都是打游击的，连个候补队员都算不上。"

水忆寒心里直后悔，心想自己才说了一句话，又引来了一箩筐声讨，早知如此，倒不如刚才索性不开口好了。

柯敏言犹未尽："哼，你自己呀，可别头顶磨盘——不知轻重。下回再有这样的事儿，请我我也不去，让唾沫星子淹死你！"

水忆寒只好埋着头，一个劲儿扒饭，几顿没吃似的。

十七

水忆寒还是低估了柯敏。她的联防联治的决心不光是放在嘴上，更落实到行动上。她是铁了心要力挽狂澜了。她就是那放风筝的，以前她过分宽容了，让水忆寒这只风筝飞得太高了，现在该往回收了，再不收的话，万一那股阴风把线一刮断，她就什么都没有了。这不是没有可能的，她感觉那股从二十年前悄悄刮起的、一开始还很不起眼的阴风，弹指一挥间，竟然几乎成了一股势不可挡的飓风。再不打起十二分精神来对付的话，只怕连她都得给刮跑。

舒梅就是那股阴风加飓风。

一辈子没学过兵法的柯敏玩起战术来得心应手。她首选的战术是"伏击战",这跟她少女时代常看那些战斗故事片不无关系,那些英勇的八路军战士不是经常打小鬼子的埋伏吗?靠着几杆土枪还总是打胜伏呢。出其不意,攻其不备,才能出奇制胜么。

经过精心挑选,伏击的地点就选在新都商厦七楼时装厅落地橱窗后。这里可以说是一个战略制高点。站在这里,向东水忆寒的公司遥遥在望,向西二百米,就是骚货舒梅家所在小区的入口处。柯敏虽说身体一向多病,但目光从来都是锐利的。水忆寒只要一出公司大门,就会落入她的视线。中途有没有拐向舒梅家,更是一目了然。要是水忆寒再混得出息点,天天有专车接送的话,柯敏要逮他可也就没那么容易了,可惜,到现在为止,他来来去去还是靠着一辆破自行车;即便是狗男女想另找个窝,但水忆寒总还得从公司大门出来的,去向还是逃不过她柯敏警惕的眼睛。至少到现在为止,还没有发现狗男女有另外找窝的迹象。每天只要看到水忆寒过了舒梅家的那个路口,确定他不会往里拐了,柯敏就会迅速乘着商厦的电梯溜下底楼,再乘上出租车,抢在水忆寒之前进入自家的门。所以,可笑的水忆寒完全不知道自己已经成了别人的"猎物"了。

一连三天,没有发现异常。柯敏七分高兴,一分失望,外加两分心疼。高兴的是,上次那个"禁令",果真起作用了,看来水忆寒还是做到了令行禁止,她柯敏还是有威信的;失望的是自己这三天在这儿白守了;心疼的是,这几天每次往家里打的都花上二十好几块哪。

第四天,情况终于来了。

十八

这一天傍晚,她仍跟前三天一样,躲在商厦七楼。天擦黑的时候,才看见水忆寒骑着破车出了公司,向西蹬去。柯敏寻思着,过了今天,要是再发现不了问题,明天起就不再来花钱买罪受了。但只过了片刻,她便发

觉情况不对头,水忆寒的车速比往常快,边骑还边四下张望,快到舒梅家小区的入口处时,还掏出手机打了起来。到了那个入口处,果然见他把车龙头一扭,拐了进去!

柯敏跳了起来,好哇,以为你改邪归正了呢,还是贼心不死!她横眉立目,斗志高涨,袖子一捋,嗖地蹿入即将关上门的电梯,把里面所有的人都吓了一跳,不约而同地朝两边让去。

出了商厦,她本想打辆车,却一时招不到。她想也不想,起步往二百米外的新村入口奔去。以她现在的冲天怒火,别说这区区二百米,就是二千米她也不会放在眼里。

她完全忘了自己的身体,这二百米一跑完,就累得上气不接下气,两只手直揉胸口。等到进了新村,她再也走不动了,在那里喘得直不起腰。

一位戴着红袖套的老头半是关切半是疑惑地盯着她:"您怎么了?身体不舒服?"

柯敏连连摆手:"没、没事儿,练……马拉松……"

老头明白过来:"哦,想参加国庆长跑比赛?我也练哪,天天早上跑个三千米,我还想抱个奖回来呢。"

柯敏却瞧着他,脸色突变,眼睛、嘴巴一齐撑圆了。老头给她瞧得莫明其妙,直瞅自己身上:

"您怎么了,您瞧什么?我怎么了?"

其实柯敏哪里是瞧她,她是瞧见老头身后驶过一辆卡车,停在不远处。一个人从车上跳下来,匆匆锁好车门往小区里跑,那不是左大成是谁?他怎么这个时候回来呢?水忆寒既然敢去他们家,肯定是安排他出车了。他怎么突然回来了,而且又如此之急……她猛然明白过来,这个三百脚踹不出个闷屁来的左瘦猴学聪明了,也跟她一样,跟那两个狗男女玩起了兵法,她玩的是伏击战,他使的是回马枪!她心里突地一哆嗦,一声大喊脱口而出:

"大成!"

正急忙往里赶的左大成一下子收住脚步,十分意外:

"嫂子,是你,你怎么在这里?"

柯敏心里转了个个儿,信口说道:"哦——我找芷烟。"她试探着问,

"大成，你是出车去外地吧？怎么又突然回来了？"

左大成脸上一窘，张了张嘴，想要解释，却难以启齿。这更证实了柯敏的猜测，她迅速拿定主意，这事儿，决不能让左大成插手，男人家容易失去理智，看他这副讨命鬼的样子，水忆寒要叫他撞上了，非闹出人命来不可。这件事只能由她一个人处理。

左大成好不容易从窘迫中解脱出来："芷烟怎么了？"

既然谎话已经开了头，就索性继续往下撒了："哦，这孩子，说了她几句，就赌气出了家门。打她手机也不接，我跟她爸爸到处找她也找不着。这不我刚从你们家出来，你们家怎么没人儿啊？你们家舒梅今天上夜班啊？"

左大成有些发愣："我们家没人啊？她——会不会去买什么了？"

柯敏不容他细想："大成，你要是不急，能不能帮着我找一找芷烟？这孩子，我是不能说她了，脾气这么倔。她倒是对你挺亲，找着了她，你帮我狠狠教训教训她！"说着，不知触动了哪门子伤心事，居然抹开了眼泪，"一个女孩子家，会哪跑儿去呢……"

"行，我这就去找。你别急，啊，肯定能找着的。"左大成的心思果真全部转移到了水芷烟身上。水芷烟从小与左小伟在一起，在左大成的潜意识里，早把她当成自家人了，一听说她不见了，那还得了？

"他们的'伤心小筑'找过没有？"

柯敏摇摇头："不知道。那一路是他爸爸找的，我找的是这一路。"

"你别急，我先去他们网站看看，再去黄河路上的'一剪梅'咖啡厅，他们常去那儿。找着了，我就打手机。"说着匆匆向新村外跑去。他没开他的货车，而是跑到新村外，拦了一辆出租车。

左大成一走，柯敏的心放下一半儿，心急火燎地展开了行动。现在行动的性质已经完全变了，现在不是去"抓人"了，而是去"救人"。她知道给她的时间有限得很，左大成随时都会回来。其实左大成真是笨得可以，刚才他只要一打他儿子的手机，一切就都露馅了。也该着他，这么一颗花岗岩脑袋，他不戴谁绿帽子谁戴？她心里这个憋屈，老公在外面寻花问柳，老婆还得拖着病躯，斗智斗勇地为他做保卫打掩护，这算哪门子事儿呀？可再憋屈，那也是她老公。

同时，心底又止不住一阵阵发痛，刚刚与左大成结成的"联防联治"的同盟，才过了三天，就土崩瓦解了！

她掏出手机，试着拨打了水忆寒的手机，果然不出所料，听到的回答是"您拨打的用户已关机"。拨打舒梅家的电话，也果然一直是忙音。

她只好压着火，咬着牙，往那套她什么时候一想起来就咬牙切齿的房子赶去。尽管那里她总共只来过两回，但即使哪一天她不记得自个儿的家门了，也永远不会忘记那家的门。

她气喘吁吁地摸到舒梅家门前。门紧闭着，里头灯也不亮。她不能想象里面正在发生着什么，真恨不得手中有一把火箭筒，轰地一下把眼前这秽浊的一切炸个干干净净。但她不能，连抬手敲门都不敢，怕声音惊动对门邻居，只好狠狠地摁下门铃。

悠扬悦耳的门铃音乐声在黑通通的屋内回荡。这本该是令人舒心的乐曲，卧室内的一男一女听来却心惊肉跳。两个人一下停止动作，心都提了起来。这会是谁呢？有一点他们坚信，不会是左大成，今天下午水忆寒交给他一个大活儿，他现在肯定已经在几百公里之外了。

二人都大气不敢喘。但只片刻，水忆寒便镇静下来，贴着舒梅耳朵，悄声说：

"会不会是小伟他们？"

舒梅的心怦怦跳着，声音比水忆寒的还低："不会吧？他们不是去看什么演唱会了吗？肯定不是他们，小伟有钥匙，如果他们回来，肯定会用钥匙捅门。"

"那会是谁？会不会是谁走错门儿了？"

两个人胡乱披上件衣服，光着脚，做贼似的出了卧室，来到门背后，从"猫眼"里向外张望。这一看之下，两个人差点吓坐到地上。外面昏暗的门灯下，那个一脸着急的女人，不就是柯敏吗？不过二人可一点也体会不出柯敏的着急，大难临头的恐惧犹如透骨的冰水，一下浇遍了二人的全身。

舒梅首先差点叫出了声："是……是柯敏！她怎么来了？"

水忆寒总算比她镇静一点，急忙掩住她的嘴："小声点，她是捉双来了！"

舒梅两腿直发软:"怎么办?"

水忆寒搡着她往卧室里退:"反正不能开门。不是熄着灯吗?就当这屋里没人。"

屋外,柯敏继续不屈不挠地摁着门铃。摁了一会儿,她沉不住气了,开始轻轻敲门,并压着声音喊话:

"舒梅,水忆寒,我知道你们在里面,你们开开门,我有话跟你们说。舒梅,舒梅,你开门呀……"

水忆寒跟舒梅已经退到卧室内,外面那本来就压得很低的喊声传到这里,几乎听不见了。一对男女手忙脚乱,飞快地把各自的衣服朝身上套。然后迅速整理被褥,把一切弄乱的东西整理好。黑暗中舒梅摸着一样东西:

"袜子,你的袜子,快穿上!"

"哎。"水忆寒接过袜子,慌里慌张往脚上套,立刻又蜕皮一样脱下来,"这不是我的,我的早穿脚上了,这是你的!"

舒梅急忙接过袜子往脚上套:"瞧我。"

因为动作过猛,胳膊一下子碰着紧挨旁边的梳妆台上的花瓶,那瓶了一歪,便往地上倒去,水忆寒眼疾手快,一把捞住。却又摸起了自己的口袋:"我的手机呢?"在床上摸了两把,最后在枕头底下摸出了手机。

黑暗中舒梅一边飞快地梳着头发,一边不放心地问:"还有什么掉床上了没有?"

水忆寒上下胡乱摸了摸口袋:"没有了,好像没有了。"

舒梅透了口气,底气仿佛足了点:"哼,现在她就是进了门,也看不出什么了。"

水忆寒照旧哭丧着脸:"孤男寡女的,黑咕隆咚地说得清吗?"

而外面,柯敏的敲门声暂时停止了。柯敏有点疑惑起来,会不会是水忆寒压根儿没来这儿,那一天下的禁令真起作用了?还是先前自己看走了眼,那往这小区里拐的人,根本不是水忆寒?把耳朵贴在门上听听,果真一点动静都没有。她想了想,决定加大力度,做最后一次努力。举起拳头,重重地朝门上砸去,高喊道:

"舒梅!舒梅!你把门开了,我就跟你说一句话,说完我就走!"

这边的门没叫开，对面的门倒开了，一个三十多岁的男人探出脑袋：

"您找舒师傅呀？她晚上好像回来过，不知道这会儿在不在家。"

柯敏一声不吭，掉转脑袋就往下走，那男子莫明其妙，摇摇头，砰地一下关上门。

深一脚浅一脚地下到底楼，冷汗已经浸湿了柯敏的内衣。倒不完全是累，更多的是紧张，她仿佛看见左大成已经怒气冲冲地往回赶了。她在楼梯口徘徊了几步，看见旁边有个小杂货店，一个老头悠闲地看着电视，心里一亮，走过去。

"对不起，大爷，我想跟您要张纸、借支笔写几个字。"

"唔，好。"

老头拿来纸笔。柯敏迅速写了几个字，放下纸笔，第二次朝楼上爬去。

门仍跟刚才一样紧闭着。柯敏带着一股说不尽的气恨，捏紧拳头朝门上猛击一下，把纸从门下边的缝里塞进去，大喊一声：

"门下边！"

喊完这几个字，她的眼泪迸了出来，猛一转身，跌跌撞撞朝楼下走去。她的内心早已泪流汹涌，但她使劲地憋着。自己这算干什么呀？世上还有像她这样的傻子吗？

其实，柯敏塞纸条、捶门的动作，水忆寒跟舒梅瞧得清清楚楚。柯敏第一次下楼后不久，他们就来到了门背后，一直透过"猫眼"紧张地朝外张望呢。柯敏异乎寻常的动作令二人都不由得一愣，她这是干什么呢？不约而同地俯身捡起纸片。却看不清上面写着什么，又不敢开灯。

舒梅拽着水忆寒，重新蹑手蹑脚来到卧室内，摸出挂在钥匙上的微型电筒，一行匆忙写就的潦草字跃入二人眼帘：

左大成回来了，他会杀了你们！

水忆寒倒吸一口冷气："大成回来了！他不是去了唐山吗？"

舒梅忽闪着眼睛："她会不会在吓唬我们，当我们是小孩子？"

水忆寒紧张地思索了一会儿，坚决地摇摇头："不！是真的，我了解她。她跟大成不同，关键的时候还是跟我们一条心的。肯定是大成杀了个回马枪！"

舒梅这才有些慌了："你是说，她……她成了我们的地下党？"

水忆寒声音也有一丝抖："我得快走，被大成堵在屋里就不好玩了。别看他老实巴脚的，一旦发起火来，跟条疯牛似的，我见识过的。"

"那我怎么办？"

水忆寒故作轻松地做出一个勉强的笑脸，却没想到黑暗中舒梅根本看不见："你怕什么？我一走，你不就没事儿了？"

两个人重新来到外间。经过客厅的时候，水忆寒习惯性地捡起他丢在客厅桌上的包。来到门边，从猫眼里朝外望去，外面空荡荡的。

水忆寒悄声说："你别动，我一出去，你就把门关上。"

舒梅突然一把抱住水忆寒，滚热的嘴唇贴上水忆寒的面颊。水忆寒感到有几点热泪淌在他的脸上，也不由得眼中一热。他紧紧地抱了舒梅一会儿，轻轻地推开她，猛一拉门，闪了出去。那门在他身后无声地迅速关上。

外面一个人也没有，水忆寒长长地松了口气，把包挟挟好，没事人一样稳稳当当地往下走去。皎洁的月光透过窗户，温馨地铺向一级级楼梯，四下里是如此地太平，哪有一丝丝危险的迹象？他几乎开始认定，上柯敏的当了！

他哪里料得到，一辆出租车正风驰电掣地驶进这个小区的入口，车后座上的左大成嘴唇咬得紧紧的，眼中燃烧着受骗上当之后的怒火。

他是一路带着找到水芷烟的迫切愿望赶到"伤心小筑"的。到了那里之后，发现两个孩子不在。直到那时，他才想起自己真笨得可以，应该先打小伟的手机问问。跟小伟一通话，他才如梦初醒，水芷烟哪里跟她家里怄气了？两个孩子正全身心地投入在演唱会现场呢！

这个可怜的汉子心底涌荡着一股巨大的悲愤。为什么大家都要合起伙来骗他？为什么？是不是他的命该如此？那个女人不是刚刚与他结成了统一战线吗？为什么连她也欺骗他？她究竟想干什么？她这么苦心骗自己离开自己的家，家里究竟发生了什么？他几乎可以断定，水忆寒就在他的家里，柯敏那样做的唯一理由，就是护着水忆寒。这个臭女人，一到关键时

刻,还是立刻分了敌我啊!他恨不得一步飞到家中,揭开这个让他心底淌血的谜底。所以出租车一到他们家所在的那栋楼,他就迫不及待地丢下一百块钱,连找零也不要了,跳下车,朝楼梯方向飞奔而去。

此时水忆寒已经走到楼梯口,脑子里还在后悔着刚才出来得是否太早了——索性一直藏在里面,过后见了柯敏,来个死不认账,她也只好无可奈何呢。冷不防黑暗中伸出一只手,一把拽住他。他吓了一跳,刚要叫出声,嘴巴被一只柔软冰凉的手捂住。柯敏几乎是贴在他耳边说:

"别做声,到这里来!"

水忆寒丝毫不敢动弹,乖乖地被她拽着,迅速隐到黑暗的楼梯下。他心里这回是十二万分地后悔,刚才真应该一直藏下去,这回好了,回家非得上一夜的思想课了。刚刚藏住,就听见一串噔噔噔沉重的脚步声从外面冲进来,一个人跟一头狂躁的公牛似的,直朝楼梯上蹿去。水忆寒看得清楚,这不正是左大成吗?!

嗡地一声,水忆寒的脑袋一下子涨大了十倍。未及做出其他反应,忽然觉得紧挨在身边的柯敏身体直朝下软,她晕了过去。她的身体本来就不行,刚才又一直处于高度紧张状态,现在危机陡然解除,就像绷紧的弦一下子松垮掉了,能受得了吗?

水忆寒差点没惊叫出声,顺手一捞,把柯敏托住。他真是吓坏了,冷汗沿着额际簌簌而下,又不敢出声求援,只得抱起妻子,没命地朝小区外跑去。心里一个劲地祈祷:老天爷,可千万别出什么事儿呀!幸运的是,一出小区,便看到一辆出租车迎面而来。水忆寒声音都变了,用尽力气喊道:

"出租车!出租车!快,医院!"

十九

左大成并没有完全失去理智。越往上走,他的脚步越轻。他竭力克制着自己,他非常明白,捉就要捉个现场,决不能打草惊蛇。不然的话,凭舒梅那脾气,自己一定会吃不了兜着走的。

他家的门照例紧闭着,就跟他以往回家时看到的一样。他把耳朵贴在门上,凝神谛听了一会儿,什么也没听到。他轻轻抖出钥匙,朝锁眼上捅去,心里还在抱着一丝侥幸:门可别反锁着。好,锁芯转动了,门无声地打开了。门里一片漆黑,他脱掉鞋,轻手轻脚朝里走去。

卧室的门也紧闭着,他耳朵贴着门,又凝神听了一会儿,好像听到一些声音,又好像什么也没听到。因为外面不断有汽车驶过、某户人家电视机开得很高的声音传来。他突然一横心,轰地一膀子撞开门冲进去。随着这一声巨大的破门声,一声魂飞魄散的女人尖叫从床上响起,"炸得"左大成头皮直发麻:

"谁?救命啊,抓贼呀——"

舒梅如同一只点燃的炮仗,从床上直蹦起来,抓起床头的电话就打:"110!110!我家有贼!我家有贼……"

左大成啪地打开灯:"舒梅,是我!"

舒梅五官都挪位了,仿佛不认识自己丈夫了似的:"你……你……"

话筒还举在舒梅耳边,110指挥中心的声音不断传进舒梅耳朵:"喂,喂,你是哪里?怎么回事?快讲清楚!喂,喂……"

舒梅好不容易才缓过劲来,哆哆嗦嗦地回道:"我,我,没事儿,没事儿,对不起,是我丈夫回来了,他没开灯……他个王八蛋,你们把他抓走,判他个十年……"

没等她骂完,对方啪地把电话挂了。

左大成知道砸锅了,木头一样呆立在那儿,好不容易才想起一个理由,嗫嚅着:"我……有样东西掉家里了,回来拿一下。"

舒梅惊魂稍定:"什么东西?"

"是……那个……我拿件衣服,夜里冷。"

"你不是带了件衣服吗?"

"……掉啦……"

舒梅上下打量了他一阵,冷笑着:"掉啦?是你的魂掉了吧?"她抹了一把刚才吓出来的冷汗,缓缓地起身下床,"你跟我来。"

左大成不敢不从,也不敢问为什么。舒梅挑开床下的围帘,冷冷

地问：

"看到什么没有？你说话呀？看到没有？"

左大成摸不着头脑，老老实实地回答："没有。"

舒梅又啪地打开橱门："看清楚，里面可有个大活人？你说话呀？"

左大成有点明白妻子的意思了，垂着脑袋，开口不得。

舒梅疯了一般，啪啪啪，把衣柜所有的门通通开了，边尖利地叫着：

"你看清楚，这里，这里，这里……可曾躲个大活人？"又揪着左大成来到外间，噔蹬蹬跑进橱房，把大大小小的碗柜门大开；奔进别的房间，把橱柜、抽屉大开，"这里，这里，这里……可别有个缩身法，藏到这里来！"

左大成喉结动了好几下，说："你干什么呀？我又没说什么。"

舒梅砰地把一只抽屉摔在地上："你还用说吗？你那态度不就明摆在那儿？你是东西掉在家里了吗？你是魂掉在家里了！你是不放心你的老婆，老婆要在家里偷人，你回来捉双来了！你这回马枪杀得多漂亮，神不知鬼不觉的，当年打日本鬼子怎么没让你去？要让你去的话，小鬼子们保准屁滚尿流，早早滚回东洋老家去了！"

左大成声音提高了三分："这不是我的家？我不能回来？"

舒梅狠狠地在那只摔破的抽屉上踢了一脚："谁敢说你不能回来？回自己的家跟当贼似的，谁像你这么有本事？都能上吉斯尼世界之最了！"

左大成咕哝道："是吉尼斯……"

"吉尼……是呀，我没说错吧，连这也比我懂，多厉害，整起自己老婆来当然高人一等了！"

左大成翻了一下眼皮，鼓起勇气说："你如果以前没有那些事儿，我会这么干吗？归根结底怪谁？"

舒梅愣了一下，嗷地哭出声："怪我，怪我，当然怪我……是我不好，我不是个正经货，我败了你们左家的门风。可你当年怎么不和我离婚？啊？是谁硬赖着谁了？是谁耽搁了谁？啊？难道我就不能有点个人追求？难道我这一辈子都得系在你左大成裤腰带上？你左大成厉害呢，你比本·拉丹还厉害呢！你耽搁了我多少年？你自己算算账！我跟你要过青春损失费吗？当年要不是看着你跟孩子可怜，我早就……我作出了多大的牺牲，都是为了你们左家,你还有点良心没有?我告诉你,别看我姓舒的小女子老了不值钱了,就欺负人。要离婚,现在也来得及!"

左大成狠狠咬住嘴唇,过了一阵才慢慢抬起头:"说了半天,都是我的错了?"

舒梅扑到左大成面前,一根尖尖的手指刀子似的狠狠地戳着左大成的鼻尖:"不是你的错是谁的错?有你这样不尊重人的吗?赶明儿你索性找一根粗绳把我拴在你的腰上,到哪儿都带着我,连拉屎撒尿也别把我落下。要不,你索性跟昨天报纸上讲的那个虐待狂一样,做一把特号的贞操锁……"

左大成嘴唇哆嗦着,语无伦次:"好、好、好,都、都是我不好,都是我的错,行了吧?"

舒梅叫道:"不行,姓左的,你今天非把事情讲清楚不可,不然咱们没完!"

"好,好,好!"左大成脸上青一阵白一阵,浑身打着抖,激愤得不知如何是好。突然,他双膝一屈,扑通一下跪在舒梅面前,咚咚咚地向舒梅磕起响头来,"我向你赔礼!我向你道歉!我向你磕头!我向你认罪,这总行了吧?!"

就在这时,门突然被钥匙捅开,左小伟跟水芷烟意外地出现在门口,二人被眼前的情景惊得目瞪口呆。左小伟失声喊道:

"爸!你这是干什么?"

犹如被兜头浇了一盆凉水,舒梅的疯劲一下子被浇灭。愣了好一阵,铁青着的脸上露出勉强而又难看的笑容:

"芷烟……你们看完演出了?"

左大成一声不响地爬起来,掩着面急促地奔出屋子。左小伟怔了一下,拔腿追了出去:

"爸!爸!你去哪儿?爸……"

左大成头也不回,跌跌撞撞跑得飞快。眨眼功夫就到了楼下。他一路狂奔,跳上他那辆停在路边的大货车,发动了车子欲走。紧追而至的左小伟也抢上驾驶室。

"爸!你这是怎么了?出了什么事?"

左大成一声不吭，猛地一踩油门，猝不及防的左小伟一个大幅度俯仰，脑袋差点撞到挡风玻璃上。车子疯了一般驶出新村，在马路上疯跑起来。

左小伟抓住左大成的胳膊："爸，你开慢点！"

左大成毫不理会。两道泪水无声地挂下他的面庞，被迎面而来的车灯映得闪闪发亮。左小伟不由得心里一阵阵紧缩，不敢再看父亲的脸，紧紧地闭上嘴巴，再也不吭声了。

但只过了一阵，左大成便渐渐平静下来，车速越来越慢，最后在路边停了下来。他看着前方，哑着嗓子说：

"你回去吧，芷烟等着你哪。"

左小伟低着头，过了好一阵，轻声说："不，我没事儿……"

父子俩就这样沉默着。外面的车一辆接着一辆从他们身边呼啸而过，灯光映得他们脸上一会儿明，一会儿暗。不知道他们在想什么，其实不需要问，谁都知道对方心里在想些什么，那秘密在父子二人心中流淌了多少年了，但谁都不会让它泄露出来，在任何时候、任何地方泄露出来，都是极为难堪的。

或许，今晚那个尴尬的场面，不该撞入左小伟的眼中，但这是迟早的事。在演唱会的现场接到父亲的电话的时候，他就预感到要发生什么。他的确曾犹豫过该不该回来，他一直怕这些类似的尴尬。过去的时光中，如果他对这些再热心一点点，肯定会有更多类似的尴尬撞入他的眼中来。但是，他怎么能置之度外呢？那里是他的家，是他从小长大的地方，况且就算他不肯回来，水芷烟能同意吗？

良久，左大成又发动车子，货车又缓缓地向前驶去。车子就以这样奇怪的速度朝前跑着，时速顶多不超过二十公里。它如同一头负伤的老牛，缓缓行驶在车河里，任凭两边的车辆如流星般疾驰而过。它缓缓行过曙光大道，行过洪山路，最后缓缓驶进左大成他们公司的停车场。

车子停稳，左大成不声不响地下了车，不知是脚下发软，还是被什么绊一下，一个趔趄，差点摔倒。左小伟连忙跳下车，企图扶住父亲，却被左大成轻轻推开。一位司机看见左大成，诧异地说：

"咦，老左，你不是去唐山了吗？这么快就回来了？"

左大成咧了咧嘴,没有答话,径自朝自己的宿舍走去,左小伟紧紧跟上。

二十

左大成的宿舍很乱,一张单人床,一张桌子,几张凳子,靠墙放着一些炊具,整个房间透着一股令人发冷的潮湿气息。

左小伟默然看看这一切:"爸,您还没吃晚饭吧?您先坐着,我一会儿就回来。"

说着出了门。很快他又返回,手中拎着几瓶啤酒跟一些熟食。一进门,他便愣了一下,他看到父亲手中紧紧攥着一把菜刀,正对着锋利的刀刃发愣。一听见门响,左大成条件反射地把刀放下,看了儿子一眼,不自然地移开目光。左小伟仿佛什么都没瞧见,把门关好,从乱七八糟的碗筷中找出两个干净点的盆子,用一块不太干净的抹布擦了擦,斟上酒。没有碗装菜,便把菜连着包装袋放在桌上。

他轻声说:"爸,吃吧。"

左大成木然地呆视了一阵碗中的酒,端起来咕咚喝了一大口,酒碗未放下,又咕咚喝了一大口。抬起头来,苍白的脸上竟然浮现出了一片笑容,犹如冬天场地上的积雪中央融出了一滩浑浊的水渍。他的声音异常平静,只是跟他的笑容一样,有些沉,有些浊。

"小伟,你早些回去吧。芷烟等你着哪。"

左小伟愕然地望着父亲,一时说不出话来。

"我没事儿。和你妈拌了几句嘴,惯了,夫妻间哪有不拌嘴的?你不要瞎想,没别的事。你回去吧。"

一股又咸又苦的滋味填满了左小伟的心,他埋下头去,掩饰地呷了小口酒。很快又抬起头来,轻轻地,但是很清晰地吐出几个字:

"爸,你知道狂犬病吗?"

左大成没有听清:"什么病?"

左小伟稍稍提高一点声音:"狂犬病。"

左大成摇摇头,又俯下脸去,咕咚喝了一大口酒。以他此时此刻的心境,实在不想去探讨什么狂犬病。但是,儿子接下去的一句更低、更清晰的话,差点让他的脸淹进酒里。

"爸,我想告诉你,水忆寒他——极有可能得了狂犬病。"

足足过了两秒钟,左大成才反应过来。小伟说什么?水忆寒他、他……他猛地扬起脸,瞪大眼睛,盯在小伟脸上:

"你说什么?"

左小伟平静地回视着父亲,从小到大,左大成从来没看到过儿子如此沉静、坚定的目光,这两道目光犹如两颗钉子钉在他的脸上:

"水忆寒,可能得了狂犬病。"

"就是那个疯狗病?"

"对。"

"你是怎么知道的?"

左小伟没有回答,依旧那样平静地回视着父亲。

左大成倒吸了一口冷气,失声叫道:"是你干的?!"突然惊觉自己声音太高了,连忙看看左近有无旁人,慌慌张张地起身,把门关上。因为动作失措,把一张凳子都带翻了,砰地一声,发出很大的响声,把他自己都吓得一哆嗦。

他五指如钩,几乎要抠进儿子的肩里去。他的眼睛瞪得吓人,声音却低得几乎听不见:"你是怎么弄的?捉了一只疯狗去咬他的?"

左小伟的眼底含着一丝笑意,他的平静与坦然令左大成心底直发瘆。左小伟吐出两个字:

"蝙蝠。"

"蝙蝠?"

"对,蝙蝠。"左小伟犹如一位耐心的教书先生不紧不慢地解答着学生的提问,"狂犬病病毒不仅狗身上才有,牛、马、羊、猪、狐、狼、熊、吸血蝙蝠等,身上都可能带有狂犬病毒。而有种蝙蝠身上的病毒尤其浓烈。"

左大成问:"你从哪儿弄来这种蝙蝠?"

"我有个同学在药科大学念书,他们实验室里有。本来他们要把它处理掉,我偷偷把它弄了出来。而且,我还设法让它与同伴们互相噬咬,以增强其毒性,给它注射兴奋剂,以增强其暴躁性。"

"你怎么让蝙蝠咬他的?"

左小伟迟疑了一下,眼皮垂下去:"我……找了个机会,把蝙蝠放进他的包里。"他实在不想告诉父亲是在何时何地把蝙蝠放进水忆寒包里的,那样的场景他一辈子不愿想起,但也一辈子不会忘记。

左大成仿佛还有几分不相信似的:"他天天带的那个包?"

左小伟答非所问:"当时那只蝙蝠已经饿了整整三天。"

左大成慢慢松开了手,颓然地跌坐在凳子上。

左小伟抓住父亲的手:"爸,您别害怕,一切都天衣无缝,他做梦都不会想到是我干的。没有人看到,没有人证明,我也没有留下任何痕迹。只要我不说出去,谁都不会想到这件事跟我有任何关系。"

左大成目光一闪,心中还抱着最后一丝希望:"你怎么知道他一定被咬上了呢?"

左小伟从口袋里掏出了窃听器的耳机:"我有这个。"

"这是什么?"

"窃听器。"

"窃听器?"

"对,这是我从网上邮购来的。您还记得上次我跟您要三千块钱吗?其实我根本不是想买什么学习资料,而是买了这个。这是目前网上能找到的最高档的窃听器,比一般的窃听器听的距离要远得多,声音也清晰得多。我在放蝙蝠的同时,把窃听器藏在他的包里。"他咽了一口唾沫,"爸,我不说您也明白,我为什么要这么做。如果不是您还在为他跑车,我也不想告诉你。您知道,狂犬病一旦发作起来,是十分可怕的,甚至有的患者会像疯狗一样会见人就抓、就咬,被他抓着、咬着的人,也很可能会得上这种病。您为他送货,经常在他身边……"

左大成呼吸都不自然了,打断他的话:"照你这么说,水忆寒肯定是没命了?"

左小伟没有回答,但也没有否定。左大成失魂落魄地站起身,神经质

地在狭小的房间地里踱开了步。越踱越激动、越惊慌，原先苍白的面孔，不知何时涨得通红。踱着踱着，他突然停下来，把脸凑到儿子脸前，粗气直往儿子脸上喷：

"那你，你，你不成了——杀人犯了？！"

"水忆寒到死也不会想到这是怎么一回事。如果今天我不告诉你，天下没有第二个人知道。"

左大成一把扯过窃听器，手直哆嗦："你，你，你本事不错，弄来了这么好的东西！有本事，有本事。你念了个大学，本事都用到这上面了！"

左小伟咬着嘴唇，他不明白父亲为什么这么激动。

左大成说："你这不是……你这不是瞎胡闹吗？我们大人的事，关你什么事？要你掺和进来干什么？你——你——嗨！这关你什么事儿呀？"

左小伟叫道："爸，我是你的儿子，你的事就是我的事，你受到伤害，我能不觉得痛吗？好比我受了伤，你不也同样疼吗？你以前和妈吵的那些架，都是为了什么？你当我真不明白？那时候我还小，帮不了你，可我现在大了！"

"大了也没你的事儿！"

"不，有我的事儿！水忆寒带给我们家那么多屈辱，这屈辱是你的，也是我的。在别人的眼里，我们是什么？我小的时候，同班的孩子动不动就嘲笑我，你有个野爸爸！还叫我去做一做亲子鉴定，看到底是谁的种。如果没有他，我们家就能和别人家一样过得正常，我也就能有一个正常的童年。我不求别的，我不贪图什么荣华富贵，我只求能过得和普通人一样，过正常的日子，可是我没有！这一切都是因为他，是水忆寒，是他带给我的。我今年二十一岁了，我活了多少年，这屈辱就笼罩了我多少年，而且直到今天，还在继续笼罩下去。你说，我不找水忆寒算账找谁去？他害了我们这么多年，让他付出什么代价都是应当的……我以前读过一个故事，说的是一位寡母和自己的儿子相依为命。寡母与一个和尚私通，但他们家与寺庙之间隔着一条河，两个人每次幽会的时候，寡母都要绕河走上很多路。儿子渐渐大了，为了不让母亲再那么辛劳，就不辞劳苦，在河上搭了一座桥，让母亲每次都能很快地与和尚相会。后来母亲病死了。在一个伸手不见五指的夜里，这位儿子悄悄摸进庙里，一刀将和尚杀死了。这个故事的题目就叫做《搭桥顺母意，杀僧报父仇》。"

左大成把脸一扬："这个故事我也听说过，那后面还有两句话，你怎么没说出来？"

左小伟说："什么话？"

左大成说："古今多少事，都付笑谈中！笑谈，懂吗？笑谈！什么是笑谈？就是说这样的事都可以当成笑话来说说的。你管人家说什么，其实都是笑话，跟那些相声、小品一样，都是笑话！"

左小伟别过脸去："爸，我说了您别生气。我刚才进门的时候，你不正紧握着菜刀吗？你想干什么？"

左大成哼了一声："那是我心里一时想不开，你当我真想杀人啊？孩子，你年纪轻，你还嫩着哪。你睁大眼睛看看我们周围，戴过绿子的人有多少？只不过有的人自己不知道罢了，我听说，不光咱们中国人这样，人家外国这种事儿更多，这也是国际大气候！喏，跟我们一起跑车的张二拐，老婆跟人家跑出去整四年，到头来两口子不还是照样和和美美的？你认识的钱叔叔、赵利群、陈安，他们的老婆哪个年轻时是好货色？你上小学的时候，不是有一次回来告诉我，你们班同学李华华被大家骂成杂种吗？那真是个杂种，他娘当姑娘的时候，是他们家对门的刘大胖在她肚子里下的货。你以为他爸心里就不明白？可人家父子俩照样玩得开开心心。人哪，得有个忍劲，忍一忍，就万事太平了。要是个个都像你这样，那还不天下大乱了？"

左小伟望着父亲，仿佛突然觉得他陌生了："爸，我真不理解你。"

左大成深重地叹了口气："不理解什么？干什么事情都得有个分寸。该打八板子，你不能打十板子；没犯死罪，就不能断人家活路呀！再说，你当我真亏了？我是输了面子，赢了里子。你看跟我一块搞运输的，哪一个有我的生意好？这都是水忆寒给我拉的。一年光从这上面，我就得比别人多挣两万块。水忆寒这个王八蛋，一年暗中贴给你妈的钱，也肯定在两万块以上。别看他王八蛋当个鸟科长，家底不见得比我厚实！人这辈子图个啥？还不是图个实惠？再说了，他女儿不是到你手上了吗？这叫做父债女还，他是折了女儿又赔钱，老天有眼哪，命中注定的。你们这些孩子呀，懂得什么呀？"

左小伟咧开嘴巴，一时说不出话来。

左大成蓦地又想起一个问题："我问你，你给我说实话，你对芷烟不会使什么坏心眼吧？"

左小伟不解："爸，你把我想成了什么？我真是那种十恶不赦的恶魔吗？"

"那上回，芷烟好好的为什么要割腕自杀？"

"她，她……"

左大成打断儿子："我听说你们上高二的时候发生了一件事，究竟是什么事？"

左小伟真不知道该如何向父亲解说。

"你占她便宜啦？"

"爸……"

左大成的眼神狠狠地剜着儿子："我可警告你，芷烟这孩子是个好孩子，大学生，有水平，会疼人，从小就跟我们亲。我是看着她长大的。谁都看得出来，她对你可是一万个真心，要是你敢对她怎么样，我第一个对你不客气！"

左小伟垂下头去。

左大成悲伤地望着儿子，又无奈地长叹一声："可是，你对她亲爹做出了这样的事，如果让她知道了，唉！"

夜很深了，周围的一切都静了下来，左大成的宿舍也熄灭了灯，父子俩就挤在一张床上，但是他们哪里睡得着呢？黑暗中，都睁大眼睛各自想着心事。

黑暗中，一个被刀子一样深刻在左小伟心底的镜头透过重重尘封，慢慢浮现出来。

那是左小伟上四年级的时候，春天，栀子花盛开，满街飘香时。这一天，因为学校要迎接什么检查组，提前放学。左小伟背着书包，兴冲冲地回到家。用钥匙打开家门，听到妈妈卧室里传来一阵阵忘乎所以的呻吟声，好像是妈妈发出的。他起初以为出了什么事，提着心走过去，却惊愕地发现水忆寒跟舒梅裹着被子从床上坐起，衣服则凌乱地扔在地上。

对于儿子的突然出现，舒梅也十分吃惊，满面羞惭，片刻才镇静下来："小伟，今天怎么回来得这么早？"

左小伟傻了一般，呆呆地看着床上的两个大人。

水忆寒冲左小伟笑笑，慢条斯理地穿着衣服。尔后从口袋里摸出十块钱，递给左小伟。左小伟既不接，也不拒绝，仍旧那样傻傻地看着。水忆寒摸了摸他的脑袋，挟着包，从容地离去。

舒梅也同时穿好衣服，脸上红扑扑的，嗔道："小伟，这孩子，傻了似的，怎么了你？"

左小伟突然尖叫起来："你们不要脸！"

舒梅一愣："你说什么？"

左小伟叫得更响："你们不要脸！"

啪！一记耳光重重地落在他的脸上。

"你敢这样说妈妈？还得了！小小年纪良心就这样坏，长大还想享你的福？"说着舒梅的泪也下来了，"你知道妈妈多不容易？你爸一天到晚在外边跑，什么时候能顾得上个家？家里哪样事情不要妈妈操心？就说你个小没良心的，从头到脚，吃的穿的喝的睡的，哪样事情不要妈妈料理？你还敢这样说妈妈？！再说水叔他，帮了我们家多少？帮了你爸多少？没有他，咱家能过上这样的好日子吗？没有他，你爸连车都开不成！他对他自己的家也没这么费心过。水叔一天到晚带你玩，给你买这样买那样，你怎么没一点记性？"

左小伟仿佛被那一记耳光跟劈头盖脸的责骂震懵了，泥塑木雕一般。

这个镜头刚闪过，一个经常在左小伟心中跳动的镜头，犹如藏在云层中的银月，出其不意地跳了出来。那是左小伟十七岁时的那个夏夜，两个少男少女在昏暗中缠绵着。突然，少年左小伟爬起身，胡乱套上衣服，冲出门去，水芷烟愣在那儿……

二十一

左小伟醒来的时候,天已经大亮了,父亲已经不见了。

此时,左大成已经出现在医大附院内科的一间诊室内。一夜之间,他的白发似乎猛增了一倍。他的脸不仅发白、发青,而且有些浮肿,眼圈发黑,仿佛连着几夜没有睡了,过去一个人跑长途时,也没有这样过。他看看其他几位候诊的病人,掏出一盒刚买的"中华"烟,有点胆怯地放在一位正埋头写着什么的医生面前。

"大夫,我想请教您一个问题,狂犬病……"

医生头也不抬:"狂犬病啊?到传染科。"

"传染科?"

医生不再答话,继续埋头做他的事。左大成直起身,看看他面前的那盒烟,想拿回,终于没有。他径直出了门诊楼,来到外面的小卖部,重新买了一盒"中华"烟。第二次走进门诊楼,找到传染科。跟在内科时一样,他把烟小心地递到一位看上去挺和善的大夫面前,脸上挤出让人看着难受的笑容。

"大夫,我请教您一个问题,狂犬病……"

"被狗咬啦?"

左大成慌忙摇头,结结巴巴地说:"不不不,不是我,我一个亲戚,一个亲戚。我想来请教请教,这狂犬病到底是种什么病?"

医生点点头:"哦,是这样。这狂犬病哪,又叫做恐水病,是一种非常危险、非常可怕的传染病。就病人的痛苦和死亡率而言,世界上没有任何一种人类疾病可与狂犬病相比拟,甚至艾滋病也不能与之相比。一旦出现狂犬病的症状,一般就无药可救了。"

左大成脸上的笑容早已消失得干干净净,他艰难地咽了一口唾沫:"我听人说,狂犬病不仅狗身上才有……"

"对。世界各地证实,家畜——比如牛、马、猪、羊等,野生动物比如狐、狼、熊、吸血蝙蝠等，都可能成为感染来源。"

"如果被蝙蝠咬了，那得狂犬病的可能性大吗？"

"当然。你那亲戚是被蝙蝠咬伤的？"

左大成又慌忙摇头："不不，我只是随便问问，随便问问。"

医生说："哦。这种蝙蝠，一般是很少见的。"

"那……怎样才能断定对方是不是真的得了狂犬病呢？"

"嗯，这种病有一定的潜伏期。多数在三个月以内，长的可以达到四十余年。在前驱期，患者在原被咬伤而已愈合的部位及其神经传导通路上，有麻木、发痒、刺痛或虫爬、蚁走等异常感觉，还有类似感冒的症状。少数病人有消化道症状或腰背痛、心慌或心前区难受，甚至对声、痛、光、风等刺激敏感，有兴奋或恐惧的面容等出现。"

左大成听得头晕眼花。他努力镇静了一下，继续问："我听说，得了这种病的人，会像疯狗一样咬人，得用铁链子把人锁起来？"

医生说："有这种情况，但也不是绝对的。有些病人一旦发起病来，相当狂躁。如果被他咬伤、抓伤甚至舔伤，都很可能得上这种病。这也是为什么狂犬病特别可怕的原因之一。要记住，狂犬病人有时候可能会呼吸困难，千万不能口对口人工呼吸，病人的唾液含有很浓的狂犬病毒。"

左大成小心翼翼地提出了他最想问的一个问题："用狂犬病疫苗不可以治吗？"

"狂犬病可以预防，在表现出狂犬病的症状之前，可以注射狂犬疫苗。但是一旦表现出症状以后，就无能为力了。"

左大成眨巴着眼睛，望着大夫的脸，似乎没怎么领会他的意思。

医生问："还有什么？"

左大成犹不死心："这狂犬病就真的绝对治不好吗？"

医生推推眼镜："嗯，当患者表现出狂犬病症状以后，一般来说是这样。"

"那……"

"还有什么？"

左大成好像这才意识到自己问得太多了，惶恐地说："没有了，没有了……"

医生审慎地看着他:"是你被咬了吗?"

左大成连忙站起来:"不不不,不是我,不是我。"

医生微微一笑:"你不必有什么顾虑。如果得了狂犬病,千万不能讳疾忌医,医院总比家里有办法。而且呆在家里,很可能会伤害到家人。因为这种病本身是一种传染病,有的患者发作起来会相当狂躁。"

左大成几乎不敢看医生的眼睛:"那是,那是……您能不能给开点狂犬疫苗?"

"行。"

一会儿功夫,药方就开好了,左大成对医生哈了哈腰,拿着欲走。医生说:

"你的烟。"

左大成愣了一下,说:"那是给您抽的。"

"救死扶伤,医者天职,多想无益啊。"

左大成失魂落魄地接过烟,竭力想对这位好心的大夫做一个笑脸,却怎么也做不出。

当他拖着轻飘飘的步子走出传染科,立刻如同打了吗啡一样,眼睛突然倍儿亮。因为他远远地看见,水忆寒、水芷烟正扶着柯敏,缓缓地步出医院门厅,上了一辆出租车。

二十二

这一切对于水芷烟来说,如同身处梦幻中一般。虽然直到现在她也没有完全搞清,究竟发生了什么。但是她完全有把握说,这一切的发生,又是因为爸爸跟舒姨之间的事。

她非常想打个电话给左小伟,跟他说说话,倒不是担心他的安全。昨天晚上她就知道,左小伟陪父亲住进了公司宿舍。但通了电话又怎么样?她可以肯定,除了尴尬的沉默以外,不会有任何收获。她的心底一片悲凉,她觉得自己就是一个修船的,刚刚修好了一个大洞,另一个大洞又来了，还哗哗直冒水。

出租车在他们家楼下停住。水忆寒跟水芷烟一道，把柯敏扶上楼，安顿她躺下。水忆寒抹了一把额上的汗：

"芷烟，你先侍候着妈妈，我出去买点吃的。"

水芷烟沉着脸，仿佛没听见。水忆寒自知理亏，目光闪了闪，轻手轻脚地走了出去。

从昨天晚上进医院起一直到现在，柯敏就几乎没说过话。面无表情，目光空洞、呆滞，让人看着揪心。她就像一个木头人似的，让她坐她就坐，让她躺她就躺。

父亲在旁边时，水芷烟不好多问什么。现在父亲一离开，水芷烟再也憋不住了。她给妈妈理了理头发，心酸地说：

"妈，您就把心里的话说出来，跟自己的女儿说说有什么要紧呢？堵在心里难受啊。"

柯敏仿佛没听到，目光定定地看着一个地方。

"妈妈，您别再瞒着我了。您就是不说，我也猜得出是怎么回事儿。我从小呆在这个家里，你们什么事儿我感觉不出来？"

柯敏眼中泛起一层不易察觉的泪光，一会儿功夫又没了。

水芷烟的嗓子不禁哽咽起来："您就是不说我也知道，肯定是爸爸跟舒姨的事儿。"

柯敏的脸慢慢转过来，目光定定地落在水芷烟的脸上。过了一会儿，才缓缓开了口，声音听起来那么遥远，那么冷，却又是那么坚实：

"你胡说什么？小小年纪，脑子里尽装这些东西。你爸爸是那种人吗？你就这么不相信你的父亲？"似乎觉得自己的态度过冷了，语气又柔和下来，"你别瞎想，我真的没事儿，老毛病了。你不是说，网站最近很忙吗？小伟一个人忙不过来，你快到他那儿去呀。"

"妈——"

"快去吧，我想睡一会儿。走吧。"

说着闭上眼睛，再也不开口。水芷烟不好再说什么，只好含着眼泪，带上门轻轻走出来。

站在门外，水芷烟真不知道自己一时该往哪里去。她觉得现在自己就

是浪中的一片孤叶,一会在波峰,一会在浪谷。她想要的,是那条平静的小溪,哪怕是条只有一指宽的小溪。

那条小溪在哪里?

她往下走了半层楼,然后,就在那儿静静地等着。

约摸二十分钟以后,一串轻重有致的脚步声,伴着一颗梳理得很整齐的脑袋,从下面慢慢升了上来。水芷烟默默盯着这颗她从小到大那么熟悉、那么敬重、那么可亲的脑袋,眼中不禁又泛起泪光,她一抬手迅速把它们擦干。

这颗脑袋升到离水芷烟还有四五级楼梯的时候,才惊觉到上面那两道审视着的目光。他不禁稍稍一愣,因为这两道从小就无比贴心的目光,此时看上去竟有几分陌生。

"芷烟,你在这里干吗……你怎么啦?干吗这样看着我?"

水芷烟不说话,依旧那样审慎地盯着他。

水忆寒往上走了几步,靠近女儿,柔声说:"怎么了,芷烟?"

水芷烟的目光一刻也没稍离父亲的眼睛:"你告诉我,是不是和舒梅发生了什么事?"

水忆寒怔了一下,他从没听过女儿当面跟他说这类似的话,况且还带着责问的语气。

"你——说什么?"

水芷烟大声说:"是不是?"

水忆寒脸上的笑容消失了,声音也有些严厉起来:"你这孩子,有这么跟爸爸说话的吗?"

水芷烟胸脯起伏:"是不是?"

一个声音从他们上面传过来,不高,却透着一股不容抗拒的威严:

"你们两个都上来。"

柯敏不知何时出现在上面。她脸色惨白,扶着门框的手微微颤抖着。父女两个犹如两只刚刚还鼓鼓的皮球,一下子泄了气,对视一眼,垂着脑袋朝屋内走去。

等几个人都进了屋,柯敏把门关好,指着水忆寒问女儿:

"芷烟,他是你什么人?"

水芷烟半咬着嘴唇,眼睛看着别处。

水忆寒扶住柯敏:"你快躺着去。"

柯敏轻轻推开他:"我没事儿。芷烟,你不想回答妈妈的话?好,你不回答,那也由着你。我想告诉你,我和我的丈夫结婚二十三年了。这二十三年以来,我们相亲相爱,相濡以沫。这二十三年中,我们共同经受住了无数的风风雨雨,共同经受住了漫长岁月的考验。无论是对自己的妻子还是对自己的家庭,我的丈夫都无比忠贞。我身体不好,但是我的丈夫从来没有嫌弃过我,更别说抛弃我。相反这几十年来他对我关怀备至,悉心呵护。他以他默默的牺牲撑起了这个家。完全可以这样说,是他给了我一个完整的家,也给了你一个完整的家。没有他,我们这个家早就支离破碎了。没有他,你就会变成一个贫困家庭的孩子,像那些苦孩子一样,弄不好连大学也上不成!我为有这样一位富有责任感的丈夫而感到自豪。我们还将一起携手走下去,共同走完人生的风雨之路。你还有什么疑问吗?"

水芷烟惊愕地望着母亲,久久地绕不过弯来。妈妈怎么当起爸爸的辩护人来了呢?难道爸爸跟舒姨的那些事是假的?不,决不可能!但是,作为一个受害者,她为什么要这样说呢?

柯敏严厉的逼视着女儿:"你应该向自己的父亲道歉!"

一旁的水忆寒脸上一阵红一阵青:"算了,别说了,算了……"

柯敏提高声音:"不,一定要道歉,这是原则问题!"

水芷烟咬着嘴唇,僵立在当地。似乎有些不知所措,又似乎在费力地咀嚼母亲的话。

柯敏哭了起来:"好,芷烟,你大了,你大了,你能飞了……"

水忆寒上来拉住妻子:"柯敏,你干吗呀?跟孩子计较什么?快躺着去。"

柯敏挣开他,脸色惨白,声音既沙哑又尖锐,让人难以相信这样的声音是从她的嘴里出来的:"你大了,你大了,妈管不了你了……"

她突然身子一软,向后晕去。水忆寒大叫一声:"柯敏!"条件反射地一把抱住她。

水芷烟哭着扑上来:"妈!妈!我向爸爸道歉还不行吗?"

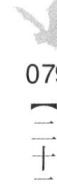

二十三

出了医院大门的左大成茫然地朝前走着,步履既飘忽,又沉重。其实他的两条腿快迈不动了。

他的手中仍旧托着那包"中华"跟那盒狂犬疫苗。他也不知道为什么会鬼使神差地买这药。买了又有什么用呢?如何给水忆寒用上?强迫给他注射?偷偷给他注射?都是做梦,这针得连着打五次啊,到时候只怕针还没打成,自己先露了马脚。把实情告诉水忆寒?那恐怕用不了半个钟头,锃亮的铐子就把儿子铐那儿了。退一万步说,就算能够给水忆寒打上针,要是水忆寒能治得好还好说,治不好的话,儿子还不照样是个杀人犯、还不照样死路一条?

他那迷迷糊糊的脑中又闪过一丝侥幸,水忆寒会不会不被病毒感染呢?他的身体那么强壮。都说被生锈的钉子扎了以后会得破伤风,可自己被扎过好几回,不是照样好好的吗?如此推测,水忆寒不也完全可能逃过这一劫吗?

或者,现在最要紧的,是搞清水忆寒究竟有没有得狂犬病。如果他没得的话,那在这儿瞎操什么心呢?

此刻在左大成的脑子中,什么水忆寒,什么绿帽子王八蛋,统统狗屁不值了,儿子的安危已经完完全全占据了他的心。他忍辱含屈这么多年,还不是为了这个小王八羔子?谁能想到他竟然会做出这种惊天动地的事来!

他还不由得想到舒梅。如果水忆寒真的得了那种病,按照医生的话,他也可以传染给其他人。舒梅继续和他来往的话,还能不被传染上?可是能谁挡得他们不来往?昨天晚上他碰的那个大钉子不明摆在那儿吗?把实情告诉她,可谁能保证她不跟水忆寒透风呢?真的眼看着那个和他共同生活了二十多年的人也被染上这要命的病?

他不由得万念俱灰,儿子完了,老婆完了,这个家散了,世界末日到了，他一个人活着还有什么意思？他两腿瘫软，再也迈不动步，如同一只破败的麻袋，瘫坐在街边一条破椅子上。

风摇着头顶的一棵老梧桐树冠簌簌作响。一片枯叶落下来，旋转着飘在他的身上；又一片枯叶落下来，旋转着飘在他的身上……他想，我就是这些枯叶中的一片吧？它还会飘向何方呢？眼前来来往往的路人中，有几个有我这样的揪心事？老天啊，我们左家还有救吗……蓦地，一个身影从他混沌的脑海中跳出来。阿坤，对阿坤！他直蹦了起来，犹如在茫茫大海中漂泊了数十天，突然之间看到了地平线一般，浑身都燥热起来。他随手丢掉手中的东西，朝附近的公交车站跑了几步，又折了回来，往公司方向跑去。还是自己开车去，方便，省得老是转车。

这里离自己的公司也就十几分的路。不一会儿，左大成就驾自己的大货车，驶出了公司大门，驶上洪山路，沿着曙光大道，朝着郊外，朝着那条希望之道驶去。

二十四

咣，举在空中的手终于敲下。

这扇自己从小就进进出出、视作自己家里一样的门，今天突然变得如此陌生。到这里来，她恐怕作了不下一千次的思想斗争。尽管她知道由她来说这些话不合适，但她必须来；尽管她知道由她嘴里说出那些话，是多么尴尬——可是，她不说谁来说？要想使溪流重新恢复清澈，当然最好从源头清理起。

水芷烟当然读得懂妈妈的心态，不仅读得懂，而且难以言喻地感动。一个苹果，出现了一个烂点，苹果不能丢，烂点必须去掉，这就是妈妈的心态。但她一个人去得掉那烂点吗？

足足过了三分钟，里面才传来了一串拖沓的脚步声。门开了，屋内屋外的两个女子都愣在了那儿，仿佛互相之间突然成了陌生人似的。

舒梅绝想不到水芷烟会在这个时候来找她。从昨晚他们走后，她就在沙发上一直坐到现在。水芷烟简直认不出眼前的这个女人来了，她的眼前再也不是那个整洁利落的舒姨。她的头发披散着，眼睛浮肿，脸上沾着大块的涕泪，嘴上还叼着一支烟，烟头上长长的烟灰欲掉未掉。衣领胡乱翻着——那是昨晚匆忙穿上以后，再也没有整理过，胸前也胡乱沾着雪花似的烟灰。好一阵，她才反应过来，慌忙丢掉烟头，脸上困难地泛出笑意，吃吃地说：

"是……是芷烟呀，你……"

水芷烟总算记起来此的目的，垂下眼皮，轻声说："舒姨，我想和你说几句话。"

舒梅简直有些激动，也许在她的潜意识里，有了昨天晚上的那件事，这个她从小看着长大的女孩再也不会轻易登她家的门了，可是她来了，这么快就来了！

"啊，哎，好好，快，快，进来呀，进来。阿姨给你拿话梅啊。"

水芷烟立在门口没动："舒姨，我就想和您说几句话。"

舒梅这才意识到女孩的神色和往常不一样："啊？当然可以，当然可以。"

水芷烟看着自己的脚尖，咬了一阵嘴唇，说出了自己此行最重要的一句话：

"舒姨，您别再和我爸来往了，好吗？"

舒梅犹如突然被人扇了一记耳光，又一次愣住了，尽管她其实已经隐隐猜想到水芷烟想说什么。

水芷烟抬起头，瞧着舒梅的脸，目光是那般清澈，那般纯净，那般坦然："舒姨，您千万别多想。其实，对于这件事本身，我们没什么意见。从我个人来讲，我从心里反而倒挺……挺欣赏你们的。每个人都有追求爱情的自由。你们能勇敢地追求自己的爱情，这是现实生活中许多人做不到的，我佩服你们的勇气。可是，可是……"

泪花早已在舒梅眼中转圈，她哽咽着打断水芷烟："芷烟，别说了，相信舒姨，相信你爸爸，好吗？"

水芷烟也觉得眼中直发酸："舒姨，本来我不想来的，我犹豫了好长时间，才鼓起了勇气。舒姨，您从小就疼我，除了我爸爸妈妈，你们就是我最亲的人了，我真不希望你们闹生份了。"

舒梅的泪簌簌地流，泣不成声："孩子，相信舒姨，相信舒姨……"

水芷烟竭力忍住眼泪："舒姨，我相信您……舒姨，我该走了。"

舒梅抹着泪水，拉住水芷烟的胳膊："怎么说走就走呢，吃了饭再走……"

"不了，舒姨，我还得回去照顾我妈。"

"你妈要紧吗？"

"没事儿，就是激动了点。挂了点水，好多了。舒姨，我走了。"

舒梅动情地抚了一下水芷烟光洁的脸蛋："芷烟，咱们还跟从前一样啊。"

"舒姨，您想哪儿去了？要是我不跟您亲，我就不会来找您了。我来之前，别的不怕，就怕您多心。我从小就常到你们家来，在我心底，您就跟我妈妈一样。"

舒梅叫了一声："芷烟！"猛地将水芷烟搂在怀里，啜泣出声。水芷烟强憋着的热泪终于泉水般涌出来，紧紧抱住这个她从小不知抱过多少回的温热躯体。

二十五

说来也怪，水芷烟来过之后，舒梅一直绷得紧紧的心弦，竟然一下松弛了下来，仿佛于混沌的黑暗中忽然看到了一丝光亮，知道下面应该往什么方向走了。

回到屋内后，她所做的第一件事，就是取出手机，发出这样一条信息：

> 该结束了，是时候了。

然后长长地吐了口气，把手机关了，丢垃圾一样丢到沙发上。一抬

头，对面墙上挂着的全家福合影跳入她的眼中，照片中左大成父子正定定地盯着她，特别是左小伟，目光似乎比什么时候都要亮。她不禁避开目光，过了片刻又不由自主地瞧过去，左小伟的目光似乎更亮了。她站起身，摘下照片，拿起一块软布轻轻地擦拭着。擦了一阵，把镜框重新仔细挂好。张开五指，大把拢了拢了蓬乱的头发，来到厨房，利索地忙了起来。

不长时间，几样精致的炒菜便摆上餐桌，还有一瓶好酒。然后，她解去围裙，在餐桌旁的一张椅子上坐了下来。她想，天差不多黑了，他们爷儿俩该会回来吃晚饭了吧？

城市的灯陆续亮起来，夜色渐浓。不知不觉中，舒梅倚在桌边睡着了。

她猛地一下惊醒，屋内仍只有她形影相吊一个人。桌上的菜早已凉了，墙上的钟已经指向八点。她站起身，拿起电话，想了想，又放下了。擦了把脸，对着镜子把头发仔细梳理好，抹了点唇膏，描了描眉，往嘴里塞了一块口香糖，出了家门。

三十分钟以后，她出现在远大运输公司左大成的宿舍外。她轻轻推开虚掩着的门，迎面看到儿子左小伟的背影，他正忙着把两块方便面往电饭锅里放。舒梅轻唤了一声：

"小伟。"

左小伟以为自己听错了，慢慢转过身来，目光愣愣地落在母亲的脸上。

母子俩对视了足有两分钟，还是舒梅先开了口："小伟，我是来接你们回去的。你爸呢？"

左小伟收回目光，慢慢地转回身去，继续煮他的方便面，母亲的话，他仿佛一点没听到。

尴尬地呆立了一阵，泪水顺着舒梅的面颊无声地淌了下来。她轻轻地走到儿子身后，突然一把抱住他，哽咽着说："小伟，原谅妈妈……妈妈现在什么也不想，就盼着咱家太平、幸福，就盼着你有个好前程、你和芷烟过得好……跟妈妈回家吧。你爸呢？"

左小伟犹如置身梦中，刚才的话是妈妈说的吗？是的，是的，她此刻不是正抱着自己吗？他只觉得眼窝阵阵发潮，这些话里表达的意思，不正是多年以来，自己、爸爸，以及这个看似平安但早就貌合神离的家最最希望得到的吗？他的心里仿佛打翻了五味瓶，酸甜苦辣，什么滋味都有。

"小伟，你爸呢？你怎么不说话？"

左小伟停止手里的动作，颤声说："不知道。"

舒梅一下子急了："不知道？他不是一直跟你在一起吗？"

"他从早上出去，一直到现在也没回来。他的手机也丢在这里。"

"他的车呢？"

"不知道，我一直呆在这里，我睡了一天，刚起床。"

出车了？舒梅疑惑地想，不会是因为昨天晚上没去成唐山，今天又补着去了？不至于吧？这种时候他会有这样的心情？

一种不祥之兆，犹如一团黑云，从舒梅心底升腾起来。此时此刻，她比以往任何时候都更渴望见到自己的丈夫。她煞白着脸，尖着嗓子对儿子叫了一声：

"还愣着干什么？还不出去找找？"

左小伟这才跟着慌起来。

二十六

舒梅神经质了，左大成并没有出什么危险。这个时候，他已经到了他的老家，豫西大山深处的一个小山村。

家家户户的灯火，犹如黑幕上一簇簇无声的眼睛，把这个几乎与世隔绝的小山村点缀得分外幽静。一股淙淙的溪流声从左首传过来。左大成锁好车，沿着溪流，朝五十米开外的一处平房走去。

未到那户人家门前，便从屋内传来一阵犬吠。接着门内出来一个汉子，喝住了狗，问道：

"哪个？"

出来的，正是左大成的老表阿坤。

"我,大成。阿坤,在家哪?"

阿坤惊喜地跑过来,捉住左大成的胳膊:"大成哥,是你呀!怎么有空回来的?快进屋。"

左大成朝屋内看了看,反而把阿坤拉到更远处的一个暗处。瞧瞧四下无人,压低声音问:

"阿坤,我记得你十八岁那年,被老冬瓜家的那条大疯狗咬过?"

"是啊。"阿坤给表哥的神秘举动弄得很是不解,"你问这干什么?"

"是不是韩半仙给你瞧的?"

"是啊。"

"弄一条狗?"

"是啊。"

"怎么弄的,你快说。"

"也没怎么弄,就是先让一条狗嗅我,嗅我有没得疯狗病。后来他说我没得疯狗病,就没给用药,我就没事了。这不,一直到现在我都活得好好的。"他挽起裤腿,"你摸摸,疮疤早长好了,平滑得很,跟没咬过一样。"

左大成默默地点着头,沉思了一阵,问:"那灵吗?"

"咦,你怎么怀疑起韩半仙来了?"阿坤诧异地叫起来,"给他治好疯狗病的人,多得很呢。他可不光是疯狗病能治,他什么病都能治。我们这方圆百十里,谁不知道他?多少给大医院判了死刑的外地人,都坐着小车来寻他呢。别说我们穷百姓,县里、市里找他看病的干部,一年当中总有好几十个呢。"他听着表哥那掺满惊慌的粗重呼吸,忍不住问,"你到底怎么了?怎么突然想起问这些来了?你就是专门回来问这些个的?到底谁病了?"

黑暗中看不清左大成的面孔,但可以感觉到他那粗重呼吸声突然没了,整个人似乎一下子蒸发了。突然,左大成抱着脑袋蹲到地上,一声伤痛至极的啜泣,从他那捂得紧紧的指缝间钻了出来,那是久埋在心底、在见到自己最信任的亲人之后才敢流露出的悲痛。阿坤慌了,一把抱住左大成:

"大成哥,你到底怎么了?到底出什么事了?"

左大成只啜泣了两声，便停止了。他竭力抑制住身体的颤抖，哽咽着说：

"你侄儿小伟他，他闯祸了……他完了！"

"怎么完了？他干什么了？"

"他……他可能让人得了疯狗病。"

"小伟让人得了疯狗病？"阿坤一开始都糊涂了，等大略弄清了怎么回事，也慌了手脚，"妈呀，小伟怎么弄这事儿呢？这可是要人命啊！"

左大成的眼泪又下来了："你说我该怎么办呢？我就这么一个儿子，他要有个什么闪失，我……"

阿坤镇静下来："你先别急，这疯狗病也不是说得就得的。先弄清人家究竟有没有得病再说。别嚎了半天丧，人还没死，像我当年一样。"

左大成抹掉眼泪，狠劲吸了一下鼻子："我也是这么想的。我记得那一年你被疯狗咬了以后，起先也是怕得要命，后来韩半仙告诉你没事，你才不担心了。韩半仙究竟是怎么瞧出一个人有没有得疯狗病的？"

阿坤说："从韩半仙给我治了病以后，为了还他的人情，我每回上山干活，总要采些药材送给他，所以他家的事情，我多少懂得一些。你还记得韩半仙家养的几只狮毛狗吧？"

"记得，就是那些很漂亮的狗，看上去像城里人养的宠物犬那些？"

"对，那可不是一般的狗。有一回我去韩半仙家送草药，看到韩半仙正给那些狮子狗嗅着什么。韩半仙那天大概喝了半碗酒，一高兴，就告诉我，他给它们嗅的可不是一般的东西，而是疯狗的口水跟疯狗撒的尿。"

"疯狗的口水跟疯狗尿？"

"对。打那些狮毛狗一落地起，韩半仙就从外面找来疯狗的口水跟狗尿，温了以后，装在一个小笼子里让狗嗅。天天这么嗅着，这些狗就会对疯狗的病毒特别敏感，一个人身上哪怕藏着一点点狂犬病毒，它们也会马上嗅出来，对着他拼命叫。韩半仙还跟我说，这可是他们家祖传的秘密，从来不告诉别人的。不过，一般人想学也学不起来，因为给狗嗅的那些东西里面，除了狗口水跟狗尿，还有他们家祖传的秘方呢。外人以为韩半仙是养着这几条小狗玩的，其实根本不是。那一年我被狗咬了以后，一去韩半仙家，韩半仙就唤来一条小狮子狗绕着我转了几圈，那狗一点动静都没

有，还直冲我摇尾巴。韩半仙就跟我说，你没事儿，别担心，回去吧。"

左大成听了，久久无语。阿坤接着说：

"把那人请来给韩半仙瞧一下不就得了？"

左大成急道："那怎么行？要是让他知道是小伟下的手，他一去报案，小伟照样得被抓，那是蓄谋杀人啊！"

阿坤说："那怎么办呢？韩半仙可从来不外出瞧病的，顶多只在这邻近的几个村子转转，那还得是病得快死了动弹不了的人。"

左大成犹豫了一下，说："能不能向韩半仙家买一条狗，要多少钱都行。"

阿坤断然道："买？想都别想。我记得大前年有个江西人想跟韩家买一条狗，韩半仙二话不说，就把人家给骂走了。韩先生可是个有学问的人，还真没看到他跟人这么急过呢。你想啊，这些可是韩家的宝贝，老祖宗传下来的，子子孙孙还靠着它们吃饭呢，能给别人吗？"

左大成的心彻底凉了，觉得两腿无力，浑身发软，硬撑着才没坐到地上。他心底里发出一声悲怆的长叹，罢了，老天绝我！

阿坤也无奈地看着表哥，一时不知该说什么好。怔了半晌，左大成一声不响地扭过身，踉跄着朝停车的方向走去。阿坤追了几步，叫了一声：

"大成哥！"

左大成停住脚步，过了一阵慢慢转过身来，伸出冰凉的双手，紧紧握住阿坤的双手，凝望着他的眼睛，哑着嗓子说道：

"阿坤，我家中还剩个七十多岁的老娘，我一直想接她去城里，她又不肯。这些年来我一直在外边跑车，没回家看过她几回，我心里愧啊！要是我以后有个什么，求你看在你我从小要好的份上，替我多照看着她点。"

阿坤不禁心里一翻个儿，表哥这话是什么意思？他想到哪里去了？就在表哥要抽回手的时候，他反手一把，紧紧握住了它们，似乎只要他一松手，表哥就会从此不见了。他的心怦怦跳着，回望着表哥的眼睛，良久说了一句：

"你等着。"

丢下左大成，消失在黑暗中。左大成反倒愣在了那儿，不知道他突然想干什么。只知道阿坤所去的方向，正是韩半仙家所在的方向。

约摸五十分钟以后,小路上响起一个急促的脚步声。坐在田埂上正等得心焦难耐的左大成立起身,来的正是阿坤。阿坤边走边紧张地连连回头望着,一见到左大成,便把一个毛茸茸的活物塞到他手中。这不正是一只半大的卷毛狮子狗吗?

阿坤喘着气,紧张得声音都变了:"快带走,他们家不知道!"

"你,你怎么弄出来的?!"

"我常去他们家,知道狗关在什么地方,这些狗都跟我熟,见了我不乱叫。"他紧张地连推左大成,"快走,快离开这里,给韩半仙知道了不得了!"

左大成不知该说什么好,紧紧地抱着这活物,抱着这只能决定他左家生死存亡的小东西,朝停车的方向奔去。

一直到上了国道,左大成的心才稍稍安定了一点。那个救命的小东西就蜷缩在副驾座上,它是那样的安静。这个时候,车窗外下起了细雨,仿佛被这牛毛般的细雨滋润了一般,左大成一直紧缩着的心也渐渐舒展了一些。他想,人不能做亏心事,不能就这么偷了韩半仙家的,等完事了,得把狮子狗还回去,再悄悄给他们家寄上千把块钱。

二十七

回程挺顺利。远远地望见公司停车场门前的路灯时,已是次日凌晨三点。左大成禁不住一阵激动,儿子,爸请回了阎王爷前的判官了,是死是活,可就看它了!

距离停车场大门还有约二十米时,他突然一脚急刹,车子钉在了那儿,狮子狗差点滚落下座椅,抗议地呜咽了一声。左大成半张着嘴巴,怔怔地瞧着大门口,都有点不相信自己的眼睛了。

大门口的那棵法国梧桐下,木头般立着一个女人。稀疏的树叶显然遮挡不住那些无孔不入的雨丝,她基本上成了一只落汤鸡。那原本化过的淡妆早就荡然无存,原先纹丝不乱的发丝,凌乱地贴在脸上。雨水顺着下

颔,滴滴嗒嗒地往下掉着。她的面颊冻得发青,嘴唇发紫,但她的眼中射出的光芒照样不屈不挠,坚定地望着左大成来的方向,一副不达目的誓不休的架势。

左大成心里咯噔一下,舒梅怎么会在这里?家里又出什么事了?胡思乱想间,舒梅已经甩着胳膊,笃笃笃地一路急走过来。那眼中的不屈不挠已经化为满腔的悲愤,头昂得高高的,犹如一只受了委屈满肚子的幽怨正无处可泄的斗鸡。从左大成的车一进入她的视野起,她便牢牢地锁定了目标,并且认准,那车上就是她的人!

她铁青着脸跑到车边,猛地拉开车门,气势汹汹地嚷道:"下回你再敢赌气乱跑,我就在这里站到死……"嚷了半句,泪水已经汹涌而出,再也嚷不下去了。十根手指紧紧抠住丈夫那握着方向盘的胳膊,双眼死死剜住丈夫,生怕他再跑了似的。

好半天,左大成才明白了舒梅的意思,他不禁好一阵恍惚,这真是她的真情流露吗?她就这样在这里站了大半夜?这么说,她心里还是有我左大成的?自打认识她以来,什么时候见她这样过!

但内心的激荡转瞬即逝,他此刻无心多考虑别的。他喉结翻动,低低地问道:"小伟呢?"

"去找你了……大成,回家吧,啊?我以后再不了……你要不回家,我也永远不回家……"

左大成凝望着窗外的细雨,觉得眼前有点模糊,不知是车窗上的雨水还是眼中的潮水。舒梅绕过车前,从另一侧上了车,却被副驾座上的狮子狗吓了一跳:

"呀,什么!"

左大成仿佛被戳中了心肝一般,赶紧抢过小狗,小心地捂在胸前。舒梅胆怯地盯着他手中的活物:

"一条狗?"

"嗯。"

"哪儿来的?"

左大成没吭声。打开驾驶室内的灯,仔细察看狗有没有受伤。灯一打开,舒梅便忍不住喝了一声彩:

"呀，真漂亮！"

也直到此时，左大成才有机会细看这条狗。可不是真漂亮吗？一看就不是凡品，即便是在一百条狗中，也能一眼看出它来。倒不完全是因为它的外形，更多的是因为它的眼神。它的眼神那般安详、沉静，甚至有几许雍容的气度，完全不是一只半大的土卷毛犬所应拥有的眼神。面对着眼前两个完全陌生的人以及完全陌生的环境，它没有丝毫的惊慌，仿佛对眼前的一切早就见惯了似的。左大成暗暗称奇，到底不愧为韩半仙家的狗，不同凡响啊。

"你出去这么久，就是为了买这条狗？"

左大成仍未吭声。舒梅难过地想，我以前对他太过分了，他受到的伤害太深了，他的心死了，他找不到精神寄托了，只好把全部的精神寄托，全都集中到这条狗身上了，我真对不起他。她的眼圈不禁又红了。

左大成突然转过头，紧紧抓住妻子的手："你答应我，以后千万千万别跟水忆寒来往了。他，他……他会要了你的命！"

要命？舒梅脑子里闪了一下，他怎么会要我的命呢？但她没敢多问什么。用力点了点头："行，我要是再那样，我情愿把命给你。"

左大成急道："不是，不是我要你的命，是，是……"他没法子说清楚。那个事情绝不能让更多人知道，即便是舒梅。女人的嘴巴，都是漏斗。心里一急，一阵剧咳涌出了喉咙，身子立刻躬成了老虾米。舒梅赶紧抱着他的身子，忙不迭地为他抚胸捶背，嘴里连连说：

"我说的都是真话，我要是再那样，我真的情愿把命给你！"

二十八

左大成经过反复思考，决定利用出车前去业务科领接货单的机会，带着狮毛狗接近水忆寒。这是他唯一以正当理由接近水忆寒的机会。

他本来想带着狮毛狗一道进入司机休息室，想了想，还是先它锁在驾驶室里。那班司机哪个都不是老实家伙，谁见了这么漂亮的狗不会逗一逗？可千万不能在这上面有什么闪失。

进入司机休息室，业务科长水忆寒已经开始在给司机们分派任务。看到左大成进来，他的眉头不易察觉地跳动了一下，继续讲他的话：

"今天的出车任务是这样的：万国良、卢志、程义发、蒋贵平、陈宏、吕小源，去粮食批发市场；金华、金成、王建兴、王建国、史俊来、石林生、吴志亮、彭勃、赵小明去建材市场……"

左大成竖起耳朵仔细听着，可就是没有他的名字。

"……刘华有、朱义、刘铁民、冯争光、周同、赵小李、姜民民去东方仓储中心。"

一位跟左大成要好的司机在左大成耳边悄声道："大成，怎么还没报到你呀？你跟水科闹别扭啦？"

一旁的刘铁民翻了翻眼睛："你这肥肉再吃不到，可就落别人口里啦！"

一直等到最后，也没等到那块"肥肉"。领到任务的司机们纷纷拥着水忆寒，朝业务科涌去，休息室里只剩下左大成一个人怔怔地坐在那儿。他明白，水忆寒开始给他穿小鞋了，这狗娘养的！

过了好一阵，左大成才仿佛惊醒了似的，低着头走出休息室，径直走向停车场，爬上自己的车。乖巧的狮毛狗还是那样安静地趴在副驾座上，见他上来，黑宝石般的眼里泛出亲热的光，毛绒绒的尾巴轻甩两下。经过一夜的相处，它对这个瘦小善良的中年人已经开始熟悉了。左大成把它轻轻抱上自己膝头，久久地抚摸着，感伤地想，唉，我活得还不如它，它无论到哪里，还能得到人们的器重，我算个什么？

透过车窗，他看到司机们拥着水忆寒到了二楼业务科的门口。水忆寒有意无意地朝左大成的车瞟了一眼。左大成立刻昂起头，做出一副不屑一顾的样子，但即刻又后悔了，姓左的你牛什么呀？你不是想把自己的热脸贴上人家的冷屁股还贴不上吗？你算老几呀？

不一会儿，司机们拿着各自的接货单，涌出业务科，涌出停车场，鸟儿归巢般上了各自的车，一辆接一辆朝外面驶去。

左大成木然地看着这一切，等到停车场上只剩下他一辆车了，他慢慢取出从儿子那儿"没收"来的窃听器的耳机。这个小东西同样也是"罪证"，他本来想丢掉它，最后关头还是留了下来，用它来监听水忆寒有没有得狂犬病不是方便点吗？他把它藏在车内的一个最不易发觉的隐秘处。他把耳机塞入耳中，耳中立刻传来喝水、翻阅报纸的声音，因为离得近，所以特别地清晰。

一位年轻男子的声音传过来，左大成听出是业务科的小唐：

"水科，唐山那边问咱们什么时候有车派过去。他们说，如果没有车派，他们可要把业务给别人了。"

没有任何回答，左大成耳中继续传出喝水、翻阅报纸的声音。他在喝水，左大成想，他能喝水，医生说，狂犬病人怕水。

他脸上露出宽慰的笑容。但这笑容片刻就消失了，医生还说，这病有潜伏期，有的潜伏期还挺长。水忆寒的潜伏期是多长呢？即刻他心里又产生另一个侥幸，也许他压根儿就没得那个病！

二十九

已经整整二十七个小时，水芷烟没有与左小伟见面了。其实她也是在有意识地等，等他主动来找他。自己处处都那么主动，不好。

但实际上才过了几个小时，她就开始坐卧不宁了。暴风雨不是基本上过去了吗？你为什么还不出现呢？

她决定，今天去工作室。我是去工作，不是找他。走出家门时，她这样对自己说。

踏上"伤心小筑"所在的那一层楼时，远远便见小筑的门关着。她不由得心中一酸，为什么你就不能先来一步呢？

走到门口，却发现门虚掩着。轻轻推开门，看见左小伟手托下巴，正对着电脑屏幕发呆。因为不是正对着门，所以他一点也没有注意到水芷烟的到来。水芷烟蹑手蹑脚走过去，屏幕上一位女孩的整屏照片映入她的眼帘，健康、青春、活泼，让人想到阳光、草地、跳动的音符、激响的山泉，有种让人想跟她一道跑一道唱的欲望。这位女孩，正是水芷烟。

下面有十几个打开着的文件。水芷烟轻轻拿过鼠标，接连点击了几

个,都是水芷烟的照片,或无所顾忌地张嘴大笑,或扮鬼脸,或作着一种惹人发笑的滑稽姿势。

左小伟给惊醒过来,扭过脸,目光定定地落在水芷烟的脸上。他的目光中有一种说不清的忧郁和茫然,这种不同寻常的忧郁和茫然,谁看了都会不由得心里一紧。他一伸手揽过水芷烟的腰臀,脸深深地埋在她的胸前,喃喃地说:

"我以为你再也不会出现了……"

水芷烟一只手紧搂着他,一只手怜爱地抚着他凌乱的头发,低低地说:"怎么会呢……我也以为你从此不会再出现了呢。"

两个人静静地相拥了一会儿,水芷烟扳起左小伟的脑袋,把自己的脸贴到他的脸上:

"小伟,咱们去当进斡旋大使吧。"

"斡旋大使?到哪儿?中东?"

水芷烟扑哧笑了起来,刮了一下小伟的鼻子:"去中东干吗?伊拉克人非把咱们绑架了不行。就咱们两家!现在双边关系有点紧张,我们现在要做的,就是从中调解,消除矛盾,让和平的春风重新吹进两个家庭,使两家和好如初,而不是像你那样火上浇油。现在我们就是国际维和部队,就是斡旋大使,肩负着无比神圣的和平使命。"

"那你想……怎么调解?"

水芷烟显然早就设想好了:"很简单。我们两个去买点菜,陪两家的老人吃顿饭,说说话,安抚安抚他们受伤的心,他们就什么都明白了。而且现在两家最担心的,就是我们两个再闹翻了。我们这样一来,一箭双雕,什么都解决了。"

左小伟犹豫了一下,说:"那还不如请他们上饭店,省得麻烦。"

"那不行,那样哪儿有家庭气氛呀?现在最重要的是给他们家的温暖,懂吗?"

"那,你会烧菜吗?"

水芷烟叫道:"不会不可以学吗?世上无难事,只怕有心人。互联网上菜谱不多的是?下载下来,照本宣科就是了。不在于吃多吃少、吃好吃差,主要是个感情,这还不懂?"

看水芷烟这副不达目的誓不罢休的样子,不这样办也不行了。左小伟想了一会儿,只好故作严肃地说:"我得马上向联合国秘书长发邮件。"

"干吗?"

"看来今年的诺贝尔和平奖得发给您了。"

水芷烟揪起他的两只耳朵,在他的腮帮上狠狠啃了一口,左小伟痛得嗷嗷直叫。

三十

翌日,左大成跟头一天一样,来到休息室,照样倾听水忆寒发布出车任务。不,他决不是想要什么任务,哪怕从此以后他再也领不到任务,他也不在乎。他是在等那个机会,那个名正言顺接近水忆寒的机会。那条费尽心机弄来的卷毛狗,现在就在他的车上。昨天夜里,他辗转反侧几乎一夜未眠,思来想去,在目前与水忆寒如此尴尬对峙的情形下,唯有这个机会是正当的,不至于引起水忆寒的怀疑。

"……万国良、卢志、程义发、蒋贵平、陈宏、吕小源,去火力发电厂;金华、金成、王建兴、王建国、史俊来、石林生、吴志亮、彭勃、赵小明,去货运码头……"

左大成虽然面无表情,但心提得高高,耳朵竖得笔直,可依然没有他的名字。

跟左大成要好的徐师傅小声说:"大成,还是没报到你呀。"

刘铁民说:"你操什么心哪,人家肯定把肥肉藏在碗底哪。"

上面的水忆寒提高声音:"同志们,最后再补充一点,现在的饭碗不好端,请诸位好好珍惜,好好掂量掂量,自己有没有做得不足之处。公司领导为了诸位的生计,可以说殚精竭虑,想尽了办法。如果你们当中有人不珍惜自己的饭碗,那公司也没有办法。散会!"

司机们纷纷离去。左大成也起身,夹在人群里往外走。

停车场上,司机们纷纷发车,一些人幸灾乐祸地瞅瞅左大成。左大成

也习惯性地上了自己的卡车。他朝楼上的业务科也斜了一眼,正好看到水忆寒也站在窗口望着他,二人都迅速避开目光。左大成掏出耳机塞入耳中,耳中又传来喝水、翻阅报纸的声音。

科员小唐的声音:"水科,唐山那边本来是要派左大成去的,您刚才好像忘了宣布了。刚才我看见左大成已经走了,是不是另外派人去呀?"

水忆寒的声音:"你身上长虱子了没有?"

小唐的声音:"虱子?我天天洗澡的,哪儿会长虱子呀?"

水忆寒嘲弄的腔调:"你肯定长虱子了,快把衬衫脱下来,去墙根底下一边晒太阳一边捉去,省得在这儿闲得无聊。"

左大成狠狠地拽出耳机,心里说,你当老子不明白?你在等着我主动到你那儿要任务呢,我一去,那就表示我向你王八蛋低头了,哼,想要老子求你,老子偏不!你当老子真是来领任务的呀?老子是来看看你他妈有没有得狂犬病的!

可是,怎样才能接近水忆寒呢?

看着同行们纷纷驾车离去,左大成心里翻腾了好一阵,终于绕过弯来。心想,我这是拿的什么臭架子呀?都到这步田地了,我还配拿架子吗?他不让我拿接货单,我就不能带着狮子狗,去业务科玩玩?你业务科又不是什么军事禁地,难道去不得?想到这里,他抱过小卷毛狗,推开车门。一只脚才站到地上,人便僵在了那儿,因为他看到业务科长水忆寒挟着公文包,正大步走下楼,向着大门走去,后面跟着小唐。

直到水忆寒看不见了,左大成还保持着原来的滑稽姿势,张大嘴巴呆立在原地。狮子狗因为被他抱得难受,不停地扭动着。

三十一

左小伟跟水芷烟的"斡旋行动"不能说不成功。两个人现学现卖,把个家里弄得热气腾腾。柯敏跟水忆寒自然明白两个孩子的用意,心里也止不住热乎乎的。

其实，谁能猜得到左小伟最心底的心思？他想借这个机会，近距离地观察观察水忆寒的手指，看看那个处心积虑采取的行动的后果。

当他们把主菜"百年合好"端上桌时，一直在一旁笑吟吟地当观众的水忆寒夫妇忍不住喝了一声彩。

水忆寒说："嘀，真是色香味俱全啊。小伟，今天我可得跟你好好碰碰杯！"

左小伟脸色微红，完全是个腼腆的大男孩的样子："水叔，您知道的，我不太会喝酒。"

柯敏说："小伟，看不出你还有这一手。"

水芷烟满脸容光："人家可是现学的。"

柯敏说："是吗？那就更酷了。来，我尝尝，嗯，不错，不错，色香味俱全。小伟，你能开饭店了。"

左小伟搓着手，谦逊地说："柯姨，以前每次来，都是您做饭给我吃，无论如何，我也得报答报答您呀。"

柯敏开怀笑道："哈哈哈……行，小伟，你这么能干，以后柯姨跟水叔吃你饭的机会多呢，只怕你会嫌烦。"

"不不，哪儿会呢！"

水忆寒取出一瓶好酒："来，少喝点，热闹热闹。"

他探身至左小伟身前，给左小伟面前的杯子斟酒。左小伟一眼就注意上了水忆寒手上的蝙蝠咬伤处，他眼睛一眨不眨地盯着，连水忆寒给他倒了多少也根本没在意。水忆寒手上的那个蝙蝠噬伤处已经差不多愈合了，再过几天，只怕连痕迹也不容易看出来了。可是看水忆寒这样子，哪有半点染上狂犬病的迹象？此刻这屋里的窗户开着，怡人的凉风正不停地掠过他们的身体，刚刚还亲眼看到他毫不在乎地洗了洗手、擦了把脸。是他根本没染上狂犬病呢，还是潜伏期没到？或者，那根本就是一只"失效"的蝙蝠，要不那个实验室为什么要处理掉呢？

他心里忽然产生一个非常强烈的想往，如果那真是一只"失效"的蝙蝠，或者水忆寒抵抗力强，侥幸没染上狂犬病，那此刻他坐在这里是种什么心境？那肯定会无牵无挂，毫无顾忌。那他也不用整日魂不守舍，肯定会非常轻松，就跟那些最快乐的人一样。

不用说，父亲也会非常轻松，非常非常。

可是，现在想这些又有什么用？开弓没有回头箭了！

那边水忆寒已举起杯子："来，干！"

左小伟慌忙跟着举起杯子："哎，祝水叔、柯姨恩恩爱爱，白头偕老。"

两杯酒下肚，水忆寒说："小伟，我知道，你今天来，还有一个目的。我一向把你看成自己的孩子一样，所以，咱们说话不用绕弯子，弄堂里赶小猪，直来直去，反而好。你今天是为你爸说情来了，对不对？"

左小伟一愣："我爸？"

水忆寒也有几分诧异："怎么，你不知道哇？你爸已经连着几天没出车了。不知道的人，都以为我在给他穿小鞋。其实，我真不是那个意思。我把最好的活儿，还留在那儿，就等着他来领。可是，我左等他不来，右等他也不来。货主早就不耐烦了，要不是我连连打招呼，他早就找别人了。别的司机也眼红得不行，说我对你爸偏心，要是搁别人，早就把活儿给换主儿了。但这是对你爸，我不能这么干。唉，我这个鸟科长不好当啊。孩子，你跟芷烟也开了个网站，肯定也非常清楚，现在生意难做啊。你去劝劝你爸吧，让他把活儿领了去。不然，我真的扛不住了。我今天当着你柯姨的面说，我真的没什么私心，过去的事就让它过去。过去我对你爸怎样，今后还是怎样。啊，劝劝你爸，别犟下去，明天就到业务科来，我等着他。"

三十二

晚上，两个年轻人的斡旋春风就吹到了左家。因为有前面的实践，所以这桌菜操办起来就更顺当了。三下五除二，一桌丰盛的佳肴就上了饭桌。

趁着酒酣耳热，水芷烟迫不及待地代左小伟向左大成转达了水忆寒的意思。当着准儿媳的面，左大成面带微笑，没说什么。晚饭后，左小伟与

水芷烟要去赶一场刚开始在本市播放的好莱坞大片。当儿子与准儿媳一出家门,左大成立马向地上啐了一口:

"让我去找他?向他低头?喊!"

舒梅惊异地说:"你这人……让我怎么说你呢,你这是去挣钱,你怎么就不转弯呢?人家都把话说这份上了,还要人家怎样?你自己肚子饿了,人家把饭给你盛好放在那儿,就等着你去端一下,你不去,还要人家把饭碗给你端过来,求着你吃下去呀?"

左大成脖子梗起来:"你懂什么?他那意思明白得很,他把我当成了一条狗,他把一碗肥肉放在那儿,等着我去吃。他虽然不说我什么,但我只要一吃,这腰就直不起来了。我已经吃了他一辈子的肉,弯了一辈子的腰,今后我想直起腰来做人了!我别的不争,我就是得争口气!"

舒梅气得不行:"你这人……你怎么尽认死理呢你!你以前怎么不争气呢?照你这么说,凡是到他那儿领任务的司机都是狗了?那你们公司还有几个算人的?你们公司不成了狗公司了吗?人家好歹也是个领导呢。你要是再多根筋,今天恐怕就不用开这破卡车啦!"

左大成瞪起眼睛:"开破卡车怎么啦?有的人想开还开不上呢!"

但只隔了一夜,左大成就转变了主意。确切地说,是茅塞顿开。他想,真蠢,这不是送上门来的机会吗?正好来个一箭双雕。借这个机会,把狮子狗送给水忆寒,明里是拍他一个大马屁,感谢他对自己的关爱,实则是试他有没有得病,岂不是妙得很?只是把这么好的狗白白送给那畜生,着实有点舍不得,本来还想完事以后,把这条神仙般的狗送还韩半仙呢。罢了,舍不得孩子套不着狼啊!

这一天早上,他没有跟其他司机一样去休息室参加例会,而是抱着小狗,在驾驶室内静静地等候着。等司机们都去业务科领了任务,各自驾车离去后,他才从车上下来,牵着狮子狗,朝业务科走去。心里犹有几分舍不得,狗儿狗儿,委屈你了,你要是救了我们左家,我左大成给你立牌位烧高香,当祖宗供奉!

走进了业务科,水忆寒一眼看见了他,但仅抬了一下眼皮子,又自顾做着手头的事。左大成进也不是,退也不是,很是尴尬,只好一个劲儿在那儿逗狗。刚巧一张办公桌下掉着一份杂志,那上面印着一只漂亮诱人的

大蛋糕，狮子狗一心想过去瞧瞧。

"别乱跑，哎，别乱跑，哎，马上就给你找到新家嘞，哎……不是要屙尿吧，往哪儿钻呢？不许乱跑，立正！立正！立正……"但不仅这小畜生不听他的，连水忆寒瞧也不瞧他，左大成更加尴尬，又有几分暗恼，"死狗，叫你立正听见没有？立正！立正！立正……"

正狼狈不堪，科员小唐走了进来。

"哟，老左，叫谁立正呢？这谁的狗呀？真漂亮。"

左大成不自然地嘿嘿笑道："这狗，送人的。"

"送谁的呀？"

"送——嘿嘿，水科的。"

水忆寒抬起头："送我的？怎么不早说呀？这么漂亮的狗，让你折腾了半天，我看着都心疼。"他绕过办公桌，轻唤了两声，把狗抱在怀里，怜爱地抚摸着，"你呀，就是不通人情，还跟它都这么较真。它才这么点儿大，受得住你这样吗？早知道是给我的，才不让你这么折腾呢。小乖乖，受委屈了吧？别难过，回头我找他算账，谁敢欺负你，我对他不客气。"

左大成可顾不得水忆寒在说什么了。他全神贯注地注意着水忆寒与狗的亲热——那狗还在不断地舔着水忆寒，水忆寒不仅不嫌弃，反而十分喜欢的样子。左大成的心提到嗓子眼儿，连呼吸都不自然了，他在等着，等着那狗冲着水忆寒发出一连串的吠叫，挣扎着离开水忆寒的怀抱。那就表示，水忆寒身上确实有狂犬病毒，那么他的儿子，他们左家，就有大麻烦了！

然而，狗没有叫，从进入水忆寒的怀抱起，一点都没有叫。说来也怪，那狗跟水忆寒仿佛早就相熟了，比跟左大成还亲。

小唐笑道："老左，你倒会拍马屁，什么时候也送我一只呀？"

左大成没吭声，他根本没听清小唐的话，他实在没心思去关心别人。

小唐说："咦，老左，怎么不理人啊？什么时候也送我一只狗呀？"

左大成这回总算明白过来，赶紧点头哈腰满口应承："有有，有有有。"

水忆寒抬起头，看着左大成，一脸领导相："左大成，别以为你送了我一只狗，我就可以徇私枉法了。咱们公归公，私归私，唐山的货被你耽搁了两天，人家要罚我们的款，这罚款你得出一点儿。"

"我……"

"我什么我？快出车呀，等着人家再来罚呀？"

"哎，哎。"左大成口中连连应着，眼睛盯着水忆寒那只不停地爱抚着狗的手，那被蝙蝠的噬伤处隐约可见。他清楚地看到，狮子狗那粉红色的舌头在那里连着舔了三下，不仅这小畜生没有丝毫的异常，那大畜生也没有丝毫的异常。这一对畜生亲热得仿佛想拜天地哩！他想，这狗日的哪像得了狂犬病的样子？他都禁不住要热泪盈眶了，真的是老天有眼，庇佑我们老左家平安无事？心中拥堵得严严实实的乌云，宛若被一下子吹刮得干干净净一般，他顿时觉得呼吸说不尽地畅快，浑身说不尽的轻松，都禁不住想唱上两句了。走出业务科的时候，他忍不住给了水忆寒一个向日葵般灿烂的大笑脸，嘹亮地喊了声：

"二位，再见！"

这异乎寻常的笑脸和异乎寻常的叫喊，把水忆寒吓了一跳。多少年来，左大成一见到水忆寒从来都是扭过脸，连话都不肯多说一句的。水忆寒久久没反应过来。

三十三

不过，左大成可没有给这初步的胜利冲昏头脑。也说不定是目前狂犬病毒潜伏得太深，狮毛狗不能一下子嗅出来呢？就像他小时候拿蚯蚓钓黄鳝，如果黄鳝藏得过深的话，便可能闻不到蚯蚓香，黄鳝就会钓不上来。

但他相信，这狂犬病毒也跟那黄鳝一样，不会永远藏那么深的，会一点一点往上冒的。如果水忆寒体内真的潜伏着狂犬病毒，那条不同凡响的狮子狗总有一天会闻到的。

虽然阿坤说过，只要对方体内有一点点狂犬病毒，这神仙般的狮子狗马上就能闻出来，但左大成不敢掉以轻心。他左大成从来都是个谨慎细致的人，小心总不会错。

因此接下来的日子里，他天天用窃听器严密监听着水忆寒的动态。

一天过去，没有异常。

两天过去，没有异常。

三天过去，没有异常……

到了第十一天，左大成心底的弦彻底放松了。他知道，到了该向儿子透底的时候了，否则，儿子心中的弦还会一直绷着，越绷越紧。

黄昏时分，左小伟接到父亲的电话，让他晚上去一趟左大成在公司的宿舍，还特别叮嘱，让他一个人去。左小伟有些奇怪，什么事弄得这么神秘呢？

他如约而至。推开父亲的宿舍门，不禁有些发愣。屋中摆着满满一桌菜，看得出都是叫的外卖。桌边却只坐着父亲一个人，他正对着门口，表情异常严肃。桌上面对面放了两只酒杯，两双筷子。酒杯里已经满满地斟上了酒。再看看屋中，连窗帘也已拉严实了。

见到儿子进屋，左大成站起身，不声不响地过来把门关上、拴紧。然后指了指一张早摆在那儿的凳子，示意儿子坐下。联想到父亲这段日子的反常，左小伟心里越发不安。父亲葫芦里到底卖的什么药？想要问什么，父亲已经向他端起了酒杯，便也低下头，作势呷了一口。

左大成放下酒杯，垂下眼皮，沙哑的声音犹如烤焦的黄豆，一粒一粒从嘴里漏了下来，不高，却十分明确、清晰：

"小伟，我问你，假如水忆寒真的得了狂犬病，死了，你会怎么样？"

左小伟没有想到他会问这个问题，这个问题他以前倒是想过，那是在他准备去遥远的边陲小山村，准备默默无闻地在那里过上一辈子之时想过的。现在他不能去想这些问题，因为他没走成。左大成焦黄豆一样的声音继续传来：

"如果他真的死了，就算真的能够神不知鬼不觉，这辈子你的心里能不能踏实？我的心里能不能踏实？你跟水芷烟能不能过得下去？我们左家在这个世上还能不能过得下去？我左大成这么多年起早贪黑风里来雨里去地跑车，还有什么意思？"

左小伟半侧着身子，眼睛盯着面前的酒杯，他的脑子里乱哄哄的。他的心里有一个声音在喊着：我不知道，我不知道，别问我，别问我，我不知道……就算我现在后悔了，想回头了，又有什么用？回得了头吗？

一粒更大、更焦的黄豆钻入他的耳中，怔了一下，他才意识到，那不是黄豆，而是笑声，是从对面父亲的嘴里发出的笑声。他惊愕地抬起头，发现父亲那刚刚还板结着的脸上，居然出现了笑容。而且笑得那样轻松，的确是从心底泛上来的真正惬意的笑。左小伟心里咯噔一下，父亲这是怎么了？莫不是被狂犬病的事情弄得精神失常了？

左大成一点也不失常。他端起酒杯来，又舒服地喝了一大口，脸上泛起好看的潮红。他的心里舒服得很，是真正地舒服，是劫后余生的舒服，就算当年第一次开上汽车、第一次把舒梅拥入怀中、第一次听到儿子叫"爸爸"，也远比不上这种舒服。他静静地看着儿子，为儿子的紧张好笑。但是，他没有把这种舒服过多地表现在脸上。不能让今天的这场谈话那样浮躁，要让儿子永远记住今晚的谈话，永远记住以前的教训，把今晚当成一个重新开始的起点。他脸上的笑容倏忽消失了，声音重新变得低沉、干涩：

"如果水忆寒真的得了狂犬病，死了，那我们会怎么样？"左大成紧盯着儿子的眼睛，停顿一下，伸出一根指头，"那你，我，我们，我们这个家，也死了。就算能够偷偷地活着，也等于是死了。成天活得心惊肉跳，不等于是死了吗？"

左小伟汗毛都竖了起来。却听父亲吁了口气，点了点头，转移了话题："你还记得你十一岁那年，我带你回老家看奶奶吗？"

左小伟喉咙里含混不清地滚动了一下："是……"

"你记不记得那一次你奶奶突然病了，动不了了，有一个老先生来给她治病？"

左大成这　说，左小伟眼前立刻浮现出一个清瘦矍铄的老人形象，穿着一身洗得发白的青布长棉褂，须发如雪，面色却十分红润。左小伟当时就想，这人真像电影电视里出现的仙人，莫非他真的是一位仙人，躲在这一带大山里修炼的？

左小伟清楚地记得，当时正下着大雪。因为看到几年没有回家的儿子突然带着孙子回家来了，奶奶高兴得不知怎么办才好，里里外外地跑进跑出拿这拿那，一不小心摔了一跤，当时就动不了了。眼睛紧闭着，怎么喊她也不答应，气若游丝。父亲急得快哭了，一位闻声而来的邻居提醒说，还不快去喊韩先生？父亲醒过神来，拔腿奔进大雪中。不到两个小时，领回一位须发皆白的老先生。因为身上盖着一层雪花，他浑身上下看起来都是白的，衬得一双眼睛是那样亮。

他瞧了瞧奶奶，取出一根闪闪发光的细长银针，从奶奶耳后轻轻插了进去，捻了几捻，又拔了出来，再在奶奶背上拍了一掌，奶奶嗷地一声，悠悠醒转。先生淡淡地说，好了，便飘然而去。等父亲想起要给他报酬时，他已消失地风雪中。从那以后一直到现在，奶奶的身体都是好好儿的，什么病没有。

父亲为什么突然说起这个呢？

父亲呷了口酒，继续说："在你奶奶住的山里，狂犬病也跟别的地方一样，自古以来就有。那里以前没有西医，就算是现在，人们要找西医看病，也得走上几十里山路到山外面去。但是，自古以来，我们那儿没有听说有多少人得了狂犬病死的。为什么呢？因为凡是给疯狗咬的人，都会去找一个人治。凡是给他们家治的人，没有不给治好的。你知道那是谁家吗？"

尽管左小伟心里已隐隐猜到，仍问道："谁家？"

"韩家。"吐出这两个字时，左大成神情肃穆，虔诚之至，犹如吐出一位圣者的名字，"他们家世世代代行医，那次把你奶奶治好的人，就是韩家的后人，大家都喊他韩半仙。你那次回家，有个带着你到雪地里逮麻雀的坤叔，年轻时被疯狗咬了以后，就是他给治好的。给他治好疯狗病的人，光是我知道的，就有十来个。你知道他们家是怎么诊断一个人有没有得疯狗病吗？"

左小伟深深地沉浸到韩家的神奇之中："怎么诊断？"

"他们家世世代代都驯养着一种狮子狗，从小就给它们闻疯狗的唾液、尿，给它们喂特制的药，这些狗从小就对狂犬病毒特别敏感。到了一定火候，就可以用这些狗去给人治病。谁身上有没有狂犬病毒，它们一闻就闻出来了，就会乱扑乱叫。这是他们家祖传的法子，谁都想学，可是大家只知道他们家给狗闻了唾液和尿水，谁都不知道他们给狗喂了什么药，这世上除了他们家，没人知道。"

左小伟此时才明白，父亲把他郑重地喊到这儿，是为了干什么。他抬起眼皮，谨慎地瞧向父亲，低声说：

"爸，你是想把那韩半仙请到这里来，给水叔……水忆寒诊断有没有得狂犬病？"

"不，韩半仙给人瞧病，从来不出方圆十里。"

"那你是想把水忆寒带到他那儿去？"

"这样不等于是告诉水忆寒，是你下的毒吗？"

左小伟定睛瞧着父亲，他脑子里突然跳出一条狗的影子，对，一条狗，一条十分漂亮的狮子狗。他前天送水芷烟回家时，看到它正乖乖地倚在水忆寒怀里，跟水忆寒是那样亲。它的眼神是那样的特别，那样的不同凡响。他忘情地缓缓立起身，失声道：

"爸，难道你弄来了韩半仙家的狗，把它送给了盛……"

"对。"左大成眼睛亮闪闪的，回望着儿子，"水忆寒不知道，那狗也一直没有乱叫。我已经整整观察了十天，十天！"他情不自禁地伸出那双长满老茧的大手，隔桌紧紧捧住儿子的脸，就跟小时候常捧着儿子的脸一样，"儿子，水忆寒没得狂犬病，没有！你没事了，我也没事了，我们左家得救了！"嗓子忽然一哑，一串豆大的泪珠扑簌簌滚出眼眶。

左小伟犹如一捆稻草，任凭父亲摇晃着，仿佛置身梦中。左大成毫不掩饰地用粗糙的手擦着眼睛，挂着泪痕的脸上瞬间已堆满从心底里溢出来的欢欣笑容：

"儿子，我今天找你来，就是想告诉你两句话。第一，从今往后，不管怎么样，犯法的事儿咱不能做，哪怕别人把屎拉你头上；第二，别再把那些事儿放在心上了，放下包袱，该怎样就怎样，开开心心过你的日子去吧！"

三十四

左小伟都不知道是怎么从父亲那里出来的。他已经有七八成酒意了。这一对酒量都不大的父子，硬是把一瓶500克的白酒干了个底朝天，还吆五喝六划起了拳。

他只知道他从未有过的开心，犹如一下子甩脱了一件山一样沉重的衣服一般。只知道眼前的一切都好，外面月色很好，街道很好，行人很好，树很好，房子很好，连那个蜷缩在阴暗处喃喃不休的精神病患者也很好。他想对每一个人说，对每一个人笑。

他也不知道怎么就到了水芷烟家的楼下，然后，就拨通了水芷烟的手机。

水芷烟都已经躺在床上了，接到左小伟的电话，马上觉得有点不对劲儿，因为左小伟在手机里的声音有几分异样。她立刻起身下楼，一眼看见左小伟斜倚在花圃边的一棵树上。满脸通红，满身酒气，看着她嘿嘿傻笑着。

"怎么了小伟？你喝酒了？怎么喝成这样？都跟谁喝的？"

左小伟二话不说，拉着她就跑。

水芷烟更紧张，身不由己地跟着他急跑："到底怎么了？你要带我上哪儿去？"

左小伟不说话，只是神秘地嘿嘿笑着，拉着她跑得更快。十来分钟后，他们来到水芷烟家附近的一个街心公园。左小伟突然停下，拦腰抱起水芷烟，原地转了一个圈，大声宣布：

"偶要和你荡——秋——千！"

说着双臂将心上人平平托起，奔进公园里。

对，秋千！在街心公园的正中，那副水芷烟跟左小伟从小就熟悉的秋千静静地悬在那儿，在月光的辉映下，那已经被磨得十分光滑的板面反射着银光。水芷烟心中不禁涌起一股热潮。怎么把这忘了呢？小时候，她跟小伟几乎是每天都要来这儿的,哪怕是走过这个公园边,她也能听见那副秋千架上回荡着她跟左小伟的欢笑声,以及那首稚声稚气的歌谣:

"秋千秋千飞呀飞,飞到天上彩云间……"

但是,从高二时的那一个夏夜以后,她就再也没有来过,连从这里路过也不曾有过,宁可多绕远路。尘封的记忆,几乎要把这一切,把这副古老的秋千架慢慢熔解掉了。今天她又来了,她不是一个人来的。这副上了年纪的秋千还跟过去一模一样,还是那样结实,一点都没改变。

左小伟跟小时候那样,熟练地把水芷烟放到秋千板上,自己也侧身坐上去。虽然有点挤,没关系,让芷烟往自己身上靠点就是了。俩腿用力一蹬,秋千便荡了起来。自然而然地,熟悉的歌谣又从秋千架上响起,穿过林梢,飞向清朗恬美的夜空:

"秋千秋千飞呀飞,飞到天上彩云间。云中有个胖神仙,神仙说,让我也来荡一回。哎呀呀,可不行,你的肚子实在大,小小秋千挤不下……"

已经浑然忘我的左小伟哪里知道,此时的水芷烟已是泪流满面。她不仅为此时此刻的情景所感动,也深深地为自己所感动。她想,一定是自己的苦心没有白费,在自己的悉心呵护之下,左小伟心底的创伤终于愈合了,不然,左小伟决不会这样的。

她甩一甩眼泪,歌谣唱得更响、更亮、更热烈:

"秋千秋千飞呀飞,飞到天上彩云间,云中有个瘦神仙,神仙说,让我也来荡一回。哎呀呀,可不行,你的身体实在瘦,大风一吹你就跑。秋千秋千飞呀飞,飞到天上彩云间,云中有个高神仙,神仙说,让我也来荡一回。哎呀呀,可不行,你的个儿太高了,绳子太短荡不了。秋千秋千飞呀飞……"

三十五

水忆寒跟舒梅都在挣扎。

挣扎在那张网中，那张水忆寒跟舒梅亲手织就的网，织了二十一年的网。

他们必须挣出这张网，哪怕不为别的，就为水芷烟那双忧伤中充满期待的眼睛。

但是越挣扎，那张网越缠得紧。还不到二十天，他们就觉得透不过气来了。世界没了，日子没了，剩下的，就是这张网了。也直到此时，他们才明白，这张他们织了二十一年的网，是多么牢不可破；也直到此时，他们才清楚，世界上最结实的网是什么网。

他们不知道继续挣扎下去，会是一种什么结果。他们觉得自己就像是被抛上岸的鱼，嘴巴张得老大，眼珠已经发白，胸中的气息一刻比一刻少。但就算拼了老命，也必须挣扎下去。

每天下班，水忆寒都会推迟半个钟头走，并且走在路上，决不朝两边看。因为他清楚，舒梅大约会跟他差不多同时下班，会跟他走在同一条路上。他们还不约而同地把手机号换了。

他们不能相遇，不能再有丝毫的联系，不能。他们知道，除了水芷烟的眼睛，另外至少还有六只眼睛时刻关注着他们。

但是随着这日子一天天过去，他越来越清楚，自己这一辈子，大概是永远挣不出这张网了。他不想再与她有联系，但是千丝万缕的联系早已溶入彼此的生命之中，剪不断，理还乱，是离愁，别有一番滋味在心头。

他不知道接下去会发生什么，虽然其实他心里很清楚，接下去要发生的，迟早会是什么。他不敢正视它们，如果要发生什么，那一定是冥冥中注定的。

舒梅何尝不是如此。但是无论如何，该谢幕了。

就从那片枫叶开始。

那是一片普通得不普通的枫叶，夹在一本同样普通得不能再普通的书中。只是因为年代的久远，早就枯瘪了。但它又不是一枚普通的枫叶，它是水忆寒跟舒梅情感的见证。在那棵枫树底下，水忆寒第一次拥抱了她。

那个地方，是东郊的青枫山。舒梅要亲手把这片不寻常的枫叶放回到那棵树上去，把过去的感情，也完完全全地留在那儿，彻彻底底地找回认识水忆寒之前的那个自我。

事后她问自己，要是她知道去了以后会是那样一个结果的话，还会不会去的？她居然无法回答。她只能哀叹，那些电视剧般俗套的爱情情节，居然在她这里应验了。

而且她特地推迟了一天，避开了那个与水忆寒头一次拥抱的"纪念日"。

当她带着满心的感伤，来到那棵树下时，发现树上的枫叶竟然不知被谁采光了，而四周的枫树叶却还是那样茂盛。她一点没感到诧异，只是想迅速离开这里，但脚下却无力迈步。

然后，一双胳膊从后面紧紧抱住她。水忆寒火一样的唇在她耳边喃喃低语：

"你为什么要来呢？你为什么要来呢？你肯定知道我会在这里的，你肯定知道的……你不该来的，你不该来的……"

三十六

公道地说，水忆寒跟舒梅并非贪得无厌之人。他们当然想断，非断不可。但不是现在，这得有个过程。如果这么一下子断了，就会发出一声生生的脆响。这声脆响来自他们体内，是只有他们自己才能听到的撕心裂肺的一声响。比如在来青枫山之前，他们几乎已经听到这声响了。伴着这声响的，将是他们的精神给一挥两断。都说腰斩是惨无人道的酷刑，而伴着这声响的一挥两断，何尝不是呢？所不同的是一个是肉体上的，一个是精神上的。腰斩时，受不住痛还可以放声大叫，而这，只能咬紧牙关，把痛苦吞进自己肚内。

惨！真的这样的话，只怕从今以后，水忆寒跟舒梅精神亦死！

因此两个人商定，慢慢断，用两年时间。这两年时间，第一个半年每周相会一次；第二个半年两周一次；第三个半年一月一次；第四个半年两月一次。然后，就真的断了。到那时，即便是体内有伤痕，有痛楚，大概也会在这两年间慢慢愈合了，淡忘了。

幽会的地点再放在舒梅家，显然不合适了，形势变了，阵地也必须跟着改变。

经过慎重勘察，他们把新的阵地确定在一处外来人口集中的偏僻街区的偏僻出租屋内。去那里时必须经过一家集贸市场。要是约会之后，再顺便买点菜带回去，大概就不会有人怀疑他们去那儿的目的了。为了避免露出马脚，他们还约定，平时绝不互相联系，就当彼此一直不知对方的新手机号。需要约会时，就发一条这样的短信：

"炫铃抢鲜下载，发 XLQX 到 65610935，10 元每月。"

一切看上去都天衣无缝。

如果真的天衣无缝就好了。但是，他们怎么可能想得到，如今的左大成已经不是过去的左大成了。如果说过去的左大成是一只土包子的话，那么如今这个土包子已经给高科技"武器"武装起来了。

这个高科技"武器"，就是他从儿子手中没收来的窃听器。

如果每次水忆寒不挟着他的那只公文包去出租屋，也不会出问题。但他怎么能不挟着包去呢？不以外出见客户为理由，难道还有比这更好的借口么？

如果左大成不再使用那只窃听器了，那也不会出问题，但他怎么可能不使用呢？真的相信舒梅会一下子改邪归正？不，虽然他嘴里不会说什么，但内心深处无论如何也不能相信，他不相信那二十多年的老感情，能够被一阵风似的刮得干干净净。以前之所没有往这上面想，是因为他的心里整天被狂犬病堵得满满的。现在既然狂犬病警报彻底解除了，另一个危机就如同云消雾散的高峰，赫然重新矗立到眼前。就算他左大成是杞人忧天，他也一定要忧下去。好不容易到了今天这一步，如果一不小心让他们的感情死灰复燃，那他左大成还不如去死。

所以，那一场冲突，注定是要发生的。

只要是在家里，左大成基本上不会使用那只窃听器，他心里明白，只要自己在家，肯定不会出问题。而要是万一给舒梅撞见了，反而说不清。一旦出车，他就会翻出那只藏在车内的窃听器耳朵，塞入耳中，直到听不到什么了为止；出车回来进入本市的时候，他也会把耳机塞入耳中，直到进入公司停车场为止。

这一天出车回来，一进入本市，他照例又把耳机塞进耳中。可是耳中却传来一股不同寻常的声音。喘息？刮风？怎么还夹杂着有节奏的震动声？似乎还有呻吟……像是，像是舒梅……鲜血呼地涌上他的脸庞，一个声音在他心里狂喊着，不！不！！不！！！

不知过了多久，喘息、震动、呻吟声都停止了，换成了两个人的对话。

女的："老这样下去可不行，这个星期都两回了，说好第一个半年一周一次的，还是断了吧。"

男的："是啊，断了，断了，谁不想断呢？咱们就像壁虎的尾巴，这会儿断了，过两天又冒出新的来了。"

"唉，怎么办呢？"

"怎么办呢？壁虎大概自己也不一定想长新尾巴，可它自己作不了主啊。"

"怎么办呢？"

"怎么办呢？唉——我常想，咱们这感情究竟是对是错。难道我们就没有追求真正感情的权利？我们在自己家里没有那种感觉呀，法律也没有规定结了婚以后就不能追求爱情呀。我们这感情足以惊天地泣鬼神了。"

"可惜，也只能让鬼神们感动感动，一点也不能让活人知道。"

"我也想明白了，咱们呢，既要对得起家庭，也要对得起自己的感情。对家庭，该尽的责任咱一点不打折扣；对自个儿的感情，也不能委屈了。"

"那咱们那个两年的约定还算不算数了？"

"唉……"

左大成一踩油门，卡车发疯般地朝家里开去。可是扑进家门，家里空无一人。仔细搜寻，也没有一点不正常的迹象。他明白，他们是转移阵地了。他喘着粗气，陀螺般在屋内一圈圈绕着圈子。突然，他嘿嘿冷笑起来。

"哼，嘿嘿嘿嘿……真以为我左大成是个缩头乌龟么？嘿嘿嘿嘿……"

他渐渐冷静下来。不行，不能这么冲动，要是让他们感觉到自己发现

了什么，就什么也逮不着了。以前这方面的教训不算少了，别人是吃一堑长一智，他左大成是吃十堑吃一智。都说在游泳中学游泳，如果他左大成在那个"泳池"中游了一辈子还没学会游泳的话，那他连根木头也不如了，那他姓左的活该做王八。

这回，他一定要赢！

这回，左大成一点没有表现出不正常的地方。晚上舒梅回来，夫妻两个跟往常一样亲亲热热地吃晚饭洗脸洗脚上床睡觉。第二天早上，左大成照常跟舒梅告别，去公司领了任务，驾着货车出了停车场。但开出一段之后，他把车停在一个隐蔽处，又悄悄回到公司对面的一个茶楼，耳朵里塞着耳机，眼睛一眨不眨地盯着公司的大门。果然，不到一个小时，水忆寒挟着包出了公司的大门。

左大成咬牙切齿，你狗日的到底出来了，还挟着个包，干龌龊事还当是出公差，你他妈缺德不缺德？

左大成悄悄下了茶楼，不即不离地跟在水忆寒的身后。跟了一段之后，左大成看见水忆寒朝着自己停车的方向而去，不禁吃了一惊，莫不是他发现了我的心计？正疑心着，却见水忆寒回头望望公司方向，见无人注意他，一扬手，拦下一辆迎面而来的出租车，钻了进去。左大成的耳朵里传来一句：

"盐官巷。"

出租车疾驰而去。左大成这下可急了，有心也拦辆出租车跟在后面，却一时没有，这条街本来就很偏僻，连公交车都少有。眼看水忆寒所乘的车越来越远，都快看不见了，情急之下，一路猛跑，冲上自己的卡车。

等他把车开出隐蔽处，水忆寒的车已经不见了。左大成铁青着脸，心里恶狠狠地说，王八蛋，你跑不了，老子听得清楚，盐官巷，老子认识！跟老子捉迷藏？老子有窃听器！老子玩不过你们？你们都逃不过老子的手心！

这时，耳机又传出水忆寒的声音："你到啦？我马上就到。一切正常。大成这会快出城了吧？哎，一会儿见。"

左大成眼睛里快渗出血了。但是他心里一个劲儿地告诫自己，别急，别碰着人，别违章，让交警扣下了就什么也干不成了。那两个狗男女跑不了!

等左大成赶到盐官巷口,那辆出租车早就不见了。

因为巷子窄,卡车开不进去,他随便把车一停,猛地抓起一把长长的起子跳了下去。他的耳机里已经开始传来喘息与呢喃低语声,他的心跳也一次比一次急,一次比一次响,如同谁拿着一把钝重的锥子一下一下往他心里杵啊。

小巷里没有几个人,两边一排排的门,一派太平盛世的景象。这一对狗男女到底在哪里?

他往小巷深处走了走,发觉不对头,因为耳朵里传来的声音似乎在变小。又连忙往回走。他越来越激动,因为耳机里的喘息声越来越响,他认准一幢楼,朝上攀去。

攀上二楼,他的目光一下子瞄准一间门窗紧闭、窗帘拉得紧紧的屋子,那陈旧厚实的屋门上还写着一行粉笔字"此屋已租"。

左大成觉得自己整个人都快燃烧起来,屋中那一幅不堪入目的景象仿佛已经呈现在他面前。他额上的青筋突突跳着,双手紧握起子,插入门框处猛地一挖,再猛力一撞,门轰然开了。床上的水忆寒、舒梅惊得目瞪口呆。

"我要杀了你们!我要杀了你们……"

左大成挥舞着起子,犹如一头发狂的豹子扑上来,几十年的屈辱都在这一瞬间爆发了。水忆寒手疾眼快,掀起被单,兜头盖住左大成。瘦小的左大成哪里是人高马大的水忆寒的对手,一下子就被他牢牢地摁在床上。

左大成的嘶嚎犹如寒天凄厉的北风,从被单底下一阵一阵地涌出:"我要杀了你们!我要杀了你们……"

水忆寒一点也不敢松手,他明白,只要让左大成一挣脱,这屋中一定会鲜血四溅。他冲吓呆了的舒梅喝道:"快,把那根带子拿来!"

舒梅六神无主:"带子……哪儿的带子?"

"就是那条捆被子的带子!"

舒梅慌手慌脚拿来带子。

水忆寒说:"快,摁住他!"

舒梅说:"干什么?"边不由自主地帮着摁左大成。

水忆寒三下五除二捆住左大成。

左大成的嘶嚎已经变了调，犹如一只受伤的狼："你们不是人！你们说话不算数，我要杀了你们……"

水忆寒丢过舒梅的衣服："快，穿衣服！"

二人飞快地穿好衣服。

水忆寒说："走！"

舒梅说："他会闷死的！"

水忆寒说："不会！"

他们根本顾不上拿什么，水忆寒的那只包也照样丢在床头。二人冲下楼，来到巷中。

舒梅一眼看到巷口左大成的车："那是大成的车！"

二人奔到车旁，水忆寒一拉车门，居然没关严，钥匙也在上面。当即拉起舒梅："上去！"

舒梅慌手慌脚，差点摔了一跤。水忆寒一打火，将车倒出了巷口，

"我们要上哪儿去？"

"先离开这里再说。大成已经疯了，等他追上来了，我们就走不了了！"说着，水忆寒用力一踩油门，卡车在大街上疾驰起来。

"大成会闷坏吗？"

"不会，这会儿他肯定已经挣脱了，那绳子一点也不结实。"

"我们到哪里去？"

"不知道。"过了一阵，水忆寒缓缓地说，"我们已经没有回头路了。回去以后，怎么去面对芷烟、小伟他们？而且，这件事很快就会传开去，满城风雨。在这个社会上，没有比捉奸更能让人感兴趣的了。我们双方的家庭、单位，所有认识我们的人，很快都会知道，想像得比这还要精彩十倍……说实话，我早就想到会有这一天了。这是大成，要是换作别人，这一天早就到来了，大成对我们够宽容的了。"

"我们怎么办？如果不回去，你这科长的位置还保得住吗？"

水忆寒苦笑一声："我这破科长算个什么？公司亏损七八百万，不定什么时候轰一下垮塌了呢。别看我整天挟着个公文包，官不像官，民不像民，比那搞传销的不见得好。"

舒梅不禁有些害怕起来："我们到底要去哪儿呀？"

水忆寒叹了口气，答非所问："是他们逼着我们走这条路的，他们不给我们时间。"

说完，他紧紧闭上嘴巴，脚下的油门又踩下一点，车速更快了，直朝着城外驶去。

三十七

十分钟后，处于疯狂状态中的左大成挥舞着起子，赶到了巷口。那个他恨不得生啖其肉的混蛋早已不见了踪影，连他的货车也不见了。那只耳机还牢牢地嵌在他的耳中，却是再也听不到什么了。

他这一路是走着回去的。但他没有回他跟舒梅的那个家，而是径直到了水忆寒的家。他步履歪斜，踉踉跄跄，手中拎着一只烈性酒的瓶子，瓶中酒已经快见底了。

他努力使自己站稳脚跟，举起拳头，没轻没重地敲起门来。咣咣咣的撞击声，在楼道里引起可怕的震响。他口中含混不清地喊着：

"嫂……嫂子！嫂子……"

隔了好一阵，里面才传出柯敏小心翼翼的应声："谁呀？"

"我！左——左……大成！"

门打开了一道缝，柯敏从里头警惕地朝外面窥探着："大成，是你呀，我说谁呢！你喝酒啦？你怎么啦？"

"嫂子，兄弟我……今大来，是想跟你商量件事。"

"什么事？大成，你今天有点反常，你可不要让嫂子做为难的事。"

"嫂子……你说，我这个人怎么样？"

"那还用说，嫂子都认识你几十年了，还能不了解你？你是个地地道道的大好人，老实、踏实、老少无欺，谁都信得过。"

左大成酒气熏人，挤进门去。柯敏有心想拦，却拦不住，也不敢拦。

左大成送给水忆寒的狮子狗迎上来,冲着旧主人热情地摇起了尾巴。

"嫂子……我这种人,其实最不好。老实人好吗?老实……不好,谁都敢欺,都以为……咱是缩头乌龟,欺负着……没事!我也确实当了……几十年乌龟,可我……这乌龟不能再当下去啦,就算是阎王爷,也觉得……咱太亏了。咱真是……乌龟么?不,不是!嫂子,你说,是不是?"

柯敏小心地与他保持着一段距离:"不,不是,当然不是,是不是谁又说你坏话了?你告诉我,用不着兄弟你出马,嫂子虽然是个病秧子,路还走得动,嫂子找他算账去!"

"嫂子,不是谁说,是兄弟我……看见的,亲眼……看见的。"

柯敏神情一凛:"亲眼看见的?"随即又放松下来,"哦,以前的事就甭提了。人要往前看,过去的事就让它过去吧。"

左大成伤心至极:"不……不……不是以前,是现在,是刚才,刚才……"

柯敏脸色突变,朝前跨了一步:"刚才?刚才你看见了什么?"

左大成眼中红红的,不知是酒精烧的还是渗着泪水:"嫂子,你说……还能有什么?床上……床下呗。你说……我这乌龟……王八蛋,还用谁来……封吗?我自己……就封上啦!"

"你说的,都是真的?"

"骗你我是……乌龟王八蛋!不对,我反正就是……乌龟王八蛋了。骗你,骗你我是……龟儿子!"

柯敏一把抓住左大成的手臂:"他们在哪里?你带我去找他们!"

"找?找?还等、等你去找?早跑了啦!还开跑了……我的车。我是……赔了夫人又……折兵啊,我的嫂子!"

"还开跑了你的车?"

"他们,他们还把我……捆在床上!你说,你说,我还……算个人吗?"

柯敏浑身发抖:"他们……他们……他们就是这样欺骗我的?他们,他们怎么能这样?!"

左大成瞪着醉眼,直勾勾地盯住柯敏:"嫂子,他们再也……不会回来啦。我今天来,就是要跟你……商量一件事。"

"什么事，你说，只要嫂子能办到，一定让你称心如意。"

"嫂子，这事你……办得到，办得到！我左大成做了……这么多年乌龟，心里……不乐意！我也要跟你……成一回夫妻，让别人看看，我左大成……不是个孬种！"说着向柯敏扑去。

柯敏本能地一闪身躲开，尖声嚷道："大成，你疯了！这可不成，这嫂子可做不到！你要实在难受，嫂子出几十块钱，让你到外面找'鸡'去！"

左大成喷着粗气，眼睛红得犹如一头发狂的公牛："呸！我找'鸡'……我是那种人吗？我就要……你！"

他又一次扑向柯敏。柯敏无路可逃，只好跟他绕起了桌子。幸亏左大成脚步踉跄，否则柯敏哪里跑得过他？狮子狗见新主人被欺负，龇着牙，追着左大成一路狂吠。

几圈一绕，柯敏就气喘吁吁："大成，你冷静点！你这可是强奸，要坐牢的！"

被酒精烧昏了头的左大成哪里听得进去："坐牢……就坐牢！让大家都知道……我左大成是……强奸了水忆寒的老婆……坐的牢，我光荣！"往前一探身，终于扯住了柯敏的衣服。

柯敏魂飞魄散："放开……畜生！不要脸，放开我！放开！"

左大成不知是开心还是愤怒："畜生……就畜生，畜生也比……乌龟好……"

柯敏纵声长呼："来人啊，救命啊——"喊了半截，声音便戛然而止，身子一软，晕了过去。

左大成得意地说："你喊也……没用，谁也听不见，人都去上班了……咦，怎么……不喊啦？也——不动了？"他一下子吓醒了，"嫂子！嫂子！"刚刚还满脑子的报复念头，呼啦一下跑得精光。一哈腰，背起柯敏就往外跑。

下了两层楼梯，趴在左大成背上的柯敏便醒了过来，在左大成脑后虚弱地问：

"我们这是去哪里？"

左大成一阵惊喜："嫂子，你醒啦？！嫂子，我送你去医院。"抓起她

的手,在自己脸上狠抽了一下,"嫂子,都是我不好,我糊涂,我对不起你!"抓着她的手还想接着抽打,柯敏挣扎着把手缩了回去。

"兄弟,不怪你,我理解你,我的心情和你一样。我一点也不怪你。"

"嫂子……"

柯敏喘了口气:"小伟跟芷烟呢?"

左大成说:"在网站吧。"

停了停,柯敏低声说:"大成,我不去医院。"

"嫂子,这怎么行。万一——"

"我没事。我这病,几十年了,都是这样,我有数,没事儿。我们回去。你把小伟跟芷烟叫过来,我有话跟他们说。"

左大成不敢违拗,背着柯敏重新朝楼上攀去。

三十八

接到左大成的电话,左小伟跟水芷烟都惊疑不定,究竟出了什么事?

二人急匆匆赶到水家,只见柯敏疲惫地斜倚在沙发上,脸色苍白。狮子狗安静地趴在她的旁边。左大成规规矩矩地陪坐在不远处的一张小椅子上,神情犹如一个犯了错误的小学生。

水芷烟奔向母亲:"妈,您突然叫我们回来有什么事儿?妈,您怎么了?"

柯敏勉强笑了一下,声音很低:"小伟,芷烟,你们都坐下。"

"妈,您没事儿吧?"

"没事儿。妈差点儿犯病,多亏你左叔在这儿。芷烟,知道你爸爸出事儿了吗?"

水芷烟吃惊地说:"爸爸出什么事儿?"

柯敏顿了一下,说:"他跟你舒姨私奔了。"

水芷烟跟左小伟倒吸一口冷气,面面相觑。

"他……他们私奔了?怎么会这样?他们去了哪儿?"

柯敏语气却十分平静:"不知道。他们还开走了你左叔叔的卡车。你们都不是小孩子了,所以,妈和左叔商定,请你们一起回来商议,究竟怎样处理这件事。小伟,对这件事,你有什么看法?"

左小伟垂着脑袋,闷声不响。现在他的大脑就如同喷发的熔岩,在翻滚,在沸腾。那好不容易晴朗了的天空,眨眼之间又乌云密布,命运为什么要如此捉弄人?为什么?!

柯敏目光转向水芷烟:"芷烟,你呢?"

"爸爸他,真不该……两家刚刚稳定下来,又出了这样的事……"话未说完,她的眼泪就进了出来。

柯敏叹了口气:"现在哭有什么用?问题已经出了,现在必须拿出主意,该怎么办就怎么办。"

左大成瓮声瓮气地插话道:"嫂子,你就别问他们了。他们毕竟还嫩,能有个什么主意?你就把你的想法说出来吧。"

柯敏环顾了一下几个人,说:"好,那我就说。现在摆在我们面前的,有四条路。一是把心中的怨气全撒在对方家属身上,我们两家从此反目成仇,小伟站在你父亲一边,我跟芷烟一道,两家大斗一场;二是随他们去,他们爱跑到哪儿随他们的便,我们仍然过我们的日子,就当什么也没发生过;三是给水忆寒跟舒梅一条路,我跟水忆寒离婚,左叔跟舒梅离婚,让水忆寒跟舒梅真正过到一块儿去。芷烟跟小伟分手,从此两家如同路人,既不记仇,也不来往;四是我们这几个人全力以赴,挽救水忆寒跟舒梅,把他们找回来,两家还跟原来一样过日子。你们说,同意哪一条?"

三个人均不做声。

"都不同意?那你们谁拿出一个新的办法来。"

三人仍不作声。

柯敏皱了皱眉头:"你们究竟怎么想?又没有新的办法,究竟同意哪一条?"

水芷烟首先接过话:"我同意最后一条,把爸爸跟舒姨找回来,不离婚,咱们还跟从前一样过日子。他们原来不是没有私奔过吗?这是第一次,应该给他们一个机会,下不为例。"

柯敏的目光投向左大成:"大成呢?"

左大成低着头一个劲儿抽烟,一声不吭。

柯敏语气缓了缓:"大成,我知道你心里难过,嫂子心里也跟你一样。但是再难过,也得拿出个主意来。你嘴里不想说,行,嫂子给你报数,同意哪一条,你只要点一下头就行。一……二……三……四。"

越往后报,水芷烟的心提得越高。报到第四时,左大成点了一下头。水芷烟的心也跟着放了下来。

柯敏又把目光投向左小伟:"好。小伟呢?"

左小伟依旧跟木头一样闷声不响。

柯敏上上下下打量着他:"小伟,你不见得也要柯姨这样报数吧?行,柯姨就报一报。一……二……三……四……"

数字报完了,但左小伟仍然无动于衷。水芷烟禁不住攥紧了拳头,有心拉一拉左小伟的衣角,却又不敢。

柯敏脸色更白了,话语微微有些发颤:"我明白了,小伟,你心里现在只有一个字:恨。恨你水叔拆散了你们家,对不对?这一点也不奇怪,碰到我,也肯定会恨之入骨,说不定早就拿刀把这拆散你们家的人捅了。但是,孩子,你暂且不要恨水叔,反正你们也大了,有些事情,也应该让你们知道了,今天柯姨不妨把话跟你们直说了。你水叔之所以会走上这条路,原因完全在于我。我生下芷烟的那一年,得了慢性肾炎,还伴有严重的心脏病,医生嘱咐我禁忌房事,否则就可能丢掉性命。但是你水叔是个正常的人啊,开始他还能忍着,这要折磨到什么时候呢?这对他太不公平了,人人都有这方面的权利,当然也包括他。于是我就跟他说,你可以到外面找个人,只要你不把我们母女俩丢掉就行。他不同意,于是我就暗中给他物色。有一天,我跟你水叔到他们公司去,正巧看到你妈妈坐着你爸爸的卡车到公司里来。那个时候你妈妈不过二十五六岁,举止端庄,朴素大方,我不由得眼睛一亮……"

左大成突然叫了一声:"别说了!"

他猛地起身欲走,柯敏大喊一声:

"大成!你回来……既然事情已经发生了,说又怎么样?不说又怎么样?所有的错,都是我一个人酿成的,千错万错,都是我一个人的错,你们要恨,就恨我一个人,我愿意代水忆寒接受任何处罚,打我,骂我,往我胸口捅刀子，我都心甘情愿……"

水芷烟再也控制不住，叫道："妈妈！"抱住柯敏失声痛哭起来。

柯敏轻轻推开女儿，她的态度平静得令人心悸："谁想到后来他们真的有了感情，并且一发不可收拾，终于发展到今天这一步。但是，归根结底错不在他们身上，而你们更是无辜的。如果不把他们劝回头、不让你们过上正常的家庭生活，我就是死了，也闭不上眼睛！"

所有人的目光都集中到左小伟身上。水芷烟恨恨地盯着左小伟，哽咽着说："左小伟，你还不表个态吗？"

良久，左小伟终于点了一下头。水芷烟犹不死心：

"你到底同意第几条？好，你不说，我也报数。一……二……"

水芷烟的报数声中，左小伟竖起了四根手指。其余三人都不自觉地松了一口气。

柯敏点点头，说："好。咱们这就算意见统一了。现在就来商量具体怎么办。"

左大成说："嫂子，你说要找他们回来，到哪儿去找呢？"

水芷烟说："打爸爸手机了吗？"

柯敏说："我打过了，他关了机。这个时候，他会让咱们联系上吗？"

水芷烟说："那怎么办？"

柯敏说："总归有办法的。但是我们现在最迫切要做的，不是找人。"

左大成说："那是什么？"

柯敏扫了几个人一眼，郑重地说："守住秘密。不能让任何外人知道他们私奔的消息。如果这个消息传出去，一则我们肯定脸上无光，二则他们很可能破罐子破摔，索性回来离婚，两个人再结婚。到那个时候，就没办法了。现在婚姻自由，谁能阻止得了他们？"

水芷烟说："只要我们这儿的人不说出去，不就行了？"

柯敏摇摇头，犹如一位运筹帷幄的大将军："不行。他们都有各自的工作单位，一连几天无缘无故地不去上班，单位的人会怎么想？单位里本来就有谣言，人们首先就会想到那上面去。所以，得去他们工作单位，为他们请假，而且这个谎要撒得天衣无缝，哪怕说他们去老家奔丧了。"

左大成低头狠抽了一口烟，闷声闷气地说："舒梅的单位我去。"

柯敏赞同地说:"对,舒梅的单位只有你去最合适。"

水芷烟看着柯敏:"那爸爸公司只有你去了?"

"对。另外,他们这次走得急,钱、身份证、驾驶证什么的都没带。没有这些东西,他们很难在外面站住脚,要把这些东西藏好,防止他们偷偷回来拿。当然,最好他们在外面呆不下去了,自己跑回来。"

水芷烟担心地说:"万……万一他们给公安局当成逃犯抓起来了呢?"

柯敏冷笑一声:"那更好,省得我们去找他们了。他们不就是逃犯吗?非法同居,乱搞男女关系,在本地站不住脚了,逃到外地去了,不就是逃犯吗?你到这个时候还在同情他们?"

屋内一下子沉默下来,连空气都变得黏乎乎的,令人难受。

左大成父子都记不清是怎么走出水家的。望着被路灯照得一会儿长一会儿短的两个身影,左小伟心一阵阵灼痛。为什么命运如此不公呢?为什么厄运总是像巨浪一般,一浪接着一浪呢?为什么当初没多弄几只蝙蝠放在那个王八蛋包里呢?

父子两个都明白,别看柯敏病恹恹的,可比他们两个厉害多了。

走着走着,左大成突然停住,用一根手指戳着儿子的胸口,语气从未有过的低缓悲哀:

"儿子,今后你跟芷烟的关系难说了,现在两家都这样了。你得一颗红心,两种准备啊。"

左小伟眨巴着眼睛,仿佛没听懂父亲的话。

三十九

天天渐渐黑了。

路上已经加了三回油了,他们一直这么朝前行驶着,因为他们不知道该去何方落脚。潜意识里,觉得走得越远越好。这个时候,他们已经到了外省了。也曾想过去投奔水忆寒的那些外地朋友，但这个主意马上被两个人否决了。那些朋友柯敏基本都知道，柯敏能不向他们打听？去他们那里，等于是自投罗网。

夜渐渐深了。驾驶室内除了发动机的轰鸣，什么声也没有。明晃晃的车灯下，路面上的几片落叶被呼啸而过车辆带得一路飞扬。两个人心里都有些伤感，他们不正是这些落叶吗？何处才是他们的归宿？

前面又出现一个高速公路服务区。水忆寒一打方向盘，货车驶了进去。

"看来，今晚咱们只有在这儿过夜了。"

"住这儿？"

"对，住这儿，睡车里。住旅馆，得有身份证，你有吗？租房吧，这会儿又租不到。只有这儿最安全。你看，这里是服务区，车匪路霸们胆子再大，也不敢到这儿来捣乱。最好没有警察来，否则一查就完蛋了，咱们驾驶证、行驶证什么的可一样也没有……唉，你还是第一回有机会跟着我出远门，却让你睡在马路边，真对不起你。"

舒梅抓住他的手臂，动情地说："你说什么呢？你不同样在受罪吗？我倒觉得，是我拖累了你。"

水忆寒把舒梅轻轻搂在怀里："干吗说这些呢？什么拖累不拖累的。咱们不是一直盼望着能有个机会一起跑得远远的吗？现在机会来了，应该高兴才是，别想那么多了。咱可不能当叶公。那个叶公平时喜欢龙喜欢得不得了，日思夜想着要见条真龙。可是当有一天，真的来了一条龙时，他却吓得逃走了。"

舒梅扑哧一声乐了，脑袋往水忆寒怀里埋得更深："对，我们小时学过这个寓言，题目就叫做什么叶公……叶公什么的呢？"

"小时候没好好念书吧？'好好学习，天天向上'光让它写在墙上了，一点没记到脑子里去。那叫《叶公好龙》。"

"对，《叶公好龙》。我不当叶公。"

"我也不当叶公。"

隔了一阵，舒梅轻声说："你说，家里会不会到电视上登'寻人启事'找我们？单位要是知道了，会不会把我们除名？"

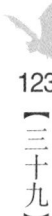

水忆寒扳起她的头,温和地瞧着她的眼睛:"你看你,刚才还说好不当叶公的,又来了。"

舒梅轻轻点了一下他的额头:"你也别吹,要不是大成这么逼我们,我们不都是叶公吗?"

水忆寒想了想,点头承认:"也是,咱们都是叶公。说起来,还得感谢大成。要不是他这么一来,说不定咱们一辈子也没个胆子真走到一块儿。唉,说了半天,他倒成恩人了。"

舒梅叹了口气,眼睛瞧向车窗外,目光有些发呆。

嗒地一下,水忆寒打开车门。舒梅收回目光:

"你上哪儿去?"

"给你买点吃的。"

"算了吧,不是还有半块吃剩的面包吗?能省就省点吧。你还有多少钱?"

因为走得仓皇,两个人的包都没来得及拿。掏空口袋数了数,总共就剩一百四十七块五毛了,接下去还不知要跑多少路,还得加油,还得交过路费。

两个人大眼瞪小眼,瞧着那几张可怜的钞票。水忆寒自嘲地笑道:"要是早想到这一步,起码带它几万块出来。别急,办法总会有的。苦不苦,想想二万五。红军长征,那么大的困难都熬过来了,咱们这点难处也怕?等以后有了钱啊,我天天请你吃龙虾大餐。"

四十

天不亮,他们又开始了新的旅程。他们已经拿定主意,就在这个省份南部的一座中等城市落脚。这两年,那座城市的工业投资旺盛,想必就业机会不少。就在那里用大成的货车搞点运输,先混饱肚子,再慢慢图长远之计。

午后三点,他们终于抵达了目的地。这里果然不错,一看天就没别的地方蓝——工厂林立，众多的烟囱，给大气加了点颜色。到处车水马龙，一派欣欣向荣的盛景。

首先当然是找住的地方，可不能再像刚刚过去的一夜那样露宿路边。根据路人指点，水忆寒把车开进了城郊结合部的一个看上去不怎么整洁的居民区。这儿房屋出租的倒是不少，但都要求预付房租。经过路上几次加油、付过路费，二人此时差不多囊空如洗了。哪有钱再预付房租？连看了几处房，二人都败兴而归。不见得今晚又得露宿野外了吧？

水忆寒安慰舒梅说："别怕，天无绝人之路。老天会保佑我们这对苦命鸳鸯的。"

趁着天色还早，二人又驾着车，赶到下一个看上去更加杂乱的居民区。

一到那个居民区的入口，舒梅便指着一个牌子："看，'此房出租'。"

二人停好车，来到'此房出租'的牌子那儿。一个有点秃顶的老头迎了出来。水忆寒疲惫的脸上立刻堆满笑容：

"大哥，这房子出租？"

"对呀。"

"我们夫妻二人来到贵地做点小生意，想租你们家房子。"

"行，我先带你们看看房。"

里里外外转了一圈，房主深怕这对"夫妻"不满意：

"你们看，这房子还不错吧，宽敞，一点都不漏，地上还铺着地砖。要是你们觉得不行，我还可以免费为你们刷一遍涂料。"

水忆寒跟舒梅对视一眼，心里说，得了吧，就算房子再差上两倍，我们也百分之百满意。哪儿敢不满意呀？兜里没钱啊。

水忆寒眨巴着眼皮，问："一个月多少钱？"

房主伸出两根指头："不贵不贵，才二百。"

舒梅简直吓了一跳："二百哪？"

水忆寒心里直叫苦。二百，要搁过去，区区二百块钱算个屁呀？有一次陪一个大客户吃饭，一顿饭就上万呢。可现在虎落平阳，一分钱难倒英雄汉。他嘴里丝丝抽着凉气，低声下气地说："师傅，贵了吧？这儿是乡下呀。"

房主叫起屈来："这还贵？想想开吧，这房价在这儿可算是最便宜的。这儿是城郊结合部，跟乡下有着本质上的区别。我告诉你们，你们是外地人，不懂。这儿呢，马上要建一个高尔夫球场，用不了半年，房价就要翻上几个跟头。这样的房子，在城里五百块钱你都别想租到。而且说句不怕你们生气的话，你们二位可不像是真夫妻，私奔出来的吧？你们是为了爱情出来的，所以呢，住房子也得住间干净点的。在我们这儿，没有比我这间更像样子的了。你看，我这儿弄得多干净，跟新房完全没啥两样。我跟你们说实话，我这房子就是专为你们这样的人准备的，正儿八经的鸳鸯房。你们要是想租就赶快，不想租，马上就有别人来。"

"鸳鸯房？"

水忆寒跟舒梅这才顾得上细看房子，一看还真是这么回事。

房主带着不平，继续夸他的房子："你们看，我这儿栽了多少花，多有情调，这可是专为这房栽的，连门前栽的树都是成双的。"

舒梅不由得怦然心动："像我们这样的人，到你这儿来租房子的，多吗？"

"多！走马灯似的，都是为了爱情啊。"

"夫妻"俩又对视一眼，心中泛起一股融融的暖意。自从私奔以来，心里还从没有过这样的暖意，似乎一下子找着了家似的。

水忆寒把脸一扬："行，这房子挺好，我们租了。房租下个月给行不行？"

房主断然拒绝："这可不行。我是个老实人，只知道一是一，二是二。按我们这儿的规矩，租房得先预付两个月的房租。"

水忆寒苦笑道："两个月的预付房租我可出不起。"他掏出手机，"跟你说实话，我们现在身上分文皆无，这只手机是我花三千八百块钱买的，用了不到一年，我先把手机抵在你这儿，到时候我拿租金来换。要是你信不过我们，我们只好走人。"

"这……"房主望着那只看上去仍是那么新的手机，犯了踌躇。其实他这房已经很长时间没租出去了。最后一咬牙："行。瞧在你们二人追求爱情的份上，我就做一回蚀本生意。再怎么样，也不能棒打鸳鸯，你们说是不是？"

"夫妻"二人都松了一口气。

水忆寒笑道:"嘿嘿,到时候请你吃喜糖。"他把手机上的 SIM 卡退出,手机给了房主,"这卡不能给你。"

房主一离开,二人马上相拥到一起,终于有了自己的"家"了,今晚再不用风餐露宿了!

但是只开心了一分钟,二人又发了愁,往哪儿睡呢?屋内空荡荡的,除了一个空铺架子,连张凉席片子都没有。

水忆寒眼珠转了转,说:"别急,都到这一步了,还怕这道小坎坎?跟房东借。"

当水忆寒找到房东,真的提出这个要求时,房主差点把眼珠子瞪掉出来,心里直后悔把房子租给了这么两个人:

"什么,连这也要跟我借啊?敢情你们是净身出户、被人赶出来的呀?"

说归说,却也无可奈何。领着水忆寒来到杂物间,指着角落里一张千疮百孔、满是积尘的烂席片说:

"喏,看见没?你要不嫌,把那拿去。"

水忆寒乐呵呵地说:"好嘞,谢老哥!"

一番折腾以后,总算暂且安顿下来。这个时候天也黑了,两个人的肚子已经咕咕叫了一老阵了。从早上到现在,二人几乎都没吃什么呢。翻遍口袋,总算在角落里找到一块钱,那还不知是哪年哪月遗忘在那儿的。去外面小店买了一只巴掌大的面包,顺便讨了点白开水,好歹对付了一顿。即便如此,二人的感觉仍比昨天夜里强多了,至少今晚可以在屋里过夜了。

舒梅环顾着这间简陋的屋子:"总算有个窝了。"

水忆寒感慨地说:"是啊,盼了多少年,就盼着能有个属于咱俩的地方,现在总算有了。从今天起,咱们就可以踏踏实实地在一起了。再也不用一边卿卿我我,一边贼似的支楞着耳朵听着外边的动静了。"说着,他端起那只仅剩小半杯水的一次性水杯,呷了一口,又递给舒梅,"来,为我们新家的诞生,干杯!"

四十一

半夜时分，正相拥着沉沉睡去的"夫妻"俩被一阵重重的敲门声惊醒。

"开门！开门！"

睡眼惺忪的舒梅直跳起来："糟啦，大成追来啦！"

水忆寒到底比舒梅镇定得多，迅即判定："不会，不是他的声音。"提高声音问，"谁呀？"

"派出所，查夜的。快开门！"

"哦，来啦！"

二人慌忙套上衣服。水忆寒哭丧着脸，小声对舒梅说："糟啦，这比大成追来还麻烦。"

水忆寒趿拉着鞋，刚一打开门，一名民警、两名辅警便涌了进来，后面跟着那个秃头房主。舒梅不由得朝后缩了缩身子。警察威严地朝屋内扫了一眼：

"里面住几个人？"

水忆寒心里说，这还用问吗？这不明摆着两个吗？但脸上一点不敢表现出来，哈了哈腰：

"两个。"

"你叫什么名字？"

"水忆寒。"

"哪儿的？"

"北京。"

"来这儿干什么？"

"做点小生意。"

"她是你什么人？"

"我……妻子。"

"叫什么?"

"舒梅。"

"身份证。"

"没……有。忘家里了。"

"暂住证。"

"还没来得及办。"

"其他证件呢?"

"也没带。"

"跟我们走。"

水忆寒眼皮子一抖:"上哪儿去?"

警察说:"派出所。"

舒梅叫道:"我们没犯法,去派出所干吗?"

警察提高声音:"废话,谁能说得清你们的来历?现在到处开展专项追逃工作,像你们这种人,就是重点嫌疑对象。走吧!"

舒梅快哭了:"我们,我们真是好人哪。"急得对房主道,"你给我们说说情,我们不是坏人哪!"

房主垂头丧气:"得了吧,我也给你们害苦啦。早知道你们一个证也没有,我说什么也不会把房子租给你们,害得我被罚掉二百五。"

警察斜了他一眼:"下回你再把房子租给这样的人,你还得当回二百五。"

到了派出所,警察立刻打开电脑前,核对水忆寒跟舒梅他们是不是网上逃犯。直核得二人提心吊胆,深怕哪个逃犯长得跟他们有几分相像,把他们给对上了号。

水忆寒小心翼翼地说:"同志,你们这种熬夜为改革开放保驾护航、当好人民卫士的崇高精神真是令人赞叹。但我们真的不是逃犯。我们都是遵纪守法的好公民,应当受到你们的保护哪……"

一个警察走过来:"你跟我到隔壁去。"

"同志,我……"

"走吧。配合点好不好?"

水忆寒不敢再说什么,乖乖地向隔壁走去。舒梅眼巴巴地看着水忆寒

朝外走,眼泪都快下来了。斗胆对仍在电脑前认真核对着的警察说:

"同志,我们没犯法呀!你看我这样子像罪犯吗?我平时连杀只鸡都不敢。"

警察头也不抬:"说吧,他给了你多少钱?"

舒梅不解:"什么多少钱?"

警察严厉地瞥了她一眼:"装糊涂不是?还要我说得多明白?你陪他睡一次,开价多少?"

舒梅这才回过味来:"啊?你……你把我们当成卖淫嫖娼的啦?你……把我当婊子啦?"

警察轻蔑地扬起脸:"那你是什么?什么证件都拿不出,像你这样的我们见得多了。"

舒梅嘴唇直哆嗦:"我,我……我这个样子,像婊子吗?我都这么大年纪了,我儿子都跟你差不多大啦!"

警察哼了一声:"这可难说。上回我们处理了一个,年纪比你还大呢,还恬不知耻地称自己青春永驻,宝刀不老。"

舒梅再也忍不住,泪水哗地涌了出来,颤抖了一阵才说出话来:"好吧,我……我跟你说实话。我,我跟他,是私奔出来的……"

两个人都记不清是怎么走出派出所的。出大门的时候,那个警察还在后面喊着:

"早点回家吧,都这么大年纪了。"

回到出租屋,那个倒霉的秃瓢房主正等着他们。见舒梅脸上泪迹未干,不禁眼光有些发直:

"回来了?他们没难为你们?挨打了?"

水忆寒垂着脑袋,闷声闷气地说:"没有。"

房主叹息道:"唉,你们走吧,我这儿不敢留你们了。"

水忆寒抬头看着房主,他的目光有几分凄迷:"你让我们上哪儿去?在这里我们举目无亲。你把我们赶出这屋,我们就得露宿街头啊!老哥,一看你就是个面慈心善的人,你忍心这样吗?你放心,你那被罚的二百五,我以后会还给你。反正派出所已经知道我们不是逃犯了,不会再来这儿为难你了。"

房主想了想，又叹了口气："唉，说的也是。算我倒霉呀，碰见了你们。不过我可跟你说清楚了，要是再罚了，也得算在你们头上。"

说着，不待水忆寒答话，起身蹒跚着离去，砰地一声带上房门。舒梅立刻伏在水忆寒身上哭了。刚呜咽没两声，门又被咚咚敲响。舒梅吓得一下子止住哭声：

"他们又来了！"

"不会吧？"

水忆寒疑惑地起身开门，原来是房主又折了回来：

"你们呢，得想办法把证件带出来，不然不方便哪。"

直到房主走了一老阵，水忆寒才记起关上门。一回身，正碰上舒梅那忧伤的目光：

"他说的也是，是得想办法把证件弄出来。不然，我们在这儿，永远是个'黑人'。"

水忆寒颓然在铺边坐下："证件在家里哪，怎么弄？"

"回家去拿。"

水忆寒缓缓地、坚决地摇摇头："能回家吗？现在家里人恨不能啃我们的肉。多少人都在等着看我们的笑话。不等我们走到家门口，唾沫星子就能把我们淹死。这会儿天大的委屈，再大的困难，也只能自己顶着，打落牙往肚里咽。哼，天无绝人之路，我就不信真闯不出一条活路来。"他定定地瞧在舒梅脸上，"梅，我就想问你一句话：出门跟着我吃了这么多苦，后悔吗？"

舒梅的嗓门儿陡地尖了起来："我干吗要后悔呀？只要跟着你，下地狱我也不后悔！"

水忆寒的声音也陡地提高了："好，咱们不用下地狱。天一亮我就出车，只要能拉上货，咱们就有钱了！"

四十二

距出租屋不到五百米，是一个十字路口，水忆寒便把车停在这里。最令水忆寒满意的是，此处没有交警。

他在车前竖起一块马粪纸板做的牌子，上书：空车送货。

一直等到太阳当头照，也没个生意。水忆寒有点着急，要是再没个雇主，午饭可就没着落了。从早上起到现在，肚子一直咕噜咕噜叫唤个没停。正寻思着是不是歇过晌再来，一个穿着T恤的青年来到他面前：

"你送货？"

啊，生意来了！水忆寒立刻精神大振，一跃而起：

"是啊，送货。"

"给我拉点货到东门市场，大概要半天时间，多少钱？"

"除去运输成本，我只收你五十块钱。"

水忆寒驾着货车，跟着青年来到一个瓷砖批发市场。青年吆喝一声："上货！"

几个搬运工人往车上码起瓷砖来。这时一个汉子不声不响地走近驾驶室，突然伸手拔去车钥匙。水忆寒猝不及防：

"咦，师傅，您这是干什么？"

那个男人毫不理会他，自顾自往前走去。

货主青年瞧在眼里，怔了一下明白过来："你没跟他打过招呼呀？他是本地这一行的老大。你想在这儿做生意，不跟他打招呼怎么行？你这人也太没眼色，害得我白耽搁功夫。啐，倒霉，往下搬，往下搬！"

水忆寒顾不得跟青年说什么，尾随着那个老大朝前走。看到老大进了一间屋，他也跟了进去。老大仿佛没瞧见水忆寒似的，大大咧咧地坐下，掏出一根烟来，自顾自点着。水忆寒肚里狠狠地骂道，老子当科长的时候，比你小子威风！脸上却堆起比蜜还甜的谄笑，看到不远处有个烟缸，屁颠屁颠地跑去取来，双手托着，恭恭敬敬地放在老大面前，点头哈腰：

"大哥，我初来贵地，不知您这儿的规矩。这儿跟您赔罪！"

老大吐了个大烟圈，瞥了他一眼："好说。把驾驶证拿来看看。"

水忆寒低声下气："大哥，实不相瞒，我是私奔出来的，驾驶证行驶证都丢在家里，没来得及拿。"

老大眉毛一挑："哦，这么说，你是黑车中的黑车？"

水忆寒腰又弯下去一点，他自己觉得，要是他屁股后长出一根尾巴来，一定比那叭儿狗摇得还欢。可是不这样，又能怎样？

"大哥，出来混不容易。吃苦吃甜咱不在乎，只要有条活路。要我怎么样，您放出个话来。"

老大眼里流露出七分嘉许："行，看得出老弟是个明白人。要想在这儿站脚，今后生意我给你接。油钱、车损都算我的，万一车给交警逮住，也由我去疏通，我一天开你三十块钱工资。怎么样？"

水忆寒直起腰，响亮地应道："行！多谢您关照！"

黄昏时分，水忆寒拎着半斤猪头肉、两只盒饭、几瓶矿泉水，还一些其他生活必需品回到出租屋，那是他一天的工资换来的。老远他就叫道：

"梅，梅，有吃的啦！"

到了门前，却见门锁着。秃头房东从另一间房内走出来：

"我看见她挎着篮子去了后山。"

后山就在近旁。水忆寒绕过最后一排房子，不禁呆住了，只觉得眼里酸酸的，泪水一个劲儿想往外涌。

只见不远处的山坡上，舒梅正提着一只捡来的旧塑料袋，埋头挖着野菜，她分明已经作好他挣不到钱的准备，准备晚上用野菜充饥了。他好不容易才使自己恢复了平静，在路边拔起两根劲挺的狗尾巴草，悄悄地走到舒梅身边，一把抱住她。舒梅的惊叫声中，水忆寒把买来的东西递到她眼前，尽量不让自己的声音发颤：

"咱们有吃的啦，以后不会饿肚子了！"又把狗尾巴草献到她的眼前，"买不起玫瑰花，就献上一束狗尾巴草吧。其实，草比花生命力强多了，野火烧不尽，春风吹又生。咱俩不就是两棵锄不尽、斩不绝的狗尾巴草吗？"

四十三

此时已是深夜两点,柯敏母女仍然毫无睡意,就这么相偎在床上。那条好看的狮子狗乖巧地趴睡在床下。

这段日子,水、左两家一刻未停寻找失踪的人。但是能找的地方都找遍了,却毫无线索。柯敏明显憔悴了许多。因为担心母亲的身体,水芷烟几乎时刻陪伴着柯敏。

该劝慰的话,已经说过一百遍了,水芷烟实在不知该说些什么好了。她想,再这样下去可不行,明天得给她加点安眠药。想跑的人跑了,剩下的还得活下去呀。她看着墙上的钟,疲惫地说:

"妈,都两点了,睡吧。这样下去,身体怎么吃得消?"

柯敏点点头:"睡,妈就睡,你别担心你妈,你妈坚强着呢,大不了他们永远别回来呗。妈都快五十的人了,什么没见过?"却又自顾自唠叨起来,"你左叔说得对,他们这回是铁了心啦,今天已经是第十天了,假期都满了,他们连一点消息都没有。也许他们早就在为这一天作准备了,准备了不是一时了。他们一直在悄悄地拉着这张弓,咱们却一直蒙在鼓里。等到他们把弓拉满了,箭'嗖'地放出去了,我们才发觉。谁知道这箭飞到哪里去了呢?"

水芷烟涌起一股心酸,得,又来了,都快成祥林嫂了,只好又开始了新一轮的安慰:"妈,总会有办法的。其实爸的心是很软的。他一定不会忘记我们的。"

柯敏发出一声悲凉的长叹,轻抚着水芷烟柔软的发丝:"芷烟,我跟你说啊,妈这心里是越来越凉了,他是不会再回头啦。唉——如果把爱情比作一块滑板,世上有多少人真正站对了自己的滑板?你妈我是站错了,像我这样的废人,根本就不配拥有这样的滑板。勉强站上了,自己时刻提心吊胆不说,一辈子还得别人扶着,一辈子成为别人的累赘,连下一代也跟着受罪。你爸站错了,他先是遇上了我这样的废人,觉得不甘心,又找上了舒梅。折腾了半天,那还是别人的滑板。于是,他拼命想把那块滑板滑出原主人的视线。可就算他真把那块滑板弄到手,那还是个二手货,别人嚼过的馍馍。左大成站错了滑板,像他这样的老实人,根本不配拥有这样时髦的滑板,那会招蜂惹蝶。他应该找那种灰不溜秋的、没人瞧得上的滑板。虽然外表不起眼,但是踩在上面踏实呀,不用担心别人会来跟他争,也不用担心脚下的滑板会调皮使诈。所以呀,左大成现在虽然可怜,但怨不得别人,怨他自己当年图时髦,挑错了滑板。舒梅呢,根本就是块公共滑板,她哪儿能够关在家里,她应该放在街头,放在广场上,谁高兴踩谁就踩,人越多,她才越高兴呢。你跟左小伟更别提了,你们脚下踏着的,哪里是什么爱情滑板呀?那其实是一块铁板烧啊!你们现在就觉得难受了吧?早着呢,底下的火苗还没真正蹿起来呢,温度还没真正升上来呢!所以啊,芷烟,你是个聪明的孩子,本来不该由妈来提醒你——"

水芷烟起初还被妈妈的话深深吸引着,但听着听着,妈妈的语气不对头了。她有些警惕起来,不对,妈今天想干什么?

"妈,您到底想说什么?"

柯敏定睛瞧着女儿的眼睛,语调前所未有地沉重:"芷烟啊,现在两家闹到这一步,小伟跟他爸爸不可能一点想法都没有,实际上两家已经有了一条深深的鸿沟啦。只是大家都顾着面子,表面上都不做声罢了。你爸和你舒姨的关系是什么?是一条导火索呀,这几十年来,实际上我都在小心翼翼地和你左叔家相处,处处小心翼翼地观察你左叔的脸色,就跟那时刻准备灭火的消防队员似的,生怕谁一不小心——哪怕是一句无心的话,把这条导火索点燃了。这可不是一般的仇恨啊,夺妻之恨,还有比这更大的吗?再大就得是杀父之仇、亡国之恨啦。这个仇恨自古以来可都是排在前三甲的呀。现在这条导火索差不多已经燃起来啦,我是再也不想当这消防队员啦,也当不了啦,要爆炸就让它爆炸吧。我太累啦。你呢,该想想退路啦。"

"你是说,我和小伟……"

柯敏缓缓地点着头:"对,你该有个思想准备,随时准备和小伟断啦。"

水芷烟张口结舌。

柯敏移开目光:"我知道,你心里舍不得。凭心而论,小伟这孩子我也挺喜欢。但是，你仔细想一想，在那种阴影的笼罩下，你跟小伟这一生能幸福吗？你爸爸跟舒梅这层关系，就像个火药桶似的时刻在你身边，你知道它会什么时候爆炸？你这辈子就得时刻准备着当消防队员，时刻作好牺牲的准备。妈当了一辈子消防队员，实在是当够啦。我不希望你再来顶我的班，你该去过那种轻轻松松、无牵无挂的日子。况且，你一旦真的跟小伟结合了，舆论也不好听啊。人家会说，龙生龙，凤生凤，老鼠的儿子会打洞。老的一对关系不明不白，现在又把小的也扯进去了。这话你受得了吗？你爸跟舒梅这一辈子就好比在上演一部电视连续剧，那些看的人多来劲啊，他们就担心这戏结束呢，如果你跟小伟再好下去，那整个儿就是这部电视连续剧的续集呀，那我们两家的戏不就没完没了了吗？那可就真称了那些人的心了……就算你爸他想金盆洗手，他身边还有个不要脸的女人，跟棵长春藤似的死缠住你爸，你爸能站得直吗？你以前总是舒姨长舒姨短的，我从来没有在你面前说过舒梅的不好，可是你看她，任何事情总得有个尺度吧？都这么大年纪了，还这么骚。"

水芷烟缓过劲来，冲口而出："妈，我可跟你说清楚了，你们的事儿，实际上跟我们没关系。"

这回轮到柯敏目瞪口呆了。

水芷烟有点气急败坏："你们是你们，我们是我们。我跟小伟都过了十八岁了，我们的事儿自己作得了主。我们自己都很清楚，我们知道该怎么办！"

"你……"

水芷烟顿了顿，语气缓了缓，但是份量一点没有减轻："我说了您别伤心，我跟小伟实际上是在帮你们的忙。谁的责任谁担，你们之间造成了矛盾，本该自己解决，别人不应该为你们承担什么责任，更不应该为你们付出什么代价。现在你们自己解决不了，我和小伟来帮助你们，这本质上跟学雷锋做好事没什么区别。你们应该感激我们才是，怎么能拆散我们呢？如果我们因为这件事而受到了什么伤害，你们更应该感到内疚，应该想方设法为我跟小伟提供更为宽松的环境才对。因为那是你们造成的，是你们欠我们的。怎么能反过来恩将仇报呢？我相信我跟小伟的缘份是上帝安排的。上帝先造出了小伟，想想他应该有个伴侣，于是就造出了我。要想拆散我跟小伟,除非上帝自个儿来跟我说!"

"你,你……"

剩下的时间,水芷烟几乎没怎么睡着,眼前老是晃荡着左小伟的影子。他这会儿在干什么呢?知不知道人家在为他受委屈?直觉心里得憋屈得慌,又不敢再对妈妈说什么,还直担心先前自己的话刺着了她。

四十四

剩下的时间,柯敏也几乎没怎么睡着。耳边老是响着女儿的那些话。自己是不是有点过份了?对于恋人来讲,在这个世界上,图的不就是找到自己的真爱吗?两家不是还在盼着私奔人的回心转意吗?他们一回来,不是又跟原来一样了吗?

天一亮,柯敏就起了床,仔细给自己拾掇了一番,还特意化了点淡妆。她要把自己收拾得精精神神的,去水忆寒的公司。今天,该去给那个没良心的续假了,原来请的十天假,已经到期了。

从跨入公司大门起,她的脸上就均匀地布满坦然的微笑,神态镇定自若,不卑不亢,眼神如上弦的月亮一样既亮堂,又含蓄。她和所有遇见的人得体地打招呼,脚步不疾不徐地走进了总经理室。

"王总早。"

王总是位五十多岁的女士,精明干练。抬头见是柯敏,镜片后的目光闪了一下,热情地招呼道:

"是柯敏啊。坐,坐。"

柯敏侧着身了坐下:"谢谢。王总,真不好意思,我是来给水忆寒续假的。他还得再过几天才能来上班,他老家的事情还没处理好。"

王总没有立即表态,而是拿起一份报表,对室内一位正翻找着一份资料的年轻女孩说:"小陆,你去财务处,核对一下这个月的支出情况。"

"哎。"女孩拿起报表,应声出去。

王总也起身离座,把门关上。然后倒了一杯水,端到柯敏面前。在柯

敏身边坐下，微笑着凝望着柯敏。柯敏顿时感到有几分不安：

"王总……"

王总点点头，轻声说："柯敏，我跟水忆寒可以说是多年的老同事、老朋友了，跟你也相识多少年了。所以呢，某种程度上，请你把我当做自家人，你不会有意见吧？"

柯敏僵硬地握着茶杯，那只可怜的一次性茶杯快被她挤扁了："当然，当然，王总——"

"现在没有什么王总，你就把我当成一个老大姐。老大姐说话一向是直来直去的，你不会介意吧？"

"当然，当然。"

"那好，你跟我说实话，水忆寒到底去哪儿了？"

柯敏迟疑了一下："他——老家有点事儿。"

王总叹了口气："唉，柯敏，你还是把大姐当成了外人。我老实告诉你，现在公司内外已是流言四起，大家都一致认定，水忆寒跟一个叫舒梅的女人私奔了。"

柯敏手一抖，茶杯里的水泼出了一片，但她丝毫没有察觉。

"其实，关于水忆寒和舒梅的事儿，这早已是公开的秘密。舒梅是左大成的老婆，左大成又是本公司的职工，这事儿能瞒得过谁呀？所以呢，你作为与水忆寒靠得最近的人，不见得要等到我来告诉你，你才会恍然大悟吧？"

"大姐，我……"

"别我我的。你要是还信得过我这个当大姐的，就跟我说实话，让我这个当领导的心里有点数。说不定，我还能帮你点忙。"

柯敏再也熬不住，鼻中一酸，两大股伤心泪哗地涌出来："大姐，我……我的确欺骗了您，请您原谅。您是过来人，您一定能理解一个女人的心情……"

她的手剧烈颤抖着，茶杯里的水连连外泼。王总轻轻拿过她的茶杯，放到桌上："唉，柯敏啊，我挺难过。我没有别的意思，我现在最关心的是，水忆寒还回不回来上班了？现在公司形势这么紧张，他又是个业务科长，我这儿耽搁不起呀。所以啊，啧，叫我怎么说呢！"

柯敏泣不成声:"大姐,我也不知道该怎么办,我也在天天盼着他回来。"

"唉,柯敏呀,大姐我是过来人,这种事儿见得多了。我记得钱钟书先生的《围城》上有这么一句话:老年人若是谈起恋爱来,就跟老房子失了火一样,救都不好救。水忆寒虽然还没有步入老年,但也快了。何况他这把火从年轻的时候就烧起,都烧了二十多年了。所以呢,啊,他那可不是一般的火呀,那是一座火山,就等着喷发哪。现在不就喷发了吗?他心里肯定是憋足了劲儿呀,如果再等下去,就要变成一座死火山了,他能不急吗?所以一旦喷发出来,那可真是一发不可收啊。"

柯敏一句话也说不出,泪如泉涌。那是憋了多少天的泪,从来没有在别的人面前流过,现在似乎要一次性倒出来。王总也跟着眼圈红了,给她递过一块纸巾:

"柯敏,大姐说话直了点。不过,我是为你好,梦总有醒的时候呀,迟醒不如早醒。你身体一向不太好,所以你自己可得注意保重,人要懂得关心自己呀。好在现在孩子大了,什么都不用怕了。所以啊,他要走,就让他走呗,爱去哪儿去哪儿。你现在的依靠不是他,而是孩子,为孩子谋个好出路,找个好婆家,不就什么都解决了?你说是不是?"

四十五

柯敏也不知是怎么走出运输公司的。她失魂落魄地沿着街边走着。走过整整一条街后,她那如漫天大雪般纷飞乱舞的思绪,才渐渐归落尘埃,重新恢复了条理与思辨。

不行,不能就这么听之任之,就算羊跑了,羊圈还得补起来。她家的羊不只是那跑了的一只,她家里还有一只,她家的羊应该一代代繁衍下去,一代比一代幸福。

她停住脚步,掏出手机,找出左小伟的号码,拨通。片刻,她的声音响起。如果刚才谁有幸见过她在运输公司时的伤心欲绝,现在再见到她此

时的情状,一定会大吃惊。她脸上的伤痛与愤恨已经见不到一丝一毫,取而代之的是温馨的慈母般的微笑。声音也如同她平日里心境最好时一模一样,温暖、慈爱、感人。

"小伟吗?我是你柯姨呀。你能不能帮个忙?我有个同学呀,她想制作一个个人网页。她说,只要设计得满意,价格由你开。具体我也说不清,她要跟你面谈。我们现在在'今古'咖啡馆等你,你能来一下吗?对,'今古'咖啡馆,在天河路,可别记错了。"

接到柯敏的电话时,左小伟正在厨房里择着菜。这段日子,他跟水芷烟一样,也不敢远离父亲。尽管他的内心也已结冰,尽管他的伤口也一样在流血,但是他告诉自己,一定要咬牙挺住。

这个家中,只剩下两个光杆男人,他不陪伴父亲,谁来陪伴?

当电话那头的柯敏说明她的意图,左小伟心里冒出的第一个念头就是,柯姨是想找点事做,以此来转移自己的注意力,以免老是沉浸在痛苦之中。的确,现在他们两家不就处在看不见尽头的黑暗隧道中吗?他们太需要放松了、太需要调节了,哪怕有人请他们扫一下地也好,否则再这样下去,真让人担心两家人会闷疯。

不知道为什么,他的心头不禁划过一丝轻松,仿佛凝结多日的冰面划破一道缝一般。他匆匆洗完菜,换了件衣服,挟起包,对枯坐在沙发上看电视的父亲说了一声,出了家门。

因为是白天,"今古"咖啡馆人不多。为了营造一种氛围,里面故意把光线弄得暗暗的。左小伟站在门口四处张望的时候,柯敏从一个不引人注意的角落站起身。

"小伟!"

"柯姨。"

左小伟绕过几个厢位,在柯敏对面坐下。一位侍者送上两杯咖啡:

"您要的咖啡。"

柯敏欠欠身:"谢谢。"

左小伟仍在四下寻找,怎么没有看到柯姨所说的同学呢?而且,柯姨所要的咖啡也仅是两份。

"柯姨，您的同学还没来呀？"

柯敏却答非所问："小伟，喝咖啡。"

左小伟隐隐觉察出有点不对劲。呷了一口咖啡以后，柯敏抬起头，目光落在左小伟的脸上，仿佛第一次见到他似的，遥远而陌生。她眼底那暖人的笑意已不知不觉地消失了，取而代之的，是深不见底的忧伤。左小伟不禁打了寒噤。良久，柯敏开了口，声音宛若三九天从朝北的弄堂里暗送过来的寒风，低哑，却透着一股无法排遣的寒意与沮丧：

"小伟，柯姨骗了你。请你来，不是来谈什么网页制作的。我是想告诉你，水忆寒跟你妈妈的事儿，现在到处传开了。而且大家都说，他们是不可能再回来了。我想，如果将来我们当中谁的运气特别好，能有幸见到他们，说不定那时候他们连小孩都有了。虽然我们尽力为他们隐瞒，但是纸毕竟包不住火呀。今天，我去水忆寒的公司为他续假，才知道，我们费了那么大的劲儿，原来都是掩耳盗铃。我们还在拼命地自欺欺人，其实周围的人都在那儿看我们的笑话，我们真是既可怜又可笑，而且很愚蠢。小伟，在我们这群受害者中，我最看重你，因为你是个男子汉，应当最有理智。虽然你爸也是个男子汉，但他本来就是缺乏主见的人，现在你妈妈一走，差不多把他压垮了。我又是个女人，芷烟更是只知道感情用事。所以，柯姨只有指望你了。小伟，事情到了这种地步，你说怎么办哪？"

左小伟半张着嘴巴，呆呆地看着柯敏，似乎还没有从这些突如其来的话语中回过神来。

柯敏悲凉地叹了口气："我们都不是无情无义的人，该做的努力，我们都做了，我们已经做到仁至义尽了。可是，天不怜我呀！小伟，你说，我们怎么办呢。"

左小伟结结巴巴地说："柯姨，我，我一向认为，您是个智者，芷烟常说您满肚子智慧，大智大勇，她一点也没说错。所以，我，我觉得，您喊我来，心里一定已经拿定了主意。所以，我，我觉得，您不妨直说出来。"

柯敏那满是忧伤的眼里居然泛起笑意，简直令人触目惊心。她的声音也升温了许多，那眼中泛起的笑意，也同样渗进她的声音里去了，但听上

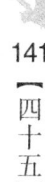

去更令人发怵:"小伟,你想得太多啦,柯姨是个没用的人,要说我大智大勇,柯姨我可真不敢当。要是我真的大智大勇,会落到今天这步田地吗?今天请你到这儿,不就是跟你来商量的吗?柯姨其实已经——唉,说句自贱的话——惶惶如丧家之犬了!"

左小伟连忙说:"柯姨,您怎么能这么说自己呢?"

"不是吗?你看我活得还像个人样子吗?看看这周围,有谁像我这样可怜?要是我真有办法,会找你来吗?"

"柯姨……您,您有话就说出来,只要我能做到,我一定去做。"

柯敏却避开左小伟的话头,沉吟着道:"小伟,你说心里话,柯姨这人是不是特别地阴险?"

左小伟慌忙摇头:"不不不,柯姨,我从小就觉得,您是世界上最美丽的女人。真的,我一点都不说假话。"

柯敏声音突然提高几分,简直把左小伟吓了一跳:"好,小伟,你是聪明的孩子,我从小就没有看错!"说完这句话,她的声音重又变得低沉、凄凉。眼中的笑意不知不觉消失了,顿了一顿,才重新开了口,"小伟,实不相瞒,有些事情我倒确实想过,我先说出来,如果有不对的地方,你可千万不要客气,该批评就批评,哪怕冲我发火、骂我几声,都行。嗯,我觉得呢,水忆寒跟你妈妈已经无药可救了,我们两家现在就跟两条残破的大船一样,下沉已是不可避免了。我跟你爸爸反正都这么大年纪了,这么多年的罪都受过来了,无所谓。可是你跟芷烟是无辜的,你们的生活还没有真正开始,你们这辈子不应该再背着这沉重的枷锁。然而,小伟,你想过没有,只要你们真的结合了,这辈子能摆脱得了这枷锁吗?你们能不接触对方的家庭?能忘记自己的家庭?等将来水忆寒跟你妈妈老得走不动路了,要求你们来照顾,你们怎么办?"

仿佛被一只看不见的手突然扼住了咽喉一般,左小伟一下子觉得透不过气来。喉结滚动了好一阵,艰难地回道:"柯姨,您的意思,是让我跟芷烟分开?"

柯敏的目光静静地落在左小伟脸上,坦然,纯净,没有一丁一点的杂质,谁都不忍心怀疑,那的的确确就是从她心底里反射出的真诚的光。她的声音里充满了真切的伤感:

"唉，小伟，你是我看着长大的，你知道柯姨从小就把你当成自己的孩子看待。柯姨这么说，心里比你还痛……"她的泪水不知不觉地溢了出来，看得左小伟心里也一阵阵发酸，"但是，除此之外，又能有什么办法呢？我不能眼看着你们往火坑里跳。柯姨是过来人，我知道，这种做法对你们来说，不仅不公平，而且是非常——非常残酷的，难道我忍心这么做吗？我非常清楚你们的感情，就算我可以不考虑你的感受，我也得考虑自己亲生女儿的感受，难道我忍心眼看着自己亲生女儿痛苦？可是，如果现在不果断地斩断这一切，将会后患无穷啊。你们不觉得累吗？别人谈恋爱，有你们这么艰苦吗？如果你们继续相处下去，你们会永远这么累下去，永远这么苦下去，永远也别想过上别人那样轻轻松松的日子。这又是何苦呢？所以啊，长痛，不如短痛。世上的好男好女多的是，何必非得在一棵树上吊死？况且，你跟芷烟做不成夫妻，也可以成为好朋友么……"

左小伟声音颤抖着打断她："柯姨，不会的，我跟芷烟可以处理好这一切的，请您相信我们……"

柯敏忧伤地摇摇头，缓缓地说："唉，小伟，你还年轻，有些事情，你不懂。夫妻两个居家过日子，没有不闹架的。如果是小矛盾，那好办，吵过就拉倒了。像我们两家这么大的矛盾，少见哪。如果为此吵开了头，那就收不了场啦。你们或许会天真地以为，决不会为此而吵的，可能吗？天天悬在心里的事，谁知道哪个一不留神就溜出了口？两个人谈恋爱，刚开始的时候觉得一切都是美好的，觉得生活就像是一块无瑕的翡翠，没有一丝一毫的缺点。慢慢地，矛盾不知不觉地就来了。这个时候才发现，生活原来是一块透明的冰，那样的冷，连这冰也不容易抓住，总有一天，它会都化为水。婚姻啊，就像是男女两个手拉手跑马拉松，在没有一点牵累的情况下想跑到终点，都不容易，还能背上这么大的矛盾？唉，这矛盾来了，就走不了啦，矛盾就像滚雪球，越滚越大，越滚越大，最后两个人滚不动了，只好停在那儿。到那个时候，后悔就来不及啦。如果再有了孩子，连孩子也成了牺牲品。"

左小伟激动地提高声音："太阳出来了，雪球不就融化了吗？"

"太阳在哪里？"

"在我们心里！"

"不！你们心里的太阳已经被乌云遮住了。这块乌云，就是水忆寒跟你妈妈的关系，就是我们两家的矛盾，只不过你们不愿承认、不敢正视它罢了。慢慢地，你们就会觉察到这块乌云的巨大、阴冷，到那个时候，你们就是想挣脱，也挣脱不了。如果你在哪个阴天朝东方望一望，你就会有所体会。阴天的早晨的确能看到太阳，那个时候太阳刚出地平线，而乌云又遮不到那里。所以，它还能露出一点光线来。但是，它再往上升，就不行了。越往上升，越进入乌云里边，完全看不见了，完全给遮住了。可它还是不停地在乌云背后走啊走，走啊走。也许直到天黑，它也走不出来。也许才走到一半，就下雨了。那是雨吗？那是太阳在哭呀。可是哭又有什么用呢？乌云还会照样遮住他们。唉，你们现在就是早晨的太阳啊，你们还没有完全被乌云遮住，现在那乌云深处，的确离你们还远着哪，但总有一天……唉，我是真不愿意看到你们将来在乌云背后的哭泣呀！"

左小伟心头似有千百头怪兽在乱闯乱撞着，他的嘴皮子犹如寒风中的枯叶瑟瑟颤动着，却又不知该如何表达心中的万千激愤。

柯敏低缓的声音继续传来，犹如一条缓缓流淌的河流，看上去波澜不惊，却不容阻挡："你们两个人看上去倒的确像是青梅竹马。其实，那不是缘份啊，实际上那是一段孽缘，是罪过，是种畸形的感情，是上天造的孽啊！小伟，你是个男子汉，柯姨相信你拿得起，放得下，相信你能理解柯姨的心。你跟芷烟不同，芷烟只会感情用事，相信你会冷静地对待这一切。所以，柯姨才会找你来商量。"她伸出一只苍白的手，轻柔地贴上左小伟的脸，慢慢抚摸着，像抚摸着自己的孩子一样，声音变得更为凄凉、无助，"小伟，你从小就跟柯姨亲，帮帮柯姨，好吗？"

左小伟能清楚地听见自己粗重的呼吸跟咚咚的心跳，他觉得自己的心已经跳到嗓子口了，一个细弱的声音从他那苦涩的嗓子眼里挤出来：

"柯姨，你究竟想怎么做？"

"芷烟我带走，你不要找她。时间会慢慢改变一切的。你不是很爱她吗？爱一个人就要为对方的一切着想，为对方的一生着想，而不应该在乎两个人以什么方式去过。你说对吗？"

左小伟紧紧地咬住嘴唇，一缕殷红的鲜血，顺着嘴唇的咬破处淌了下来。

四十六

回到家，时间已接近中午。疲惫地爬上自家所在的楼层，水芷烟正倚着门焦急地守望着。一见到柯敏，便赶紧下来搀扶：

"妈，您怎么才回来呀？再不回来，我可要去找你了。续到假了吗？"

柯敏不说话，也不看女儿一眼，自顾自地走进屋内，一声不响地在沙发上坐下。水芷烟的心悬起来：

"妈，您怎么不说话？到底发生什么事了？续到假了吗？"

柯敏抬起眼皮，久久地注视女儿，眼神里又充满那种深不见底的忧伤和沮丧。水芷烟给她看得直发毛：

"妈，到底怎么了？是不是没续到假？没续到也不要紧，咱们再想别的办法呗。"

柯敏嘴角浮现起一缕苦笑，自言自语似的说："咱们都是'不识庐山真面目，只缘身在此山中'呀。"

"什么意思？"

柯敏的声音又低又哑，完全是伤痛欲绝之后才特有的声音："我们还一直以为，这件事瞒得紧紧的，外面没人知道。其实，遮羞布早就揭开了，你爸爸公司里的人，我们周围的人，早就知道了一切。可我们还在这儿使劲儿为他们遮掩，在别人眼中，我们不就跟那舞台上的小丑差不多吗？"

水芷烟倒吸一口冷气："妈，您说的都是真的？您是怎么知道的？"

"别人是怎么知道的，我不懂。今天我去续假，你爸公司的王总亲口跟我说的。王总是什么人？她会造谣吗？芷烟，妈妈真是太累了。"

"妈！您别难过……"

柯敏缓缓地摇着头："芷烟，妈心里能不难过吗？这个地方，妈是再也不想呆下去了，这是一块伤心之地啊，妈的心碎了……妈今天就想离开这里，找一个安静的地方，一个人住着，了此残生。"

水芷烟不由得扑上来，紧紧搂住妈妈的身子："妈，您想去哪儿？"

柯敏眼中泛起一层泪花，轻轻拂着女儿额前的刘海儿："你别管，妈不会有事的。你就留在家里，好好地过你的日子，别为我操心。"

水芷烟尖叫道："不！妈，我不让你走！我决不让你走，你走了，我怎么办？"

"不让我走，也行。你去弄一大瓶安眠药来，让我吃了，从此长眠不醒，省得一睁眼就看见这恼人的世界。"

水芷烟吓得身子朝后一缩："妈，您胡说什么呀？您别吓唬我！"

柯敏平静地看着女儿："你要是硬拦着我，就只有这一条路了。"

说着，她起身走进卧室，取出一只旅行包，往里面塞了几件衣服，又打开柜子，取出一些钱来。

水芷烟缓过神来，跳起来叫道："妈！您实在要走，我陪您一起走，您去哪儿，我也去哪儿，我决不让您一个人走！"

她飞快地奔进自己房间，也从床底下拖出一只旅行包来。等她手忙脚乱地收拾好简单的行李，柯敏已经出了门。她叫了一声，三步并作两步追上去，差点连门都忘了关。

母女两个很快下了楼。水芷烟紧紧挽着母亲，深怕她飞了似的。一路上她不停地问着：

"妈，您去哪儿？您到底要去哪儿？"

但柯敏嘴巴抿得紧紧的，一句话也不说。她目光坚定，紧紧地盯着前方的某个地方，仿佛那里就是她的目的地。她脚步急促，水芷烟简直要一路小跑着才能赶上她的步伐。真难以想像，一向身体不好的她居然这么有劲儿。水芷烟脑子里蓦地跳出一个恐怖的念头：妈莫不是精神出了问题？那些疯子发作的时候，不都是特别有劲儿吗？是的，这几天妈妈经受的打击太大了，今天去续假又碰了钉子……水芷烟顿时连呼吸都急迫起来，有心喊个警察之类的人来帮忙，可是又喊不出口。喊那些人干什么呢？难道想让他们帮忙把妈妈送到精神病院去，跟那些成天傻笑傻叫傻跳傻闹到处吐口水抹大便的疯疯颠颠的货色关在一起，不，不不，决不！

正胡思乱想得浑身一阵阵起鸡皮疙瘩，柯敏忽然停下脚步，扬起一只胳膊，一辆迎面而来的出租车吱地一声停在她们身边。柯敏说了声：

"火车站。"

水芷烟丝毫不敢违拗，跟着母亲上了出租车。到了车上，仍旧紧紧挽着她。

到了火车站，柯敏直奔一个售票窗口。因为是淡季，所以买票的人不多。柯敏掏出钱来，说道：

"到祁县。"

水芷烟倒吸一口冷气，失声道："妈，祁县？祁县在什么地方呀？您去那里干什么？"

柯敏依旧不答话，接过两张票，转身往站台走去。水芷烟突然之间下定了决心，不行，无论如何，决不能让妈妈离开北京城！她丢下包，双手死死抓住柯敏的胳膊：

"妈！不行，您不能走，我决不让你走……您要实在闷得慌，我陪您在这城里头转转！"

柯敏倏地转过头，两道一向很温和很含蓄的目光顷刻间成了两把寒光闪闪的刀子，狠狠地刺在水芷烟脸上，刺得水芷烟顿时一哆嗦，厉声道：

"你放心，你老娘没疯！你要是不想走，就留在这里好了！"

说着狠狠甩开水芷烟的手，噔噔噔地朝前走去。水芷烟怔了怔，只好捡起旅行包，小跑着追上去。

翌日午后，这对奇特的旅伴在遥远的山西祁县火车站下了车。柯敏马不停蹄，又带着水芷烟上了一辆开往山中的中巴。水芷烟不敢多嘴，一只手拖着包，一只手紧紧挽着柯敏。因为走得匆忙，母女两个的手机都丢在家里。水芷烟心想，得，要是路上遇着歹人之类的，想打110都麻烦。

奇怪的是，柯敏此时的表情倒轻松了不少，仿佛找到了归宿似的。她不时扫视着窗外，辨认着路标。而越往前越偏僻，水芷烟的心也悬得越高。终于，在一个叫做"鸡毛岭"的路标前，柯敏带着水芷烟下了车。

这时，太阳差不多下山了。水芷烟提心吊胆地打量着这个荒无人烟的陌生地方，没法子再憋着不开口了：

"妈，太阳都下山了，这地方这么荒凉，您到底想干什么？"

柯敏神秘地一笑，亲切地拍拍女儿的背："别怕，就要到了，走吧。"

拉着女儿的手，沿着一条弯弯曲曲的盘山小道，朝山上攀去。水芷烟

远远地望见,在半山腰间,坐落着两三座平房。几缕乳白色的炊烟,正从房顶上袅袅升走,悠悠然飘到山顶处的云层里去了,仿佛那大堆大堆的云层,就是靠着这些烟柱跟人间相连的。

这对筋疲力尽的母女还没有踏入这个小小的村落,便传来一阵嘹亮却并不凶猛的犬吠。不远处的鸡窝旁,一位正在赶鸡入窝的老太太直起腰,手搭凉棚朝她们张望。

柯敏那布着一层细密汗珠的脸上,立即泛出喜悦的红光,声音又响又脆,欢快地叫道:

"四姨妈,不认识我了?"

老太太扭着小脚走近几步,那搭着的"凉棚"依旧没放下:"你是谁呀?"

"我是敏敏呀!北京城里你表哥柯老二的闺女,毛主席逝世那一年您去北京治病,还住过我们家呢,不记得啦?那个时候我才十来岁,一晃三十年了!"

老太太恍然大悟,急扭几步,上来抱住柯敏:"记得记得!哎呀,你瞧俺这眼神。你都长这样了。嫁人了吧?有孩子没?"

"有,有!芷烟,快喊四姨奶奶。"

水芷烟嘴里甜甜地叫了一声:"四姨奶奶好。"心里却想,闹了半天老妈要投奔的人就是这位老太太啊,以前倒好像是听说过有这样一位四姨奶奶。可是老妈为什么要投奔这位老古董似的老太太呢?难道她想在这里隐居?同时这一路悬着的心嗖地下降了一半,只要妈不再满世界瞎跑就行,现在投奔的还是这样一位慈眉善目的亲人,那就更好了。

老太太给水芷烟叫得眼睛笑眯成了一道缝,拉着水芷烟的手,一遍一遍地抚摸着:"好闺女好闺女,白喊四姨奶奶一声,四姨奶奶也没糖给你吃。"

柯敏从水芷烟手中接过一些水果,递给老太太。那还是中途转车的时候,在站台上买的,当时水芷烟还以妈妈要买着自己吃呢。

"四姨妈,我走得急,没来得及准备什么好的带给您。这点心意请您收下。"

老太太急忙推辞:"带这些干什么?快进屋,快进屋!"

四姨奶奶住着四间平房，挺简陋，也挺干净。老太太给母女俩倒来茶水，又张罗着熬小米粥。柯敏呷了一口茶，起身把几间屋子看了一遍，回来说：

"四姨妈，四姨父呢？"

老太太说："走啦。"

"走啦？哪一年走的？"

"山下造公路的那一年，六七年了。"

"怎么不告诉我一声？也好让我来磕个头啊。"

老太太摆摆手："算了，大老远的，折腾个啥？生死有命，能活这么大岁数，也是他的福分。"

"儿孙们呢？"

"嫌这儿路不好走，都搬到山下去了。这样也好，俺一个人落得个清静，省得他们老在眼前烦。"

柯敏做了一个长长的深呼吸，说："四姨妈，您这儿真幽静，空气又好。我想在您这儿住个一年半载的，养养身子，成不成？"

老太太一迭声地说："成，成，怎么不成？你看你四姨父死得早，儿孙们嫌山上不热闹，你们娘儿俩来了，正好跟俺做个伴。俺这儿啥都不缺，吃的、喝的都有，睡的铺也有好几张呢，都是他们原来在山上时睡的。你放心，四姨妈虽然年纪大了点，俺保证家里没有一个虱子。"

水芷烟心中却是叫苦不迭。妈呀，在这么闭塞的山岭上住上一年半载，那不得住成尼姑了？看妈妈那满脸惬意的舒坦样儿，又不敢说什么。

这一夜，柯敏睡得特别香，水芷烟却翻来覆去睡不着。直到天快亮了，才迷迷糊糊地进入了梦乡，梦见自己坐在一朵飞得奇快无比的云上，左小伟在后面哭喊着拼命追赶，却怎么也追不上。她想拉左小伟一把，却怎么也够不着。心里一急，一下从云朵上滚了下来，人也惊醒了。一看，太阳已经升起来了，妈妈已经不在床上了。急忙套上衣服，趿拉着鞋下了床。

一走出屋门，便觉得一股清新的空气扑面而来。眼前的一切令她有些发呆。淡淡的晨雾笼罩着远远近近的山林，霞光又使这一切披上一层绚丽的彩纱。抑扬有致的鸟鸣声，宛若谁随手把一把珍珠洒向了银盘，叽叽啾

啾，叫人心头油然而生一股轻松与爽朗。不远处的山崖上，一道不大的瀑布，正躲躲闪闪忸怩而下，给恬静的山岭平添了一份美妙的奏鸣。

不远处的一棵大柿树下，一个女人迎着粉红的朝阳，怡然自得地打着太极拳，不正是妈妈吗？她面色红润，神情安详，完全与周围的环境融为一体了。水芷烟几乎从未看到她有过这么好的气色，真想立马有一架照相机，把她以及周围这可人的环境一道拍下来。在那一瞬间，她突然明白过来，为什么妈妈发了疯似的要到这个地方来。她是应该来，早就该来，在这样秀美清幽的地方，不会再有谁来侵扰她那颗饱经忧患的心，如果说在北京的那几天是闷在黑沉沉的海底的话，这里才是浮出了海面——岂止是浮出了海面，简直是上了天堂。这是看多少医生、吃多少好药都换不来的。别说在这里住个一年半载，只要对身体有好处，便是从此以后在这里扎下根又如何？

可是，北京城的那个海底，左小伟还闷在那里。昨天晚上就问清楚了，这个小山村不仅不通电话，连手机信号也没有，邮递员也是隔上一两个月才来一回。如果想打电话的话，必须去几十里外的山下小镇。怎么和他联系上呢？

四十七

柯敏离去以后，左小伟一个人在咖啡馆里一直坐到天黑，弄得服务生们直怀疑这个人有自杀倾向。要不是今天人不多，不影响上座儿，早就赶他出去了。

步出咖啡馆，外面已经是灯火绚烂。左小伟拖着疲惫的双腿，失魂落魄地迈着步。璀璨的灯火与他无关，喧嚣的人群与他无关，川流的车辆也与他无关，这座城市中，所有热闹的快乐的舒心的事情通通与他无关。他的脑子是空的，心是空的，躯体是空的，他的身体，只剩下了一具空壳。他犹如一枚乱风中失去方向的羽毛，漫无目的随风飘荡。

他就这样一步步机械地朝前迈着，那两条腿仿佛不是长在他的身上。

如果有车撞在他的身上,他一定不会觉得痛,幸亏每每到关键时刻,那些飞驰的车辆都能及时避开他,避开这个不知危险的"傻子"。

直到这个时候,他才意识到,他的生命已经与水芷烟,与那个从小同他一块儿长大的女孩子完全融合在了一起,他的生命中不能没有她!一旦明白了这一点,他的泪水再也控制不住,泉涌一般簌簌而下,那是从他生命最深处涌出的最最纯洁、最最真切的生命之泉啊!

不知不觉中,他居然走到水芷烟家楼底下来了。不行,他心底一个声音狂喊着,不能就这样丢了水芷烟!刹那间,活力又重新回到他的体内,他犹如一头被激怒的豹子,腾腾腾直朝着楼上蹿去。

水芷烟家自然早已人去屋空。左小伟明白,柯敏已经把水芷烟带走了。他马上拨通水芷烟的手机,铃声却在屋内响了起来。那个铃声是他再熟悉不过的,是他亲自给心上人下载的,名字就叫《爱你真难》。

左小伟颓然地在水芷烟家门口坐下。看来,柯姨是铁了心不让他找着水芷烟了。她会把水芷烟带到哪里去呢?

呆坐了一会儿,他一个人摸索着下了楼。鬼使神差一般,不知不觉中来到了那个僻静的街心公园——那个小时候经常跟水芷烟一起荡秋千的地方。月光下,秋千架就那样静静地悬在那儿。黢黑的铁链,光滑的坐板,一如从前。他久久地抚摸着那因为沾着露水而变得冰凉的铁链和坐板,黯然坐上去。脚下轻踩,秋千悠悠荡起。一个熟悉而又陌生、亲近而又遥远的歌谣,从他颤抖的喉中飘了出来:

"秋千秋千飞呀飞,飞到天上彩云间。云中有个胖神仙,神仙说,让我也来荡一回。哎呀呀,可不行,你的肚子实在大,小小秋千挤不下……"

不知不觉中,左小伟又一次泪流满面。那发颤的歌声已变成一种令人心酸的哽咽,一股极酸极苦的滋味弥漫了左小伟的的心。一个歪斜,他摔下秋千,跌倒在草地上。他爬起身,他跌跌撞撞地冲出街心公园,向着不远处一个叫做"欢乐今宵"的酒吧冲去。

一连三个通宵,左小伟都是在这间"欢乐今宵"的酒吧里度过的。在"欢乐今宵"里,也许其他人的心情都是一样的,只有他与众不同。他打

电话告诉父亲,这几天网站受到黑客攻击,需要连续加几个班,暂时不能回家了。

这天早上,左小伟照例痛饮一个通宵之后,离开"欢乐今宵",沿着大街,歪歪斜斜地往他的"伤心小筑"走。走过新华大街的时候,只见前面围了一大圈人,不时发出一声阵阵轰笑。左小伟才懒得理这种事情呢。现在没有任何事情能够打动他,因为,他的心已死。刚想绕过去,一个熟悉的、含混不清的嚎叫声飘进他的耳朵里来:

"诸位老少爷……爷们儿,我不想干、干别的,我就想请……诸位评、评个理……"

左小伟一怔,这倒很像是父亲的声音。不会吧,这个时候他怎么会在这里,还发出这么难听的声音?就在此时,一声更高的、更凄厉的嚎叫传过来:

"他水忆寒不就是个……鸟科长吗?凭什么拐、拐走我老婆?他这样做……对不对?他还算个……人吗?"

不错,的确是父亲!左小伟那被酒精烧得迷迷糊糊的脑袋即刻清醒了两分,掉转身,朝人群跑去。好不容易挤进人群里,便见父亲左大成半倚半挂在路边的铸铁护栏上。他的脸、眼睛、脖子连同身上的皮肤都红得仿佛要渗出血来,那是过量的酒精烧的。因为过于激动和愤怒,他额上的青筋爆起多高,突突颤动着,仿佛一条粗壮的蚯蚓趴在那儿。

他一路上肯定摔了不少跟头,浑身上下沾满了尘土和说不清的污渍,胸前还沾着一大片呕吐物,散发着难闻的气味。他身上的衣服摔破了好几处,脸上、胳膊上还有两大块擦伤,渗着红黄色的血水。他紧抓着护栏,努力想站直身子,但他实在醉得太厉害了,每当他的身子站直到一定程度,便脚下一软,重新重重地滑挂到护栏上,那铁铸的护栏给他弄得摇摇欲倒。他背部的衬衫早给撕扯得稀巴烂,身上给挂出了一条条鲜红的血道道。几次一来,他胃内的容物上涌,哇地一声,又一股秽物喷涌而出,酒臭熏人,围观的人群轰地一声,齐齐向后退了一大步。

"爸!"左小伟大叫一声,冲上去,一把抱住父亲,"爸,你怎么在这里?你怎么喝成这个样子?"

左大成费力地睁着迷离的醉眼,一遍遍地在左小伟脸上逡巡。他的舌头僵得简直不能弯了，说出的话更加含混难懂：

"你是……谁呀？你抱着我……干什么？"

"爸，我是你儿子呀，我是小伟！"

"儿……子？儿……子？"左大成使劲思索着，最后困惑地摇摇头，"不……知道，不认……识。你见我媳……妇儿了吗？"他不再理会儿子，努力把目光扫向众人，"你们谁……见我媳妇了？啊？我媳妇……哪儿去了？"

一股热泪哗地从左小伟眼中迸了出来。他哽咽着叫了声："爸，我带你回家，啊，咱们回家，回家，回家……"

他蹲下身子，企图把父亲背起来。但是他自己腿脚也不稳，走不两步，脚下一歪，父子两个跌作一团。围观者看出来了，儿子也喝多了！一位老者皱着眉头，说：

"怎么搞的，怎么都喝醉了呀？"

正不可开交，两个巡警挤进人群。

"让开，让开。怎么回事儿？怎么喝成这个样子？借酒浇愁哪？"

旁边有人把大致情况告诉给了警察。警察的目光很快落到左小伟身上：

"你也喝得不少嘛，爷儿俩斗酒啊？年纪轻轻，大庭广众，不知道害臊！真有什么事情，喝酒能解决问题啊？"

左小伟无地自容。警察转身去扶左大成：

"怎么样，还成吗？要不要去医院？"

旁边有人说："没事儿，就擦破点皮，回家洗洗干净就得。再灌两碗凉茶，酒就醒了。"

警察说："走吧，我们送你回家。"

不料左大成把脖了一梗，嚎道：

"我……不回家。我老婆……跟人跑啦！他们都说……给、给他们瞒着点，不让别人……知道。那……瞒得住吗？我昨晚就、就听到几个人说……我老婆跟、跟那个王、王八蛋跑了……还问我知不知道……"

警察把左大成架起来："走吧，回家去！"

左大成抽抽嗒嗒地哭起来："我不回家，回什么……家？没个女人的

家……还叫个家吗？我没家啦……"

警察又回头招呼傻立着的左小伟："走吧，小伙子，你不要我们来架你吧？"

四十八

还没到家，左大成就已呼呼睡着了。警察临走看看这对满身酒气的父子，摇摇头，对左小伟甩下几句话：

"小伙子，听我们一句劝，我们不知道你们家究竟发生了什么事。但是，就是天塌下，你也得挺直腰扛着，连声也不能吭。知道为什么？因为你是男子汉。知道男子汉是什么？男子汉就是山！"

警察走后，左小伟在原地足足呆立了五分钟。突然，他的喉咙底发出一股"啊——"的凄厉长啸。啸声之高，使得对面住宅楼中至少有五户人家同时打开窗户探出脑袋。啸声中，他冲进厨房，把脑袋伸到水龙头底下，把水龙头拧到最大，猛冲起来。箭般的水流冲刷着他的脑袋，也冲刷着他的心灵。他的心底里有一个声音狂喊着：

"左小伟，你不是人！你不是人！你是个软包蛋……"

足足冲了十来分钟，当他从水龙头下拔出脑袋时，脸上的那些混杂一体的焦灼、卑微、悲凉、窘迫、仇恨已经不见了，一个崭新的左小伟出现在面前。一种岩石般的坚毅、冰冻般的沉静凝结在了他的脸上。那是一种经过大恨大痛、呕心裂肺之后才有的大彻大悟。

他对自己说，左小伟，你这点痛算什么？还有比你痛得多的人。现在你就是山，必须撑起这个天。否则这个家就垮了，父亲就完了！人是有责任的，人不光是为自己活着，还得多想想别人！

他拿起脸盆，打了一盆水，走进卧室，脱下酣睡中的父亲身上的脏衣服，一点一点为他仔细擦洗起来。他心里说，爸，别怕，什么都不用怕，不就是这么点儿破事儿吗？算什么？还能要了你的命？有句话是谁说的，人不是被别的什么击垮的，而是被自己击垮的。只要咱们自己站得稳，谁也打不倒咱。爱走的人走呗,有什么了不起,少了谁地球照样转,以后,就让儿子来为您遮风挡雨!

四十九

水芷烟决定,去山下几十里外的那座小镇上,给左小伟打个电话。

对于女儿的想法,柯敏当然有数。所以她不失时机地犯起头晕来,水芷烟只好暂时打消了下山的念头。

但老是在这样的关键时候头晕是不行的。用不了几次,保准会引起女儿的怀疑。最根本的,还是要纠正她的思想,提高她的认识。

这一天上午,天气很好,柯敏的精神很好,水芷烟的状态也很好,一切看起来都不错。柯敏兴致勃勃地挎上一只篮子,对女儿说:

"芷烟,走,跟妈妈采蘑菇去!"

地点是柯敏早就暗中物色好的,距小山村约五百米远的一个小树林。从这里看上去,那里是周围景色里最美的一处。柯敏经过深思熟虑,决定对女儿采用"情境教育法",这是她从水芷烟以前的一位小学老师那里听来的,就是利用环境来感染人,达到教育目的。

母女两个手挽着手出了家门。走不几步,柯敏便停在那儿,眼睛定定地望着小树林的方向,脸上流露出深深的陶醉:

"芷烟,你看,多美呀!"

的确很美。如果说这所小山村周围的景色都是如诗如画的话,这片小树林无疑是这些诗画中最感动人的一页。你看,这树林面积虽然不大,却绿得那样鲜嫩,那样均匀,那样养眼,嵌在周围颜色深浅不一的山体林草中,如同一块鲜绿圆润的碧玉静静地隐伏在那儿,令人油然而生怜惜。要是人的手臂够得上那样长的话,保险谁都会忍不住伸手去摸一摸——不,恐怕老早就被人偷偷摘走了。而在这一方鲜绿中,却又隐隐露出点点火红的山果来,犹如谁用画笔小心翼翼地点上去的一般。

母女两个陶醉了一阵,才又继续举步朝前走。

一步入小树林，却又是另一番景象，简直就是两个鲜明的对比。那满眼惹人怜惜的鲜绿倏忽不见了，整片树林里光线暗淡、沁凉，甚至让人感觉阴森森的。满地残枝败叶，散发着一股腐烂的气息。水芷烟惊叫连连，因为她不是碰见毛毛虫，就是发现一条蜥蜴、小蛇什么的。她跳着脚，几乎不敢朝前迈了：

"妈，怎么这样啊？刚刚看去还挺美的，怎么靠近了就这样啊？会不会有蛇啊？这蘑菇还是别采了，回去吧！"

柯敏要的就是这种效果。她拍拍女儿的肩，语重心长地说：

"我上学的时候，跟美术老师学画画。他跟我说，看一幅画美不美，不能老是近距离地看，往往要远距离地看，这样才更能看出这幅画的构图是否合理，色彩运用得如何。看生活不也是这样吗？住在这个小山村，离我们原来的生活环境远了，离我们熟悉的人群远了，更容易使我们看清过去，看清别人，认识自己，认清生活的本质，也更能使我们清楚今后的路该怎么走。"

几句话说得水芷烟一怔。她脑子里跳出的第一个念头就是，今天老妈不是带她来采蘑菇的。如此推断，她到这个小山村来，也可能根本不是来养病的！对，虽然在小山村她也犯过几次晕，但跟以前大不一样，气色根本不像是犯病的样子，也没见她怎么吃药就好了。难道她是煞费苦心地以养病为借口，有意识地把自己带到这儿来，与左小伟分开？

一种上当受骗的屈辱涌上心头，但她没有立即跳起来。只片刻，她的脸上便反而呈现出一种认清错误、丢下包袱之后的愧疚与解脱。她慢慢在一段枯树干上坐下，真诚地望着妈妈，恳切地说：

"妈妈，虽然您一直没有明说，我心里也早就明白，您根本不是到这儿来养病的。您的目的，就是把我与左小伟分开，让我有一个安静的地方好好想想，好好反思反思过去的生活，好好想想未来应该如何选择。"

柯敏一下子屏住了呼吸，紧张地望着女儿，一时说不出话来。

水芷烟脸上的诚恳一点没有改变，还伸出一只手，握住母亲的手：

"妈妈，我真该好好谢谢您。通过这几天的静思，我越想越明白，只要跟左小伟多交往一天，我的痛苦就会多延续一天；什么时候跟他彻底分手，我的痛苦就什么时候结束，幸福就什么时候来临。如果真的跟他结合了,那么我这一辈子就会生活在水深火热之中!"

柯敏的泪水夺眶而出,啜泣一声,紧紧抱住女儿:

"芷烟,你总算是理解了妈妈的苦心!"

五十

当天中午,趁着母亲午睡,水芷烟留下一张字条,毅然决然地逃离了小山村。

她的口袋里虽然没有多少钱,但就是走,她也要走回北京,找到左小伟。她的心中燃烧着一团熊熊烈火,一大半是世界上最最炽热的爱情之火,一小半是受了骗之后的愤怒之火。有了这两团火,即便是走遍天涯海角又如何?

到了祁县火车站,水芷烟数数口袋里的钱,买一张去北京的票还差二十二块钱。她找到一个值勤的警察。

"同志,我请求帮助。"

"什么事?"

水芷烟摘下脖子上的项链:"我想回北京,但是我买票还差二十二块钱。这条项链是我去年买的,正宗铂金,买的时候一千八,你现在就可以找卖项链的鉴定一下。我只想拿它换一条去北京的车票。"

警察审视着她,把她拿项链的手推回去,掏出二十二块钱,递到她手上。

"早点回家,别在外面乱跑,一个女孩子。"

水芷烟注视着他头上的警徽,泪水在她眼中打转儿:"我记住了您的警号,我会还您的,我会把钱寄到你们公安局的。"

水芷烟顺利登上了返回北京的列车。这时已近黄昏,车上的旅客们都拿出各自的食品,尽兴地吃着。水芷烟口袋内分文皆无,尽管又累又饿,也只好咽了口唾沫,把头扭过去。

差不多一天一夜之后,饥肠辘辘的水芷烟终于抵达北京车站。走下列

车时,饿得头晕眼花的水芷烟脚下一软,砰地摔倒在站台上。一位值勤人员跑过来:

"怎么了你?"

水芷烟挣扎着爬起来,揉着磕得生疼的膝盖,不好意思地说:"没事儿,没事儿……"拍拍身上的灰,支撑着朝前走去。

她决定先去"伤心小筑",因为那里离得稍微近一点。因为身上没有一分钱,她只得靠自己的双腿朝前赶,朝那片属于她和左小伟的爱情绿地赶。这一段距离,大概是十公里。开始的几公里,她还觉得受得住。但是越往后,脚下越虚浮。在列车上时,肚子还叫得跟打鼓似的,现在居然不怎么饿了,只是眼前一阵阵发黑,脑袋一阵阵发晕。她拼命朝前挪着那两条越来越不听使唤的腿,每挪一下都会告诉自己一声,就要到了,就要到了……

应该说,水芷烟的运气还真是不错。这段日子,为了多陪父亲,左小伟到"伤心小筑"来的时间大为减少,每天不超过两小时。并且不定时,有时是上午,有时是下午。今天他是利用去超市购物的功夫,顺道过来看看。当他一踏上"小筑"所在的那一层楼,他以为自己看花了眼。

在"小筑"的门口,一个女孩倚靠着门,面口袋似的瘫坐在地上。她双目无神,嘴唇干裂,面如土色,头发蓬乱如草。他大叫一声,疯了般冲上去:

"芷烟!芷烟!真的是你吗?!"

他张开双臂,把朝思暮想的人儿紧紧搂在怀里,泪水早就涂满了整张脸庞,啜泣着,狠狠亲吻着:"芷烟,我这不是做梦吧?你到底回来了,你到底舍不得丢下我,你知道我这段日子是怎么过来的吗……"

水芷烟在他的怀中不停地重复着一个字:"饿,饿,饿……"

左小伟没舍得再让水芷烟走路。他抱着婴儿一般,抱着心上人一路狂奔,奔进了最近的一家餐馆,点了一大桌菜。水芷烟实在是饿急了,筷子也不用,挥舞着两只脏兮兮的手左右开弓,恨不能一下子把一桌美味佳肴吞个精光。左小伟在一旁看得提心吊胆:

"慢点,慢点。你不能再吃啦,都六个盘子空了。暴饮暴食会伤身体的。歇会儿再吃,行不行?"

水芷烟嘴里塞得满满的，两个腮帮子鼓得如同两只大肉包子，含糊不清地道："不，我还要吃!"转眼间面前又一个盘子空了。

左小伟连忙把汤盆端到她面前："喝口汤，别噎着。"

水芷烟喝了几口汤，饱嗝打得跟爆豆似的。一只手连连抚着饱胀得难受的肚子："呵，饱啦，这回一辈子不吃都不要紧了!"

左小伟等水芷烟好受了点，望着她的眼睛，轻声说："芷烟，咱们去把你妈妈接回来吧。"

水芷烟大吃一惊："你说什么?"

"咱们应该把你妈妈接回来。"

水芷烟显然还没有来得及考虑这个问题，怔了一下，说："她回来当然是要回来的。可是，她回来以后，要是还想着拆散我们怎么办?"

"只要我们真心诚意在一起，谁也拆散不了。咱们得理解你妈妈，天下的父母都是自私的，她是因为爱你，怕你吃亏才这么做的。咱们不应该跟她计较。要是换作我，只怕做得比她还要过分。她看到我们这么铁了心地在一起，恐怕以后不会再说什么了。"

水芷烟上下打量着左小伟，仿佛不认识他了似的。过了一阵，才感动地说：

"小伟，你变了，你跟从前不同了，你真了不起!"

五十一

多数时候，舒梅会伴着水忆寒一起出车。他们觉得，他们两个人就像是两颗种子，给种在了一茬地里，白天黑夜，都应该相依相伴。而且既然没钱去玩什么新鲜刺激的，跟着车到处逛逛，总比一个人在家里闷坐着强。

凭着水忆寒一天三十块钱的收入，好歹基本解决了温饱问题。日子就这么一天天平静地过着，暂时用不着去担心什么了，他们挺满足。

如果真的就这样平静地过下去，倒也好了。

这天晚上,"两口子"出车回来。一到屋前,车灯便映出屋檐下一个明晃晃的秃脑袋,原来是秃头房主在等着他们。一见他们,秃头便哭丧着脸迎上来,一副大难临头的样子:

"你们可回来了,刚才派出所来找过你们了。"

"两口子"对视一眼,顿觉不妙。

水忆寒问:"找我们干什么?"

"通知你们,现在上面整顿流动人口。让你们要不赶快回去拿身份证,要不就遣送回原籍,期限是后天。派出所说了,这回求情也没用,到时候要抓你们,连他们也作不了主。你们看着办吧,这房子我是不敢租给你们了,这个月的租金我也不要了。"房主垂头丧气地掏出水忆寒抵押在他那儿的手机,"这是你的手机,我还给你。要我说呀,你们还是回去的好。外面再好,也没个家好呀。这么在外面混,人不人鬼不鬼的。都这把年纪了,能混到什么时候?万一碰上个什么事儿,身边连个亲戚朋友都没有。"

秃头房主走后老半天,"两口子"还相对傻坐那儿。还是舒梅先开了口,语气里满是六神无主:

"怎么办呢?"

闷了半晌,水忆寒突然一拳砸在桌上,把一只茶碗都给震翻了,舒梅吓得一哆嗦:

"回家!"

"回家?"

水忆寒喘着粗气,心潮起伏:"对,回家!现在不是婚姻自由吗?咱们追求爱情,没错儿!咱们的感情用不着藏着掖着了,越藏着掖着,越让人觉得这是见不得光的事。索性亮出来,让大伙儿瞧瞧。世上离了婚再结婚的多了,咱们为什么不能这样?回了家,前脚离了婚,后脚就去登记结婚!俗话说得好,天要下雨,娘要嫁人。天要下雨挡不住,娘要嫁人也挡不住,这是天意。我们给耽搁了大半辈子。我们就像两条河流,前大半段都是为别人流的。现在该为我们自己了,两条河流该合二为一了,要不就要到终点了!反正孩子们也大了,不再需要我们来养家糊口了。"

舒梅给水忆寒的话震住了,一时说不出话来。

水忆寒继续说:"如果继续在这儿混,没有正式户口不说,单位很有可能会把我们除名。咱们工作了这么多年,劳保工资怎么算?医保还要不要了?要是把这些弄丢了,咱们年纪大了以后,连西北风都喝不上。咱们说起来年纪都不算大,但都是奔五十的人了,想挣点钱,难哪!所以啊,长痛不如短痛,咱们下定决心回家去,是风是雨让他来就是了,咱们顶着。要打要骂咱们忍着,唾沫喷到脸上,咱们自己揩掉。不信会要了咱的命,不信没有过不去的火焰山!挺过这一阵,就好了。咱们这样混来混去,混上八辈子也是非法同居,非法的。咱们得为自己挣一个正正当当的名份呀!"

舒梅怯生生地问:"回家后,住哪儿呢?"

"咱们租的房子不是还没退吗?先住那儿。"

舒梅目光闪了闪:"我真怕大成找上门来,他知道那个地方。别看他平时蔫里巴叽的,发起脾气来,还真跟条牛差不多。"

水忆寒有点诧异:"你以前那么厉害,现在怎么了?"

舒梅低下头:"其实,我倒不是真怕他。我怕过谁呀?我是……心里总觉得有点对不起他。离他们远点,心里还好受些,一回到他们身边,心里就特别那个。"

水忆寒叹了口气:"别这么想。一这么想,戏就唱不成了。谁心里没个愧呀?再说了,大成要来就来呗,我倒盼着他来,反正他迟早会知道的。"

舒梅也叹了口气:"唉,看别人结婚、离婚、离婚、结婚,跟小孩儿过家家似的,碰到咱们头上怎么就这么累呢?"

"你以为别人不累呀?我们只看到他们风光的一面,其实骨子里还不跟我们一样?这离婚啊,其实就是一场战争。现在咱们两个就跟那闹分裂的一样,身单势孤呀。而他们呢?高举正义的旗帜,结成统一的联盟,力量看上去比我们强多了。不过,别急,实践证明,最后的胜利往往属于闹离婚的。知道为什么吗?"

"为什么?"

"因为闹离婚的有火一样的感情,有法律上的支持。法律不是允许离婚?再说了,他们那联盟也并非牢不可破。"

舒梅眼睛一亮:"什么意思?"

顿了一下,水忆寒缓缓地说:"这事我想过很久了。咱们可以从芷烟跟小伟身上下手,先打开一个缺口,破坏他们的联盟,攻破他们的统一阵线,争取先把芷烟、小伟拉到我们这边来。这样一来,双方的力量对比就不同了,柯敏跟大成也会慢慢承认现实,跟着转变过来。"

舒梅觉得不大能接受:"那两个孩子能听你的?"

"当然不会一下子听我们的,慢慢来嘛。你想啊,年轻人的思想最新潮,最容易接受新生事物。大家经常被电影上的王子爱上灰姑娘的事儿感动得哭鼻子,被哪个贵夫人勇敢地追求真正属于自己的爱情而感动得不得了,为什么当生活中真正出现了这种事情时,态度一下子变了呢?这不正常吧?何况咱们两个还不是什么王子、贵夫人。"

"你想把这个说给他们听?"

"慢慢来,我就不信他们转变不过来。"

五十二

水忆寒跟舒梅的行动很迅速。不容他们拖延啊,过了期限,派出所就要来逮他们了。第三天早上,他们便驾着货车回到北京,回到那间积了一层灰的出租屋。

相应的,他们的心弦绷得更紧了,因为这意味着他们又进入了一个新的战斗阵地,如果说此前是隐蔽作战的话,那么马上要短兵相接了。

但他们很镇静,因为,他们已经作好了一切准备,一切的。

他们要攻克的第一个堡垒,是左小伟跟水芷烟。

近段日子,因为疏于对网站的管理,光顾"伤心小筑"的网友明显减少。把柯敏接回来安顿好以后,左小伟跟水芷烟便一头扎进了网站,夜以继日地忙着进行网站维护。

当敲门声响起的时候,他们还以为又是哪个网友来访。打开门,两个人都呆住了。外面站着的,竟然是水忆寒跟舒梅。水芷烟不禁吓得往后一缩。

舒梅往前跨了一步,脸上露出不太自然的笑容:"芷烟,是我们呀,你怕什么?"

水芷烟十分勉强地叫了一声:"舒姨……"下意识地抱住左小伟的一条胳膊。

双方尴尬地对视了一阵。水忆寒首先打破沉寂:"小伟,可以出去走走吗?"

不等左小伟说话,转身走去。左小伟迟疑了一下,也跟了上去。

水忆寒带着左小伟,来到附近的一条林荫道上。他们两个并着肩,默默地往前走着。一直到现在,左小伟都没有说话,他在等着水忆寒开口,而水忆寒似乎一直在思索着应该如何开口。这两个曾经至少在表面上亲热得跟一家人似的男子,现在中间仿佛隔了一堵墙,彼此已经完全陌生了。虽然这里是在室外,但两个人依然可以感受到气氛的窒息。

走着走着,水忆寒放慢脚步,一只手轻轻搭上左小伟的肩。左小伟不易察觉地颤了一下,没有拒绝。水忆寒低缓地开了口:

"小伟,你已经大了。你是大学生,思想开放,有见识,思想肯定比我还先进。所以,今天我们之间的谈话,完全是在两个男人之间进行的。你同意吗?"

左小伟没有答话。水忆寒放开他的肩:"小伟,我知道,在你眼中,我已经变得陌生了,我既是个叛逆者,又是个破坏者。我背叛了我的家庭,破坏了你的家庭。你心里既瞧不起我,又对我充满了怨恨,对不对?你以前对芷烟的疏远,其实就是这种怨恨造成的。我也知道,你从小虽然对我百依百顺,跟我亲。其实,在这份亲的同时,还夹杂着一些怨恨。因为毕竟是我给你们家带来了耻辱。虽然我一直不放在嘴上说,但是我心里亮堂得很。所以,我一直很内疚,我也一直在尽自己最大的能力,用各种方式来弥补这种过错。但是我知道,这种耻辱,哪怕放到天河里去洗,也是洗刷不掉的。有时候我真希望你能当面骂我几声,打我几下。"

左小伟虽然仍然沉默着,但看得出,他已受震动。水忆寒继续说:"我的确对不起你父亲,对不起你,对不起你们家。可你让我怎么办呢?这方面的道理我们都懂,我和你妈妈都非常清楚,我们这样做是不道德

的。我也曾试图和你妈妈断绝关系，你也亲眼看到过我和你妈妈的努力。可是我们最终没能做到。为什么？难道这仅仅是我们不道德、这件事该不该做的问题吗？我觉得答案只有一个：那就是，婚姻是一回事，爱情又是另外一回事。我和你妈妈都有各自的家庭，但在各自的家庭里，却没有爱情。不幸的是，我和你妈妈之间有爱情，却没有婚姻。"

左小伟扬起脸："那责任呢？"

"什么责任？"

左小伟的声音不觉提高了几分："你说什么责任？"

水忆寒点点头："哦，你是指我和你妈妈对各自家庭应负的责任？那你说说看，我们对各自家庭应负的责任是什么？又有哪些责任我们没有尽到？"

左小伟不答。

水忆寒说："好，我来说。一个丈夫或者妻子对自己家庭的责任，最主要的，就是对上赡养老人，对下抚育子女。我们哪一点做得不好？我们把你们培养成了大学生，成立了自己的网站，成了自食其力的劳动者，这难道还不够吗？难道还要我们将来为你们培养孙子？哦，也许你的意思是指应对各自的丈夫或妻子尽到责任，给予他们一定的照顾，我同意。但是如果非得把两个人绑在一块儿，我不同意。不仅我不同意，全国人大常委会也不同意。你是个有知识的人，对法律知识的了解肯定比我多得多。你翻翻全国人大常委会制定的《婚姻法》，上面写得清清楚楚，明明白白。一个合法的中国公民，不仅有结婚的自由，也有离婚的自由，这是受法律保护的。小伟，也许我激动了点，请理解我的心情。就算我对你柯姨，你妈妈对你爸爸，哪一点没照顾好？你看你妈妈，里里外外不都是一把手？你爸爸的哪件衣服不是她亲手洗的？你爸爸这几十年来吃的饭，有几顿不是你妈妈亲手做的？你爸爸穿的衣服、冬天盖的被子、夏天睡的凉席，又有哪一样不是你妈妈亲手添置的？再说你柯姨，她的身体不好，这几十年来，我一直像照顾孩子一样照顾他，并且如果我跟你妈妈真的结合了，我们还打算对他们一直照顾下去，直到生命的最后一刻。我们这样做，不仅尽了责，而且很好地尽了责。如果在这方面评标兵的话，我和你妈妈当之无愧。"

"那忠诚呢？对各自配偶的忠诚呢？"

"忠诚？忠诚是什么？忠诚一方面的确是美德，另一方面不也是枷锁吗？如果有人觉得它是美德，他不妨一直美下去。如果有人觉得它是枷锁，打破它，让爱情出来，难道不应该吗？这是合理合法的。婚姻受法律保护，追求爱情也不犯法呀。我一直就不明白，为什么我们许多人看到电影电视上那些冲破家庭的枷锁、勇敢追求爱情的故事，常常感动得痛哭流涕。可是一旦生活中真的出现了这种事情，大家不是嘲笑，就是痛恨呢……"

左小伟冷冷地打断他："你今天找我出来，究竟想达到什么目的？"

水忆寒吐了一口气，说："小伟，你是个男子汉了。在这件事中，也只有你最能够冷静下来对待一切，水叔和你妈妈也相信你肯定能完全冷静地对待这件事。我今天找你出来，就是想告诉你，或者说，请你帮个忙，我和你妈妈要勇敢地拿起法律武器，维护自己的合法权益。我要和你妈妈结婚。"

左小伟打量着他，他的目光里嘲讽与怨恨夹杂："结婚？你们？"

水忆寒坦然地迎着左小伟的目光："对。我和你妈妈决心已下，谁也阻挡不了我们前进的脚步。我和你妈妈之间的爱情，就像一颗永不屈服的种子。这颗种子在地下埋了二十一年了，该出土了。这二十一年，对我们来说，是爱情的冬天，二十一年的冬天，还不够长吗？春天该来了！爱情的种子已经在萌芽了，虽然它现在还很不起眼，但它的力量是无穷的。小时候我们不是学过一篇课文《种子的力》吗？世界上力气最大的，就是种子。无论它埋得多深，无论它落在泥土内、瓦砾中还是石头缝隙里，它都能够冒出来。而我要说，在所有的种子中，爱情的种子力量是最大的，也是最美丽的，谁扼杀了她，谁就是一个不懂得热爱生活的人！"

左小伟紧紧咬住嘴唇，他的身子微微颤抖着，他实在不知道该说些什么好。

水忆寒咽了口唾沫，接下去说："小伟，我相信你跟芷烟一定会理解我们。也一定会帮我们这个忙。因为你们年轻，懂得爱情，也更加知道珍惜爱情。我们想请你们去劝说柯姨跟你爸爸，请他们冷静地对待这件事，不要在这件事上闹出什么乱子来。我跟你妈妈仔细考虑过，最容易冲动的就是他们两个。我们倒不是害怕，如果害怕我们就不会这么做了。然而，如果真的出了事，总不太好吧？虽然我们不一定要承担什么责任，但是大家肯定都会很不愉快。我想，如果不把他们的工作做好，很可能会导致两种结果：一是你爸爸容忍了我们，大家相安无事；二是你爸爸拿刀把我们杀了，我们两家家破人亡。孩子，我跟你说心里话，无论是哪种结果，我们都无怨无悔，我们已作好了一切思想准备。唯一使我们放心不下的，就是活着的人。小伟，看在过去二十多年来我对你不错的份上，我还想拜托你一件事。"

左小伟冷冷地盯着路的尽头。隔了片刻，水忆寒的声音才继续传入他的耳中，却字字如雷：

"万一我跟你妈妈真的有什么不测，请你帮助芷烟，一同照顾好柯敏，她身体不好。"

左小伟一下子扭过脸，目光重新投到水忆寒脸上。水忆寒凄然一笑，从怀中掏出两本书来：

"我带来了两本书，如果你愿意的话，不妨跟芷烟读一读。一本是《红楼梦》，一本是《梁山伯与祝英台》。"

左小伟犹豫了一下，慢慢伸出手。

五十三

另一场谈话，在一个公园里进行。

舒梅搂着水芷烟的肩，慢慢走着。她手里托着一些零食，那是来之前，特意在超市里挑的。

"吃吧，这是舒姨刚买的，你最喜欢吃的，德国巧克力。"

水芷烟彬彬有礼，态度的坚决却不容置疑："谢谢，我牙疼。"

舒梅态度的坚决却更加不容置疑，那只手始终不依不饶地托在水芷烟面前，犹如一座铁打的吊桥横在那儿：

"没事儿，吃两个吧。跟舒姨客气什么？"

水芷烟觉得，如果不领她的情的话，那"吊桥"是决不肯轻易收回去的。她不想跟她在这上面浪费时间，还是早点听听她葫芦里到底卖的是什么药。便勉强拿了两块。

舒梅微笑着看着水芷烟把巧克力塞进嘴里，才不紧不慢地开了口："芷烟，你也大了，所以今天我完全把你当成一个大人来交谈，你同意吗？"

水芷烟心里说，你今天这架势哪里是把我当成一个大人？分明是把我当成了一个WTO的谈判对手呢。她脸上却滴水不漏，脸儿一扬，笑眯眯地说："舒姨，没事儿，您想说什么就直说吧。"

舒梅心里顿时轻松了不少，觉得今天这场谈话不会像想象中的那样艰难，或许是她准备工作做得好，刚才那几枚"糖衣炮弹"起了作用。她却不急于切入主题，而是先来了个迂回，指着园内一对对老年伴侣，感慨地说："芷烟，你看，这个公园现在已经成了黄昏恋的集合点。你看那些老人们，多令人羡慕呀，这么一把年纪了，还在追求爱情。看他们那精神头，一点也不觉得他们老。"

水芷烟脸上还是那样的笑，声音还是那样的轻松："这些老人原来都是有家庭的，他们的配偶还在的时候，可不是这样。"

舒梅心里一紧，这才发觉今天的谈话决不会是那么轻松的，眼前的这个自己从小看着长大的孩子原来不是那么好对付的，自己太轻敌了。仅仅是一秒钟的功夫，她的脸上便恢复了自然："……对，对，是呀。芷烟，你心里肯定在骂舒姨不要脸，狐狸精，是个骚货吧？"

水芷烟扭过脸，直视着舒梅的眼睛："我哪儿敢骂您呀？您从小在我心中，就一直跟圣母玛丽亚似的。您无比崇高，无比纯洁，无比伟大，连革命先烈刘胡兰也比不上您的一根小指头。"

舒梅噎了一下，片刻才接过话头："芷烟，你这话看起来是在夸舒姨，可舒姨听起来，比骂我什么都难受。但是，舒姨一点也不怪你，你骂我什么都是对的，哪怕打我几下，我也毫无怨言。毕竟舒姨……"

水芷烟打断她："那就更不能了。人家要是问起来，你为什么打长辈呀？那我怎么回答呀？人家追求爱情有什么错？现在婚姻自由，法律上没有规定你只能爱谁不能爱谁。现在的世界潮流是想爱就爱，不想爱就踹。

你跟我爸爸是不折不扣的时代弄潮儿啦，可惜那些拍电视的太没眼光，要是他们一不小心把镜头对准你们，你们立马就能成为全世界各国人民的爱情偶像，连外星人都得坐着飞船赶来求你们签名哪。那时候我们要是想见你们，得提前几年预约，等到好不容易伸着脖子盼到那一天，弄不好你们会来一句：对不起，你们还得往后挪三年，预约的人太多了。我妈妈跟左叔算什么？老土了。也不睁眼看看现在什么时代，还一个劲儿地想着从一而终，整个儿一老封建余孽。就算没吃过猪肉，总听过猪叫吧？现在电影电视里铺天盖地的婚外恋，大街上满地跑着婚外恋，拿根竹竿随便往哪个人堆里一砸，准能砸出个十对八对来。都怪我妈和左叔没脑子，不长见识，都跨世纪几年了，还尽想着道德、忠诚、家庭，这些东西，上上个世纪就馊掉了！"

舒梅给水芷烟连珠炮似的话语砸得直眨眼皮子，脸上一阵阵发窘，讪讪地道："芷烟，真没想到你的口才这么好。舒姨真是小看你了，舒姨听了真是很高兴。小伟人老实，这辈子非得有个会说话的护着点他，有你这样，我真的很放心。"她迅速切入正题，她清楚，光绕圈子谈什么"爱情、追求"，只怕会永远处于下风，"我跟你说实话吧，本来我跟你爸是不打算回来的。但既然回来了，我们当然作好了一切思想准备。无非是两条路，一是我跟你爸堂堂正正地过下去；二是把我们逼上绝路。如果是第一条路，那当然求之不得。我和你爸会跟从前一样照顾你妈跟你左叔。如果是第二条路，那也没什么。我跟你爸想好了，不求同年同月同日同时生，但求同年同月同日同时死。我这辈子最大的幸福，就是遇到了你爸，这就是缘份，老天赐给我们的缘份，命中注定的。如果两个人不能同床而卧，那就同穴而眠，我们也心满意足了。我们肯定也会像梁山伯与祝英台那样，化成两只蝴蝶，在温暖的阳光下，在美丽的花丛间，快活地飞呀，飞呀……选择怎样死法，我跟你爸也想好了。不能上吊，上吊死的人眼睛突着，舌头耷拉出多长，嘴角还往外淌血；不能跳河，跳河死的人肚子都撑得溜圆，脸色铁青，而且，万一再让鱼呀什么的啃上两口，不就面目全非了？更重要的是，万一河水把我跟你爸冲散了，我们两个人不就死不到一块儿了？也不能吃砒霜，听说吃砒霜死的人七窍流血，那也太不好看了。听说现在法院执行死刑，可以打一种针，眨眼功夫就送了命，一点都不痛,外表上也看不出什么。不过看来,我跟你爸是没那福气啦。我们合计好了,只有吃安眠药了,一人弄上一大把,干干净净地躺在床上睡死,那也不错了。今天舒姨请你来,就是想拜托你去问问你妈跟你左叔,允许我们走哪条路,也好让我们提前作个思想准备。"

舒梅慢声细语,宛若描绘着一幅良辰美景,水芷烟却听得脊梁一阵阵发寒,怔怔地盯着舒梅,再也没有了刚才的伶牙利齿。舒梅的一声轻唤,把她从可怖的幻想中唤醒过来:

"芷烟——"

水芷烟呼吸都不太自然了:"难道,难道就没有第三条路了吗?"

"第三条路?"

"你们,你们还跟从前那样过下去。"

舒梅怜爱地抚了一下水芷烟的头发:"名分,我们要个堂堂正正的名份。我们再也不想躲躲闪闪的了。而且,我们还得有个爱情的结晶。"

过了一阵,水芷烟才反应过来,简直有点怀疑自己的耳朵,结结巴巴地问:"爱情……结晶?你们想要个孩子?"

"对。"舒梅缓缓地、坚决地点着头。不知不觉间,她脸上的表情已经变得异常凝重,"帮帮忙,好吗?三天之内,能给我们回个话吗?"

五十四

两位年轻人差不多同一时候回到"小筑",都有些神不守舍,都差不多没有从刚才的谈话里回过神来。

能这么快就回过神来吗?好戏才刚刚拉开大幕呢。他们还没弄明白怎么回事,就突然之间变成了这舞台上的主角,接下去就看他们的了,弄不好,可就会出人命啊!

他们发呆地互相对视着,好半天,水芷烟才发出一无声的叹息,幽幽地说:"都说长江后浪推前浪,看他们那劲头,比咱们可强多了,咱们两个人,永远别指望赶上他们,他们老早就成了前浪了。还是钱钟书老先生说得对，老年人一旦谈起恋爱来，那就跟老房子失了火似的，没救了。唉，咱们两个还在这儿瞎费力。"

左小伟的目光又投向他带回的两本书："还给我们带了礼物。这会儿我才想明白了，为什么不送我们别的书，偏要送这两本。"

"什么意思？"

左小伟嘴角泛起一丝苦涩的笑："那不明摆着吗？《红楼梦》中讲贾宝玉跟林黛玉相亲相爱，却不能相守，一个魂归九泉，一个遁入空门，最后食尽鸟投林，落了个白茫茫大地真干净。《梁山伯与祝英台》就更惨了，这一对苦命的鸳鸯生前做不成夫妻，只好死后化为蝴蝶了。他们的意思明摆着，不成功，便成仁。他们是想借助文学的力量，来达到他们的个人目的。这两本书中的主人公，曾经赚取了多少代人同情的泪水，现在又成了二十一世纪一对老同志的爱情同盟了。在他们的心目中，肯定以梁山伯、祝英台第二自居了。要是他们两个人能写书的话，只要把他们的事迹如实反映出来，根本用不着添油加醋，立马又会有一部惊天地泣鬼神的爱情小说问世了，只怕曹雪芹老先生也立刻给比了下去，九泉之下灰溜溜地没脸见人哩。"

水芷烟走到窗前，眯缝着眼睛，那投向窗外的目光里满是凄迷："唉——这会儿，我爸把自个儿当成了牛郎，你妈把自个儿当成了织女。你爸跟我妈就是那天河。那天河不是过不去吗？他们指望着我们当那鹊桥呢。"

左小伟在她身后闷声闷气地接口道："不是鹊桥，鹊桥一年才通一回。他们指望着咱们在天河上拦腰筑起一道大坝来，就跟党中央在长江建三峡大坝似的，一年四季，畅通无阻。把那汹涌的天河水变得跟昆明湖的水那样温柔，最好还能围绕着他们叮叮当当地唱起歌儿，赞美他们那美丽的爱情。"

"我们两个刚刚还站在他们的对立面，一转眼就要加入他们的统一联盟了，这简直……这不跟当叛徒差不多吗？他们要是永远不回来，那反倒好。"

"可他们现在回来了。"

"小伟，我们怎么办呢？"

左小伟没有答话，他不知道该如何回答。

水芷烟自顾自地接口道："他们的意思再明确不过了，他们就跟那大义凛然的革命者似的，真要弄出人命来……"

左小伟默然走到水芷烟身后，从后面轻轻环抱住她。下面的街道上，行人车辆川流不息，仿佛在上演着一部无声片。

水芷烟说："他们还定了最后期限，三天之内要答复。要是咱们不答应，他们真会那样吗？"

左小伟无法回答。谁敢打这种赌？

水芷烟说："小伟，有句话，我说出来，你别生气。"

左小伟的耳朵一直竖着，水芷烟知道他的耳朵一直竖着。

水芷烟说："其实……我倒挺佩服他们的。"

左小伟的心跟耳朵一齐跳了一下。

水芷烟说："要是换了别人，说不定，我真会找他们签名呢。什么是爱情？这才是真正的爱情啊。绝大多数人谈恋爱只谈两三年，就匆匆忙忙结婚生孩子，然后婆婆妈妈过日子，爱情早发黄了。还说什么感情比山高比海深，其实还没这马路上的积水深。他们俩都爱了几十年了，还这么要死要活，那感情不说比海深吧，比那昆明湖深是肯定的。"

左小伟的手渐渐从水芷烟腰间滑落。在它们即将完全离开水芷烟的身体时，水芷烟捉住了它们。她慢慢拧转身子，看到左小伟那双惊异的眼睛。相视良久，水芷烟说：

"看看别人怎么说，好吗？"

她打开电脑，联接上互联网，登录到他们的"伤心小筑"，打开一个论坛，往上面发了一个简短的帖子：

"我的妈妈与我男朋友的爸爸要死要活地相爱，还要结婚，你们怎么看？"

她用了一个滑稽的署名"对虾"。不长时间，便出现了很多评论。

评论1：这倒是个不错的电视剧题材，编好了，肯定能发财。

评论2：你妈妈跟你公公肯定性欲特强吧？你得感谢你妈妈，她是为你作出的牺牲。世上扒灰公公多的是，他要是不找你妈妈，就得找你了。你不会有失落感吧？

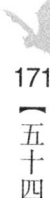

评论3：你说的是真的？

评论4：爽啊爽啊。

评论5：生活中如果到处充满这种爱，世界将变得更精彩。

评论6：爱情应当不分高低贵贱，不分天南地北。爱情最不讲理。最不讲理的爱才是真正的爱。

评论7：我要给我女朋友的爸爸买点壮阳药。他老人家可不能床头败阵，那多没面子呀！

评论8：这个话题多有意思，酷！

评论9：你他妈真无聊，恶心！

评论10：真爱无敌。

评论11：天要下雨，娘要嫁人，随她去吧。自然规律加上爱情的力量，谁能挡得住？

评论12：如果他们真心相爱，我就当护花使者；如果他们逢场作戏，我就棒打鸳鸯。

评论13：我要把我丈人一刀阉了。

评论14：朋友，我不知道你的话是真还是假，我倒真的碰上这样的事。我挡不住我妈妈跟我的丈人，只好给我的老爸和我的丈母娘各登了一则征婚广告，结果皆大欢喜。

……

乱七八糟，看得左小伟眼都晕了。啪地一下，他愤愤地关掉电脑。他现在没有心思管别的，他只知道，他不能眼看着出人命。现在他跟水芷烟两个人就是国际维和部队，再难再险，都得往前闯。因为在他们两家，除了他们两个人，再也没有其他人能够胜任这样的"维和"任务。

他们别无选择。

五十五

经过再三权衡，水芷烟与左小伟决定，各自回家对柯敏和左大成进行游说。

水芷烟把游说的时间，选取在晚饭时。

自打山西回来以后，柯敏对女儿与左小伟的感情就事实上默认了。不仅是默认了，甚至有点感动。她没想到这两个年轻人是如此执着，如此深情。更想不到左小伟居然会不计前嫌，千里迢迢来山西接她回去。还要怎么样呢？说不定女儿一辈子再也不能碰上这么情真意切的伴侣。真的把他们生生拆散了，只怕芷烟会痛苦一辈子。

一旦想通了这一点，柯敏心里豁然开朗，反而轻松了。她只对左小伟提出了一个要求，要像她一样，一辈子疼着水芷烟。

所以，以母亲这段日子的心态，水芷烟自觉游说起来多了几分把握。而且，晚饭时一般是母女俩一天中谈话最轻松的时间。话题也从柯敏最感兴趣的文学入手。

"妈，您以前是学校文学社的社员，全校闻名的才女，一定看过不少文学名著吧？"

柯敏果然一下子来了兴致："当然，妈妈可以自豪地告诉你，没有几本文学名著我没读过。可惜啊，读了这么多名家名作，除了使我看上去有些呆头呆脑以外，没给我带来多少好处。要是读几本炒股的书，现在肯定发财了。妈这一生就是这样啊，看起来各方面好像蛮不错，其实都是空的，什么都没赶上，什么也没抓住。"

"曹雪芹的书读过吗？"

"曹雪芹的书怎么能不读，四大名著之首啊。"

"曹雪芹都写过什么？"

"这都不懂？《红楼梦》呗。"

"《红楼梦》主要写什么？"

柯敏觉得有些不对味儿："你今天晚上怎么了？怎么尽问这些？这部书你不是小学五年级的时候就读过吗？"

水芷烟早有准备："考考你呗。"

"哦，《红楼梦》主要是写贾宝玉与他的表妹林黛玉、表姐薛宝钗之间的爱情婚姻纠葛呀。"

水芷烟更进一步："妈，您认为贾宝玉这个人怎么样？"

"贾宝玉是个情种啊。"柯敏感慨地道,"现在的人,都能有他那样一份真情就好了。"

"妈,您不觉得贾宝玉很可怜吗?"

"怎么可怜?"

"他那么爱林黛玉,却得不到她,最后林黛玉死了,他只好去当了和尚。幸亏他去当了和尚,要是万一想不开,去寻了短见……唉,要是现在还有这样的人,我可不同情他们,谁叫他们那么傻呢?妈,您说是不是?"

柯敏的心思何等机敏?她断定,今天晚上水芷烟是醉翁之意不在酒,因为以前她总是小心翼翼地避开这些话题的,今天却总是有意无意地凑近这些导火索。她表面上未动声色:

"可要是世上偏偏有人这么痴情呢?"

水芷烟一撇嘴:"要是碰见我,我就会对他说,你呀,别犯傻了。犯得着一棵树上吊死吗?天涯何处无芳草,三条腿儿的蛤蟆不好找,两条腿儿的人有的是。全世界六十多亿人,还怕找不着一个合适的?"

柯敏心里轻蔑地说,得了吧,小丫头片子,你是老娘肚里冒出来的,你身上有几斤几两,当老娘真不知道?在山西的时候,你耍了老娘一回,老娘就不能耍你一回吗?你真当老娘是你耍弄的?她搁下筷子,忽然格格轻笑起来:

"芷烟,别瞎费力了,我今天见到你爸了。"

水芷烟吓了一跳:"你见到他了?真的?在哪儿?什么时候?"

"我什么时候骗过你?"

水芷烟十分紧张:"那你们没吵架吧?"

"能不吵吗?都这样了。他说,有些话,他跟我讲不通,委托你回来跟我说。你刚才说的那些话,就是受他所托吧?"

水芷烟动情地抓住柯敏的胳膊:"妈,其实,这也未尝不是一条出路。老这样耗下去……"

柯敏猛地一拍桌子,怒喝道:"水芷烟!你果然当了叛徒!说,你爸他现在到底在什么地方?!"

水芷烟这才如梦方醒:"妈!您……您没见着爸?您是骗我的?"

柯敏霍地立起身,倾刻间脸色变得血红,鼻翼剧烈翕动着:"快说,他在哪里？他现在在什么地方！"

水芷烟吓坏了："妈，您别激动！我也不知道，我真不知道，他是到'伤心小筑'来找我的！"

柯敏浑身颤抖着，伸出一根指头，神经质地指点着女儿："你不肯说？好，好，你大了，你了不起了，你跟他们合起伙来捉弄我，捉弄你的亲娘！"

水芷烟简直要哭出来了："妈，我没有捉弄你，我没有，真的没有……"

柯敏喘着粗气，脸色由红转白，由白转青，连话都说不利索了："没有？你敢说没有？你都受了他们的指使，来游说我了。你还敢说没有？这就是我的女儿啊，老天爷，这就是我的女儿啊……"因为过于激动，她身子摇摇晃晃站立不住，直欲晕过去。

水芷烟魂都飞了，紧紧地抱住母亲，哭喊道："妈——妈——我真不知道哇！"

左小伟把对父亲的游说选在了晚饭后。这段日子，晚饭后左小伟都会陪父亲看一会电视，此时应该正是父子交心的好时机。他先给父亲削了一个苹果，然后给父亲沏了一杯茶。这些都是近几天来，每天晚上必做的。再然后，他把电视调到一个轻松一点的戏曲频道，此时可不能让某部带点悲情的电视剧占据父亲的大脑。但左小伟知道，无论他制造出多么宽松的氛围，他面临的都将是一个无法轻松的话题。可无论如何，他都必须开口，没有人能够替代他。

怎么开得了口呢？当电视上出现那段脍炙人口的"我正在城楼观山景"，左大成悠然地打起拍子时，左小伟心里一阵阵酸痛，他知道，只要自己一开口，父亲那极难得的悠然立马就会消失得无影无踪。这段日子，他这么尽心尽力地伺候父亲，不就是为了给他换来点开怀么？

他在父亲身边坐了一会儿，默默地退了出来。他几乎放弃了。当他再次进入父亲房间时，不禁眼前一亮：电视屏幕上的京剧唱段已经结束了，左大成正捧着一件衬衫，笨手笨脚地钉着钮扣。机会来了！他轻轻地在父亲身边坐下，尽量使自己的话语显得轻描淡写些：

"爸，要是妈妈永远不回来了，您就打算一个人过下去？"

左大成手一颤，针刺着了手。这一针仿佛刺在左小伟心上。他硬着头皮，接着往下说，已经开了口，不能半途而废。

"爸，说真的，我觉得，您实在没有必要这样。反正我也大了，您完全不必顾虑我了。既然两个人过不到一块儿，那还不如各走各的路。您看您现在过的这日子，这能叫日子吗？您总得找个伴吧？那样一来，过去别人对您的嘲笑，就全都解脱了。您大可不必觉得丢人，现在搞黄昏恋的多的是。随便到哪个公园走一走看一看，都能碰上几十对。"他取出一份早就准备好的杂志，"您看这儿登的征婚启事，有许多就是老年人的。报纸上还赞扬说，这是中国老年人精神年轻化的表现。而且，您的年龄还不到黄昏，您才是下午四点钟的太阳。您为人厚道，让人一看就是个靠得住的人，最能赢得别人的信任，现在的再婚妇女就喜欢您这样的人。我再给您设计一个崭新的形象……"

左大成忽地把手中的活儿往左小伟手上一塞，啪啪几下，关了电视，熄了灯。朝床上侧身一躺，亮给儿子一个大脊背。

左小伟怔了半天，只好退了出来。他轻轻地关好门，就着客厅的灯下，给父亲钉起钮扣来。钉着钉着，不知是不小心还是怎么的，他狠狠一针扎在自己手上。他不由得心中一酸，想，罢了，是福不是祸，是祸躲不过，是什么就让它来吧，何必再折腾这个老实人！

他忽然觉得身后有些异样，扭头看去，父亲竟不知何时站立在卧室门口，看样子已经站了一阵了，正凝神注视着他。左小伟有些发愣，因为父亲的眼神是那样地不同一般，是他前所未见的。过了片刻，他叫了一声：

"爸……"

左大成面无表情地点了点头，缓步走到儿子面前，在一张凳子上坐下。掏出一根烟，点着，深吸了一口，缓缓地开了口，声音有点哑，沉甸甸的：

"我知道，你心里一直不明白，我为什么能同你妈这样的女人过上这么多年。你以为我是光图水忆寒给我拉的那么点活吗？"他又吸了一口烟，浓浓的烟雾先是刺激得他眯缝上眼睛，继而笼住了他的整张脸。他的声音就从这浓浓的烟雾里传出来，听起来是那样遥远，"当年，我娶你妈那阵，你爷爷是竭力反对的,甚至为这事儿差点没让我进家门。他说,家有丑妻是个宝。就我这相貌,应该讨个长相平平的、老实本分的媳妇,这样以后日子才能过得踏实。他还说,他看准了你妈将来肯定不会是个本分的女人,他已经暗中观察好多日子了,而且,她母亲在当地名声就很不好。但那时你爷爷说什么我都听不进去。你爷爷就说,那好,你如果实在要娶她,你就立个字据给我,将来无论发生什么事,你都不许离婚,不许反悔!我真的照你爷爷说的意思,立了个字据。"

左大成停了一下,举起烟又抽了一口,那长长的烟灰一节节地掉在他的身上,他也不去管它:"你四岁那年,你爷爷生了胰腺癌,我把他接进城里来治病。你爷爷奶奶只生了我一个,你奶奶身子骨本来就不行,因为爷爷的病,一急,自己也躺倒了。这回我跟你妈一下子得侍候两个老人,还得照顾你。而那时公司的运输任务比现在要多得多,我白天还得出车。你妈怕我过分劳累,在路上出事,实际上这副担子她一个人担去一大半。她像一只陀螺,里里外外转个不停,不容易啊。到了最后,你爷爷屎疙瘩拉不下来了,她硬是跪在地上,用手指一点点往外抠,她是个儿媳妇啊!但是,从你爷爷一开始进城治病直到去世,我没听她有过半句怨言。这一场侍候,你妈整整瘦了八斤。你爷爷过世的时候,拉着我的手,跟我说,儿啊,你媳妇有副好心肠,你一定要跟她过上一辈子呀!我知道他指的是什么,实际上那个时候,你妈跟水忆寒的事儿,已经传进了你爷爷的耳中……"

左大成又举起烟,他的手跟嘴唇都有点抖。那烟已经差不多只剩下个屁股了,他仍颤抖着朝嘴边送去。

五十六

一进入公司大门,左大成便愣在那儿。他远远地望见,在停车场他的车位上,一辆熟悉得不能再熟悉的东风大货车静静地趴在那儿。那不正是他的车吗?他怕自己看错了,走到近前,没错,车号35492,的的确确是他的车,曾经日日相处的伙伴,熟悉得跟自己的肢体似的。车子明显刚洗过,浑身上下没有一丝污迹。

这时,在停车场另一边的办公楼下出现一个身影,一步步向着左大成走来。

鲜血呼地涌上左大成的脸庞,他紧紧地握住双拳,浑身剧抖着,王八蛋,你终于回来了!许多上早班的员工见到这一情景,都不由得停住脚步,屏住呼吸。随着这一对冤家的一点点接近,大家的心也一点点往嗓子眼提。偌大个停车场安静极了,谁也不知道接下去会发生什么。

水忆寒嘴角挂着得体的微笑,一步步走得很稳。他心里有数,大庭广众之下,左大成不大可能作出什么过激的举动。即便是左大成作出了什么过激的举动,他也心甘情愿。这二十多年来,他确实太对不住这个老实人了!他跟舒梅私奔了,这个老实人还跟柯敏忍辱含垢为他跟舒梅一再请假,使他们重新回来上班几乎没有遇到什么麻烦。世上哪里找这么好的人去?如果左大成真的对着他的脸上来上这么一拳,他心底的负疚一定会减轻一些。

在众人的注视下,他走到左大成面前,伸出右手,手心里托着那辆货车的钥匙。他满含歉意地吐出一句话:

"大成,真对不起,把你的车用了这么多天。你好好查查,如果哪里弄出毛病了,我负责赔偿。"

左大成的脑袋嗡嗡直响,牙齿咬得咯咯响,他觉得自己的身体在燃烧,在裂开,他就要爆炸了!水忆寒暗叫不好,今天这个窝囊废真的要爆发了。起先他想退缩,但这个念头一闪即逝,仍旧微笑着注视着这个老实巴脚的人。该,自己活该挨顿狠揍,要是换作别人,恐怕自己早就脑袋开花了。

一个声音及时在他们身后响起:"左师傅,王总请你去一趟她的办公室。"

来的是王总办公室的小陆。两个人都太紧张了,身后什么时候多了一个人,竟然一无所知。这令人窒息的场面顿时被打破,远观的众人都不由得松了口气。左大成含糊地应了一声:

"唔,好。"

跟着小陆，朝总经理办公室走去。

进入总经理办公室，小陆便带上门轻轻退了出去。王总正侧着脸凝神注视着窗外。她缓缓收回视线，微笑着对左大成点点头：

"左师傅，坐。"她起身给左大成倒了一杯水，"左师傅，最近身体还好吧？"

左大成脑子里乱糟糟的，心思还没有从刚才的事情中完全收回。水杯在他眼前停了两秒钟才想起应该去接。因为动作猛了点，水溢出了不少：

"啊，还好，还好。"

王总注视左大成："左师傅，您是本公司几十年的老职工，我这个总经理平时疏忽，对你们关心不够啊！"

左大成盯了一阵茶杯，才抬起头来，涩着嗓子说道："王总，我再笨，也知道您为什么让人喊我，您是怕我闹出事来。您放心，我知道，这是在单位里，我不会给单位脸上抹黑。"

王总叹了口气，从抽屉里找出一支烟，递给左大成："唉，老左，这种事情，是你们的家务事，本来不该我来管。但你是本单位的老职工，工作一向勤勤恳恳，我不想看着你吃亏啊。听我一句劝，遇事要冷静啊。事情既然已经发生了，如果你再做出什么过激的举动出来，吃亏的还是你呀，这方面血的教训太多了。"

"我知道，我知道。"左大成连连吸着烟，烟灰掉在茶杯里都不知道。

"水忆寒来报到时，我已经狠狠批评过他了，单位正考虑给他一个处分。"王总给左大成拿了一只烟缸，眼里充满深切的同情："老左，接下去，你打算怎么办呢？"

左大成猛吞了一口烟，他的脑子里也跟他的眼前一样烟雾缭绕，怎么办？他怎么知道怎么办？

"想过离婚吗？"

左大成继续埋头抽烟，闷声不响。

王总又点点头，片刻说："我小时候住在老家。老家门前有一条小河，河里有一块大石头，我最喜欢爬在那上面玩。每年到夏天，河水涨起来了，石头就被淹得看不见了。我总是担心，河水会不会把石头卷走呢？那哗哗的河水那么厉害，凡是水面上漂着的东西，枯树啦什么的，都给卷得看不见了。可是夏天一过,那石头照样蹲在那儿,一丁点儿损失都没有。到了冬天刮大风的时候,我又担心,呼呼的北风会不会把大石头刮跑呢?因为石头旁的枯草败叶都随风飞走了。可那石头还是照样不动。所以啊,以后当我渐渐长大,每当遇到挫折的时候,我都会不由自主地想那块黑黝黝的大石头。那石头虽然一直沉默着,但它站得稳,身外之物又有谁能够奈何得了它?做人难道不是这样?管它什么世事纷争、红尘滚滚,只要自己站得稳,还用得着怕什么呢?相反,如果那块石头能够说话,就算它嚷得再厉害,难道能阻止得了河水的奔流、北风的呼啸吗?"

王总这种毫无新意的说教,一般人听来可能会暗笑,却对老实木讷的左大成起到振聋发聩的效果。不知不觉中,左大成停止了吸烟。那丝丝缕缕的烟雾,在他面前渐渐淡去。

五十七

水忆寒以为一切都很顺利,顺利地重新回到公司上班,左大成也没和他闹起来。

他不知道,公司对面的茶楼上,一双幽怨的眼睛一直牢牢地盯着他。直到他下班回到出租屋,这双眼睛始终没有离开他半步。

舒梅比水忆寒早回来几十分钟。还未进屋,水忆寒便闻到一股诱人的香味,然后便看到半桌子美味佳肴。水忆寒咕咚咽了一大口唾沫:

"哇,好香,哪儿来的?"

"拿工资买的呗!"舒梅容光焕发,边把一瓶好酒摆上桌。水忆寒这才注意到她上下一身新,一双换下来的破鞋丢在门边。她又拎过一套崭新男装,"瞧,给你买的。"她感慨地道,"还是有工资拿好呀,不然的话,猴年马月才能吃得上肉、穿得上新衣。早知道这样,咱们根本犯不着去外地受那个罪了。"

水忆寒拈起两块炸鸡翅,一块塞进舒梅嘴里,一块丢进自己嘴里,含混不清地道:"咱们饮水可不能忘了挖井人。要不是柯敏跟大成为咱们请假、续假，回来继续上班可就得费周折了。"

一声熟悉的咳嗽在门口响起。虽然很轻，在水忆寒跟舒梅听来，却不啻一声炸雷。两个人不约而同地停止咀嚼，不相信似的慢慢扭过头，柯敏竟不知何时出现在门口，正一言不发地冷眼注视着他们。

还是舒梅先反应过来，脸上堆起极不自然的笑容，端起桌上盛着鸡翅的盘子递过来：

"是柯敏呀。吃，吃块鸡翅，刚出炉的。"

水忆寒赶紧跟着说："对对，吃鸡翅，吃鸡翅，味道不错呢。"

柯敏却弯腰捡起舒梅丢在门口的鞋子。在舒梅跟水忆寒"外逃"期间，这双鞋天天套在舒梅脚上，上面早裂了几道大口子。柯敏眯着眼端详了一阵，说：

"一双破鞋呀。"

舒梅讪讪地收回盘子，不甘心地抬起自己的脚："谁说破的，比你脚上的新吧。"

"是啊。"柯敏似笑非笑，"鞋子换得勤，当然常新喽！"

舒梅脸上红一阵白一阵，当地把盘子丢回桌上。

水忆寒赶快把话岔开："柯敏，坐呀，坐。"

柯敏不理水忆寒，仇怨的目光射在情敌脸上："舒梅，你是个聪明人，我的来意，你肯定清楚，我就不多说了。我想说的是，我非常感谢你对水忆寒这么多年的关爱。借出的东西总得收回。我把水忆寒借给你这么多年，现在该到了收回去的时候啦。"

舒梅脸上渐渐恢复正常，那股不肯落人下风的犟劲儿也重新回到她身上。她故作不解地道：

"借？怎么是借呢？"

柯敏眉毛 挑："那么是租了？就算是租，也该物归原主了。至于租金么，就算了，我也不在乎这几个小钱儿，就当是支援灾区了。水忆寒，跟我回去吧，我是专程来接你回家的，我们可是合法的夫妻。"

舒梅格格一笑："柯敏，借也罢，租也罢，我只想再让他陪伴我几个月，然后保证毫发无损，完璧归赵，行吗？"

柯敏回应了她两声冷笑："这二十一年都没陪够，还得再过几个月的瘾?"

舒梅半扬起脸，以一种居高临下的姿态骄傲地面对着柯敏："柯敏，跟你说实话吧，我肚子里已经有了。这个时候让水忆寒离开，不大好吧？"

柯敏仿佛被电击了一下："你……你说什么？"

水忆寒大吃一惊，结结巴巴地道："舒梅，你——"

舒梅厉声打断他："你什么你？自己造的孽，自己还不承认？告诉你吧，今天我一个人去医院检查了。医生还说，像我这么大年纪，生孩子不成问题，印度有个老太太，九十多岁了，还生了个大胖小子呢！"她又掉过脸来，笑眯眯地朝着柯敏，脸上布满甜蜜与幸福，"我跟水忆寒来往了二十多年，总得留下点什么吧？如今，一个小水忆寒已经在我肚子里诞生了，不信你摸摸看，你还能感觉到他的心跳呢，跟他老子一模一样，只不过声音小了点。到时候我自然不会跟你争，我把老的还给你，让他回家守活寡去，有小的陪伴我，足够了。"

柯敏身子晃了两晃，一只手扶住门框，才勉强站稳。目光如同被烤焦了似的，一遍遍地在水忆寒脸上划着。嘴唇痛苦地抖了半天，才喃喃地说："水忆寒……这，这是真的？"

水忆寒一会儿看看这个女人，一会儿看看那个女人，不知道说什么好："柯敏……舒梅……"

柯敏猛地转过身，一声不响地朝门外走去。跨出门外的时候，脚下一绊，差点摔倒。

水忆寒叫了一声："柯敏！"抢上几步企图去扶她，柯敏冷不丁回身一扬手，啪地给了他一记响亮的耳光。扭转身，哽咽着跟跄而去。

水忆寒傻在了原地，舒梅拉了他两把，他才慢慢转过身来。他看着舒梅的眼睛，轻轻握住她的胳膊：

"你真的怀上了？"

舒梅一撇嘴："哄她的。"

水忆寒突然火冒三丈，吼道："你干吗要骗她，你看她刚才那个样子，这回不知她会怎样呢！"

舒梅身子不由得朝后一缩，相处到现在，水忆寒还从未对她发过火。但立刻一串更高响亮的吼叫从她的喉中喷涌而出，犹如一把锋利的尖刀，刺得水忆寒立时矮了三分：

"不哄哄她，行吗？她是盏省油的灯吗？哼，这一招还真管用！今天总算是过了第一招了！"

五十八

柯敏竭力支撑着，总算没有倒在半路上。一路上她的手机响个不停，但她懒得去接。回到家的时候，水芷烟正一脸焦急地准备出门，一见柯敏，就急吼吼地嚷道：

"妈，您去哪儿了？打你手机又不接，都急死人了！再不回来，我准备去找您了……您的脸色怎么这么难看？"

柯敏扶住门框，惨然一笑："芷烟，恭喜你呀，你快有个小弟弟了！"

水芷烟怔住了。等柯敏歪歪斜斜进了屋，才醒过神来，急忙跟上去，小心翼翼地扶住母亲，提着心说：

"妈，您见过爸了？"

"不光是见过你爸，连你的后妈都见着了。"

水芷烟仿佛噎了一下，用力咽了口唾沫，故意轻松地说："妈……您别难过，哪怕他生十个，爱生就生呗。您反正跟我们一起过，咱就当他这个人没了。"

柯敏突然扭过脸，眼睛瞪得大大的，犹如一对突放异彩的大灯泡："你已经知道他们要生孩子了？你什么时候知道的？你怎么不给我一个惊喜？"

水芷烟吓得一哆嗦，再也不敢开口。

柯敏连晚饭都没吃就上了床。水芷烟不敢相劝，只好拿了几块夹心饼干、一盒牛奶在母亲床头。她一直侧耳倾听着母亲的动静，一直到凌晨时分，才熬不住困，迷迷糊糊地睡去。

这一夜，柯敏虽然一直跟死人般地静躺着，其实一点都没合上眼。天一亮，她就起了床。奇怪的是，一夜过后，她已经变得十分平静，跟什么

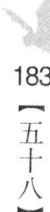

事也没发生过一样,精神状态也出人意料地好。

她有条不紊地干起活来。先是做早饭,然后整理屋子,再把一大堆脏衣服泡进洗衣机。等水芷烟被卧室外的声音惊醒的时候,她已经把衣服洗得差不多了。一开始水芷烟甚至有些惊惧。老妈这是怎么了?不会有事吧?昨天晚上还气得要死,连晚饭都没吃,今天突然就好了,而且干起活来这么有劲儿?水芷烟在门缝里偷看了半天,没看出一点异常。她突然记起曾经读过一篇文章,有一类女人遇到不顺心的事儿的时候,往往通过做家务来忘却烦恼。对,老妈肯定就是这类人。要搁以往,还得担心她一下子干这么多活儿怎么吃得消,看来还是让她多干干好。

她走出卧室,看到早饭已经摆好在餐桌上了。柯敏冲女儿笑笑:"再不起来,我可来打你屁股了,都七点半了。你不是说今天还得早点去网站吗?"

水芷烟忍不住搂住妈妈的脖子,动情地说:"老妈,看到你这个样子,我真高兴。管他别人怎么样,只要咱们快快乐乐的,不是顶好吗?你什么都不用怕,我已经长大了,我能够照顾你了。"说到后来,她都有点哽咽了。

柯敏亲了亲女儿,亲昵地拍了拍她的臀:"知道,你看你老妈是那种不经风雨的人吗?告诉你,你老妈要不是身体差了点儿,这会没准儿当部长了。快去吃早饭吧,不然小伟又得打电话了。"

等水芷烟吃过早饭,柯敏取过水芷烟的挎包:"芷烟,包我已经给你整理好了。零钱放在里层,擦手纸什么的放在外层,可不要弄错了。在外面不要总吃冷饮,冷饮吃多了会坏肚子。"

"妈,知道了,你还当我是小孩子呀?"

"芷烟,过马路要当心,一看二慢三通过。你这么大了,要懂得自己照顾自己,不能再像个小孩子那样任性了,知道吗?"

水芷烟停止手上的动作:"妈,您今天怎么啦?怎么婆婆妈妈的?"

"没怎么呀,你一个人在外面,妈不太放心。"

水芷烟想了想,说:"妈,今天我不去工作室了,在家陪您吧。我知道,爸爸和舒梅要生孩子的事,对您刺激太大了。"

柯敏笑起来:"你这孩子,你太小瞧你妈了。你妈妈什么没见识过?

就他们生个小孩，想把我吓住？那也太小瞧人了吧？他们就算是生下条恐龙，老妈我都懒得瞧上一眼。快去做你的事吧，别老让小伟等着。"

"妈，您真的没事儿？"

"你怎么啦？你看妈会出什么事儿？"

"妈，我还是那句话，他们爱怎么样随他们去，我跟小伟伺候您，将来我们还想给您生个大胖孙子呢。"

柯敏把包放在女儿手边，顺便轻轻拧了一下女儿的腮："妈就盼着那一天呢，到时候啊，生对双胞胎，妈一手牵一个！"

说说笑笑中，水芷烟出了门。

听着女儿的脚步声朝楼下渐渐远去，柯敏脸上的笑容也如同西天的晚霞，一点点消失，不一会儿脸上便全阴了，眼中那轻松愉悦的神采，也一点点散了，冷了。

她轻轻关上门，颓然地跌坐在沙发上。过了一会儿，她挣起身子，拿起电话，拨通了水忆寒公司传达室的电话："喂，钱师傅吗？我是你们公司业务科水忆寒的家属柯敏。我想请您给水忆寒传个话，我同意跟他离婚了，请他现在就回家签字。对，现在，马上，谢谢啊！"

搁了电话，她取出早就准备好的纸笔，写下几个大大的字"离婚协议"。这份协议，已经在她心中打了一整夜的腹稿，所以她根本用不着再去想什么，自管刷刷刷一路写下去。她写得不仅专注，而且无动于衷，仿佛这一切根本就与她无关。

然后，她找出几个大包，把水忆寒的衣服一件一件整整齐齐地放进去。打开一个抽屉时，发现一个结婚戒指，她托在手上发了一会儿呆，一扬手，丢出窗外。

功夫不大，门锁咔嗒一响，水忆寒轻轻走了进来。他有点做贼心虚的样子，这个他曾经天天进出的家仿佛跟他互相间变得陌生了。

柯敏手中依旧在忙着，抬头冲他嫣然一笑："哟，你来得真快，还没整理好呢。你先坐一会儿，好吗？再过一会儿就好了。"

水忆寒不解地问："整理什么？"

"你的东西呀。"

"整理我的东西干什么？"

"让你带走，去跟舒梅过呀。你不就盼这一天吗？"

水忆寒张口结舌。

柯敏朝写字台上一努嘴："离婚协议在那边，你自己看吧。如果有什么不满意的地方，随便你怎么改。这些存折归你，房子就留给孩子吧。她还年轻，眼下还没有能力买房。"

水忆寒嗫嚅着说："其实，舒梅说的，也不全是实话，她现在还没有怀上，她是骗你的。"

柯敏拂了一下垂到额前的头发，淡淡地笑道："你看你这人，都到了这一步，还要骗我，就没意思了吧？好歹做了这么多年的夫妻，到了最后也该对我说句实话吧？连芷烟也早就知道这回事了，就我一个人蒙在鼓里。当然，我可以理解成这是你的好意，怕我受刺激。"她仔细地把几只包上的拉链拉好，"这两只包里全是你的衣服，这只里面是单衣，那只里面是棉衣。剃须刀什么的放在那只小包里。这只里面装着你所有的证件。哦，结婚证两张，全在这儿，办离婚时要收回去。办离婚就请你辛苦点，一个人去吧。我累了，我不打算去了。"

"你真的要离？"

"这还能有假，白纸黑字，不都在那儿写着吗？"

水忆寒犹豫了一下："柯敏，要不，这事儿先缓一缓……"

"早点办完吧，我倦了。早点办完省心，省得老是牵挂着。你不用担心我，我很平静，很正常，我什么都想开了。真的。"

水忆寒垂下头，他的鼻里有些发酸："柯敏，我对不起你……"

柯敏依旧是那种淡然的笑："快别这么说，是我拖累了你一辈子，是我欠了你的。我更不该在这个时候还绊你一下，想想还真有点内疚。"

说着，她站起身，把窗帘关严，然后一件一件往下脱起衣服来：

"来吧，脱吧。"

水忆寒愕然道："你干什么？"

"这辈子，我对不起你呀。这几十年来，我们空担着夫妻之名，却无夫妻之实。要不是这样，你也不至于走上那条路。归根结底，是我害了你了。我是个不称职的妻子。今天，趁着这结婚证上还是我俩的名字，我想最后做一回真正的妻子，来弥补过去对你的愧疚，希望你能原谅我。"

水忆寒抓住她的衣服："你疯啦？你不要命啦？"

柯敏挣扎着继续往下脱衣服，水忆寒抓住她的手，拼命阻止。两个人如同两条贴得紧紧的鱼，无声地互相紧扭着、纠缠着。不知不觉间，晶莹的泪水爬满了柯敏的面庞，顺着下颌滴滴嗒嗒往下淌着，她无声地饮泣着，水忆寒也禁不住泪水涟涟。扭着扭着，柯敏终于软倒在水忆寒怀里，痛哭出声。水忆寒紧紧抱住妻子，慢慢坐到地板上。

但只哭了几声，柯敏便停住了。揩干泪水，转眼又变得跟没事人一样。她取过一把梳子，细心为丈夫梳理好头发，整理好刚才在挣扭中弄乱的衬衫领子。然后，弯腰捡起那些包，一只一只递到水忆寒手上："以后我照顾不到你了，自己处处当心点。你的胃不太好，少喝点酒。冬天胃寒的时候，别忘了买只热水袋，经常焐一焐。"

水忆寒的手颤抖着，强忍伤心："柯敏，要不，离婚的事，再缓一缓——"

"唉，缓什么呀？长痛不如短痛，都这样了。"柯敏把水忆寒轻轻地向外推去："走吧，走吧。"

水忆寒身不由己地朝门口走去。临下楼梯，他又依依不舍地回过头："我忘了一句话，我还会跟往常一样照顾你。以后我挣的钱中，都有你的一份。"

柯敏微笑着说："谢谢。"

她目送水忆寒下了楼，像一尊含笑的雕像在门口静立了一会儿。然后，返身把门关上。走进卧室，开始重新仔仔细细地整理刚才被弄乱的一切。整理完了，她又把整幢屋子检查了一遍，见到处纤尘不染，这才舒了口气。

她取出一套从没穿过的内衣，进了卫生间，打开热水器，洗起澡来。她洗得很慢，很仔细。洗完以后，她回到卧室，取出自己最漂亮、最端庄的一套衣服，小心地换上。接着，坐到梳妆台前，取出多时不用的口红、眉笔，细心地化起妆来。再戴上同样闲置多时的项链、耳环。

这一切都完成以后，她打开音响，放入一张柴可夫斯基的《如歌的行板》，舒缓、凝重的乐曲立刻如同空气一样填满每个角落。

流水般的乐曲声中，她缓缓步出卧室，来到厨房。那里已经摆放了一

张舒适的躺椅,躺椅上放着一本弗罗斯特的诗集。她关严实厨房里所有的门窗,却突然发现,小狮子狗也摇着尾巴跟了进来。她弯腰抱起小狗,哀怜地亲了亲,轻轻丢出门外,重新把门关严。然后,拧开煤气阀门,打开到最大程度,在躺椅上躺上,拿起诗集,伴着外面飘进来的舒缓音乐声,轻轻朗诵起来:

金黄的林中有两条岔路,
我作为一名过客,
极目遥望一条路的去处,
直到它在灌木丛中隐没。

我走了第二条,它也不坏,
而且说不定更加值得,
因为它草多,缺少人踩;
不过这点也难比较出来,
两条路踩的程度相差不多。

那天早晨两条路是一样的,
都撒满落叶,还没踩下足迹。
啊,我把第一条路留待来日!
尽管我明白:路是连着路的,
我怀疑是否还能重返旧地。

喷涌的煤气很快弥漫了狭小的厨房。柯敏感到仿佛有一团团乳白色的云雾从她脚下升起,把她带往广阔无垠的空中。云雾中,有许多可爱的小天使不断地向她招手,使她一阵阵轻松,一阵阵飘然。她脸上带着超脱一切的微笑,继续喃喃朗诵着:

此后不论岁月流逝多少,
我提起此事总要伴一声叹息:

> 两条路在林中分了道，而我呢，
> 我选了较少人走的一条
> ……

此时，水忆寒正沿着大街缓步而行。那两只包一前一后跨骑在他的肩上。越往前走，他的脚下越沉，速度也越慢，他甚至有点失魂落魄。他也搞不清这是为什么。自己不是一直在盼着这一天吗？可是当这一天真的到来的时候，为什么跟丢了魂似的？他觉得仿佛在走着一条不归之路。仿佛每往前走一点，这条街就会在他身后断掉一点，他往前走得越多，身后断掉的路也越多。

这条路，真的就这么断掉了吗？在他的生命中，这条街是多么地熟悉啊，简直成了他生命中的一部分。小时候天天沿着这条大街去上学，参加工作以后又天天沿着这条大街去上班。第一次认识柯敏，就是在这条街上。那时候他们多么年轻、多么富有激情啊！记得有一天夜里电影散场后，她非得坐他的自行车前杠。他一路猛蹬，吓得她洒下一路尖叫，还嚷着说可千万千万别摔跤呵，否则非摔死不可。

死！这个字突然仿佛一枚尖利的碎玻璃碴嗖地扎进他的脑子。他一子扎住脚步，不对，柯敏不对头，他太了解她了，她不对头，她以前不是这样……他原地怔了半分钟，如同一只受惊的青蛙突地跳转身，往回狂奔了几步，猛地蹿到机动车道上，因为他看到有一辆出租车正迎面而来。那位司机猝不及防，猛地一脚踩死刹车，车轮发出刺耳的尖叫。司机刚要破口大骂，水忆寒已经拉开车门钻入车内：

"快快，北阳小区！！"

司机惊魂未定："这里不能掉头，得从前面转盘绕过来。"

"快点快点！"

出租车箭般朝前射出，很快便绕过转盘，往回疾驰。

从上车地点到北阳小区，出租车总共行驶了不到十分钟，但水忆寒却觉得比一个世纪还长。未等车停稳，他便跳下来，连两只包也不要了。急得司机在后面大喊：

"大哥，钱，你没给钱！"

水忆寒哪里顾得上理他？一边朝楼上狂奔，一边掏出钥匙。一打开屋门，一股浓烈的煤气味便迎面扑来——那是厨房里溢出的煤气太多了，都从门缝里泄漏到外间来了。他朝厨房望了一眼，便什么都明白了。撕心裂肺地大喊一声：

"柯敏——"

一拳砸开厨房门上的玻璃，锋利的玻璃划破了他的手，鲜血迸流，但他根本感觉不到。他扑进厨房，一把抱起软塌塌的妻子，没命地朝外跑去。

跑到楼下，那个自叹倒霉的司机正骂骂咧咧地准备开车离去，蓦地看见刚才下车的乘客正跌跌撞撞地朝他的车奔来，肩上还扛着一个女人，女人的胳膊腿儿直晃荡。男的满脸水珠，不知是泪水还是汗水，一只手上直往下淌着鲜血，嘴里不停地发出嘶哑的呼喊，因为太紧张，都快喊不出声了：

"救人！救人……"

司机立刻明白了几分，叫了一声："快！"跳下车，拉开后车门。

五十九

水芷烟是午后才得到的消息。她与左小伟赶到医院的时候，柯敏已经给推出高压氧舱，正在输液。水忆寒泥塑木雕般呆立在一旁。旁边还站立着几位医护人员。她看到躺在病床上的母亲大睁着眼睛，绷到极点的心弦不由得一松：

"妈，您怎么啦？"

连喊了几声，柯敏却没有一点反应。水芷烟这才发现，柯敏的眼睛里一点神采也没有。她顿觉有些不妙，喊声里不觉带上了哭腔：

"妈，您怎么不说话？您到底怎么啦？"

一位医生说道："别喊啦，她不会答应你的。"

"为什么？"

"她一氧化碳中毒太深，造成严重缺氧，对脑细胞产生广泛性损害，脑血管也受到很深的伤害。能保持这个样子，就很不错了。要是再晚来几分钟，命就没了。"

水芷烟惊恐地屏住呼吸："你是说，我妈她，她变傻了？她还治得好吗？"

医生摇摇头："现在还难说。不过，她中毒太深，希望不大呀。"

水芷烟悲愤地喊了声："妈！"身子晃了晃，一头朝地上晕去。左小伟眼疾手快，一把从后面抱住她。但她即刻就醒了过来。她推开左小伟，脸色跟纸一样白，转过身，眼睛瞪得大大的，让人看着心里害怕。她久久地看着父亲，嘴唇颤抖着，声音不高，却十分瘆人：

"爸，你告诉我，这究竟是怎么回事儿？"

水忆寒垂着脑袋，一声不吭。自从进医院一直到现在，他的心里都跟沸腾的火山似的翻腾不停。他不知道该如何对女儿说，他无法开口。

水芷烟突然疯了般扑上来，狠狠地揪住父亲的衣襟，歇斯底里地哭喊道：

"你告诉我，这究竟是怎么回事？你究竟把妈妈怎么了？你和妈妈之间究竟发生了什么？你为什么要这样？为什么为什么……"

水忆寒犹如一个没有生命的稻草人，任由女儿撕扯摇晃着，什么反应也没有。惊怔过后的众人赶紧上来拉水芷烟，不料水芷烟力大无穷似的，推搡着父亲朝外赶：

"走！你走！你是害我妈妈的凶手，我永远不会原谅你！你还到那个女人那里去！我的妈妈，不要任何人来管，自有她女儿来伺候！"

"芷烟！"左小伟企图阻止水芷烟的行为，不料反被水芷烟揍了个趔趄。水芷烟尖利地叫道："你也滚，你们都滚！你们男人，没有一个好东西！我不要你们站在这里，谁知道你们安的什么心？谁知道你们会不会害死我妈妈？我妈妈都这样了……"

话未说完，便失声痛哭起来。两个男人给赶得步步后退，砰地一下，被水芷烟关在门外，哀痛的哭声不断从里面传出来，让人听得揪心。

两个男人都像被施了定身法一样伫立在门外。水忆寒固然面若死灰，左小伟心里也是一阵阵撕裂般的难受。这种难受不是因为水芷烟对自己的

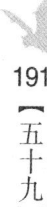

态度，而是水芷烟如此的伤痛。除了难受之处，还有几许尴尬，因为和他一块儿这样站着的，是他女朋友的父亲，虽然对这个缺乏羞耻的男人，他还是那样憎恨。

他有心安慰几句水忆寒，却不知该如何说起。倒是水忆寒先开了口：

"小伟，"他垂着眼皮，声音又湿又涩，仿佛刚哭过一场似的，"芷烟是一时情急，她是急糊涂了。刚才她不是针对你的，是对着我的，你不要往心里去。"

"没，没有。"左小伟有些结巴，"我没事儿。你也不要往心里去。"

水忆寒深深地叹了口气："小伟，你在这儿守一会儿好吗？我得回去取点日用品来。看来得在这儿住一段时间了。"

走不两步，手机响了。水忆寒掏出一看，狠狠地掐断铃声，加快脚步。但走不上几步，手机又响了。

六十

对于舒梅的到来，水忆寒猝不及防，也不知道她是从哪里得到的消息。

她怎么能不来呢？柯敏虽非她所害，却因她所伤。不过，舒梅没敢贸然进入病房。她知道以她的特殊身份，此时进入病房肯定不合适。所以，她只敢躲在僻静的太平间门口，拨打了水忆寒的手机。

水忆寒心中的无名火一股一股往上蹿，这个时候你来添什么乱？何况芷烟、小伟都在这儿！他往大门口走了几步，看看脱离了左小伟的视线，便拐了个弯，往太平间方向走去。

又连续拐了两个弯以后，远远地望见，舒梅正拎着两大袋营养品，不安地立在太平间门口。两个人不约而同地退入太平间的空房内。水忆寒劈头埋怨道：

"你来干什么呀？都乱成这样了。芷烟见了你，还不得跟你吵起来？她现在躁得很，恨不得逮谁都吵上一架。"

舒梅等他埋怨过了，小声问："她现在怎么样了？"

水忆寒叹了口气："救是救过来了。但脑子坏了，只怕这辈子，都明白不了了。"

"怎么会出这种事呢？"

"谁能想得到呢？当时我从家里出来以后，忽然有了一种不祥的预感。要是再回去晚一点点，她不就……她也真够可怜的，本来身体就有病，现在又成了这样。"他哆嗦着拿出一根烟，点了好几下才点着。

"她能认识人吗？"

水忆寒摇摇头："她现在跟一根木头一样，好像没脑子了，眼睛瞪得跟灯泡似的，但什么反应也没有，就那样干躺在那儿。唉，如果不是为了我，她怎么会弄成这样？"

沉默了一阵，舒梅道："谁知道会是这个样子？要是早知道是这样的后果，我们早就……我应该去看看她，我也是个罪魁祸首啊。"

水忆寒断然拒绝："不行，你去了，芷烟肯定会与你发生冲突，她现在连我都看不顺眼。"

舒梅脸色发白，嘴唇有点抖："我还是想去看看她，不然我这心里……那天我还哄她说怀上了孩子，要不是那样……"

水忆寒脸忽地涨得通红，厉声说："你怎么这样……"话一出口，可能觉得自己态度过了点，声音立刻又低下来，"不行，真的不行。你别添乱了，现在已经够乱的了……实在想看她，以后不是没机会。"

又是一阵沉默后，舒梅说："我买了点东西，你交给她。你别告诉芷烟是我买的就是了。"

"行。"

水忆寒默默地接过舒梅手中的东西，转身欲往门口走。舒梅突然从后面一把抱住他，哽咽着道："水忆寒，我们以后怎么办呢？她肯定离不开你了。芷烟还是个孩子，一个人顶不了这么大的事儿。"

水忆寒无法回答，他像木头一样呆立着。两行清泪顺着舒梅的面颊曲曲弯弯地流下来："我早就知道，我们不会有好结果的。自古以来，奸夫淫妇哪有什么好下场的？我们是两只逃出去的鸟儿，窝还没搭好，就翻了，蛋也打碎了，还害了别人……"

良久，水忆寒才喟叹一声，腾出一只手搂住她："我也肯定丢不下她了，毕竟是二十多年的夫妻啊。你打算怎么办呢？"

舒梅的手臂松软下来，背过脸去，凄然道："天地这么大，哪里不好去？"

水忆寒决然道："不，回家，你一定要回家！啊？千好万好，不如自个儿的家好呀！别管大成怎么折腾，哪怕骂你打你，你都别理他，过了这一阵，他会转过弯儿来的！"

一阵脚步声不经意间便到了门前。没等二人转过神，门已被推开，一具裹着白被单的尸体给推至门口。骤见太平间里藏着两个大活人，两位运尸工都吓了一跳：

"呀，里面有人！"

舒梅跟水忆寒都低着头，满面羞惭地逃了出来。

六十一

水忆寒从家里取来了日用品。不管水芷烟如何伤心愤怒，这个家，离了水忆寒还是不行。因为病房里只有一张陪护病床，水忆寒便让水芷烟陪柯敏睡在病房里，自己则蜷在走廊里的座椅上过夜。好在天还不是很凉，前半夜要侍候柯敏，后半夜抽上半包烟，再打个盹，这一夜就算过去了。而左小伟，则责无旁贷地担当起了后勤保障工作。

水芷烟悲愤归悲愤，骨子里还是心疼父亲的。第二夜，便让左小伟拿来了一张折叠椅，外带一条毛毯。其实水忆寒哪里真正睡得着？一到夜深人静的时候，所有的事情，便跟挤火车似的，纷纷挤进他脑子里来。想想过去，看看现在，再望望将来，满心都是自责、愧疚、伤感与颓丧。两三天下来，白头发便增加了一倍，整个人瘦了一圈。

在出租屋独自犹豫了两天之后，舒梅终于鼓起勇气，收拾好衣物，踏上返家之路。其实，她倒不一定是怕左大成骂与打。她放不下的，是那份面子。都说好马不吃回头草，从与水忆寒私奔的那一天起，何曾想过有一天会重新踏上回家之路？可是不这样又能怎样？好马是不想吃回头草，可前面没有草了，不回头吃什么去？何况她也不见得真是什么好马。水忆寒不可能再回到出租屋了，那间曾经温馨浪漫的小屋子，现在就剩下她孤零零的一个人了。说穿了，她舒梅仍是一根长春藤，无论什么时候，她都需要一个附着物。既然水忆寒走了，眼下对于她来说，最佳的附着物，当然非左大成莫属了。就像水忆寒所说，哪怕为此挨几声骂、受一顿打又如何？何况左大成那个蔫货也不一定真的会打骂她，这么多年来，他什么时候真骂过她一声、动过她一指头？她从来就没有怀疑过，不管她飞得多高多远，左大成就是她最后的降落点，虽然这个降落点如此的不起眼，但从来都是那样忠实地守候在那儿。

她没有急于回家，而是先到超市买了不少菜，买了一瓶好酒，还顺便买了一张京剧碟片，这些都是左大成喜欢的。

站在自家门口，舒梅真有一种从天堂重返人间的感觉。天堂虽美妙，但是缥缈得很，还是人间来得真切呀！

门关着，她把耳朵贴在门上，凝神细听，里面果然没什么动静。她早就算准了，这个时候离左大成下班还差两个时候，小伟不是在网站，就是在医院帮着侍候芷烟她妈。利用这两个小时的时间差，把凌乱的屋子收拾得一尘不染，再烧一桌好菜，让爷儿俩一进门就来一个惊喜，那他左大成就算火气再大，也骂不出口、打不下手了吧？她掏出钥匙，抖抖索索地捅进锁眼，毕竟做了亏心事，心里除了心虚还是心虚。

进了屋，她把所有的房间挨个儿巡视一遍。令她惊异的是，屋子里并不如她所料想的那般脏乱得像个猪窝，倒仿佛有一双巧手天天在这里收拾似的，里里外外干干净净，井井有条。从多下来的几盆剩菜来看，他们的小日子也是过得有滋有味。舒梅心里陡地一阵失落，这个地球，并不是少了她舒梅就转不动了呵！她一屁股跌坐在沙发上，如此看来，她的如意算盘岂不是要落空了？

不行，不能就这样被动挨打，上小学的时候老师就说，狭路相逢勇者胜。必须主动出击，先占住上风头再说。主意一拿定，她霍地站起身，取出从超市买回的菜，噔噔噔来到厨房，乒乒乓乓地忙碌起来。

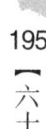

舒梅手脚麻利，天擦黑的时候，厅中便摆出了大半桌丰盛的菜肴，香喷喷，热腾腾，色香味形俱全。当她端着最后一道菜"鱼香肉丝"往桌上送时，忽然觉得背后有些异样，慢慢扭过头，身后的门不知什么时候开了，左大成正立在门口，手中的钥匙仍插在门上，都忘了拔出来。嘴巴半张着，两眼发直，一脸惊愕，仿佛突然出现在他面前的，不是天天想彻底忘记却又无夜不走进他梦里的老婆舒梅，而是神话传说中的田螺姑娘。

舒梅手一抖，那道"鱼香肉丝"差点倒扣到地上。她竭力控制住心头的慌乱，仿佛那些逆来顺受惯了的日本家庭妇女一样，满脸堆起温柔的笑容，一路碎步跑到门口，声音低低的怯怯的，低眉顺眼地说：

"您回来啦？累了吧？"

不料左大成似乎没有听见，脸上毫无表情，垂着眼皮走过舒梅身边，来到厨房，取出上顿剩下的酒菜，摆到餐桌边，自顾自地吃喝起来。他的筷子只在几只剩菜碟中挟着，对于紧挨眼前的舒梅刚炒了大半桌的热菜，他瞧也不瞧一眼。

舒梅尴尬地站了一会儿，取来一双筷子，挟了点肉片、鱼块放到左大成碗里：

"吃点热的呀，尽吃冷的，对身体不好，这都是为你跟小伟做的。"

左大成根本无动于衷。对于舒梅挟到他碗中的菜，他一点都不去碰。舒梅更为尴尬，不知如何是好，呆立着看左大成吃喝。左大成喝完最后一口，舒梅连忙拿起酒瓶想为他倒酒，左大成却已站起来盛饭去了，舒梅只好讪讪地放下酒瓶。左大成吃完饭，自己拿了碗去洗。舒梅连忙抢上来：

"我来吧，我来吧，您歇着！"

说话声中，左大成却已绕开她，拿着碗筷走向水池。舒梅只好又呆立在原地看着。

左大成洗好碗，走进卧室。舒梅以为他想睡觉，赶紧抢在他前面为他铺床，左大成却坐下看起电视来。舒梅不屈不挠地想，你看电视，我也看！紧傍着左大成坐下。屁股还没坐稳，左大成便霍地立起，走出卧室，打开客厅里的电视机。舒梅如影随形，当左大成刚刚在客厅的沙发上坐下，她已经贴住他的身子，抱紧他的一条膀子，如同一条韧性极佳的藤蔓紧紧缠着他，并且一直半是深情半是得意地朝他注视着。想，想摆脱老娘？没门，咱们都二十多年的夫妻了，老娘就是从你身上长出来的一根藤呀！

六十二

　　转眼间，水忆寒一家三口便在医院里度过了整整十三天。期间柯敏又进了两回高压氧舱，还请来外地的专家进行了两次会诊。柯敏已经能够在别人的搀扶下下地行走了，但是识辩能力没有一点点提高，也就是说，整个人还是傻的。用专家的话说，目前恐怕只能维持这个状况了。

　　水忆寒父女真是欲哭无泪，特别是水忆寒。柯敏哪怕只能开口说一句话，他心里也会好受点；他面对着女儿那双谴责的眼睛时，也可以稍许轻松点。

　　或许是因为心灵上的自责基本上占据了水忆寒的心，他几乎没有注意到自己身体内的某些变化。大概无论谁也不会在意这些变化。说起来，那只是有点类似于轻感冒的症状，再加上某个小地方有些痒、麻、痛。这有什么奇怪的呢？一连在躺椅上睡个十来夜，夜里还动不动就要起身，不受点凉那才是怪事呢。这些隐蔽的症状也根本不会引起别人的注意，因为它既不会流血，也暂时不会令人呻吟。

　　话说回来，如果不是这连日的疲劳与焦虑，这些症状可能还会在他体内隐伏一段时间。

　　如果左小伟与左大成知道水忆寒的那些痒、麻、痛的感觉来自哪里，很可能会立刻晕过去。

　　水忆寒的这些异乎寻常却根本不引人注意的感觉，来自他的一根手指，来自那根手指上的一处小小的疮疤——那个疮疤，正是那只被左小伟藏在包中的南美蝙蝠留下的记号。在那个地方，还时不时地有蚂蚁爬走的感觉。有时候，水忆寒还会感到头有点痛，倦怠，恶心，不想吃东西，周身不舒适。但是，所有的这些不舒服都只要冒出一点点头，就被他体内的一个声音恶狠狠地骂了回去。是的，他没有资格叫苦喊痛，就算这根手指现在断掉了，也没有资格，永远也没有。因为，身边这个人的痛苦比他大上一千倍、一万倍，而且是他一手造成的！

当然，左大成以后会知道，他当命根子似的弄回来的那条小狮子狗，到底起了个什么作用。

一天后，柯敏出了院。她已经没有生命危险，但也没有进一步好转。再在这里住下去，已经没有意义，只需要定期来检查就是了。

但这并不意味着柯敏一下子放弃治疗。水忆寒相信，就像植物人一样，柯敏大脑里的某个组织一定给什么"卡"住了，只要把这卡住的部分疏通好，柯敏就恢复过来了。多少沉睡多年的植物人，在亲人的日复一日、年复一年的亲情呼唤下，不是醒过来了吗？那些人能被唤醒，柯敏为什么就不能呢？何况柯敏比许多植物人状况还好些，她好歹还能动弹。

水忆寒下定决心，接下来的日子，我哪怕别的什么都不干了，专门就干这个。我跟柯敏年纪还不算大，就算我们两个只能活上七十岁，我用二十来年的时间来呼唤她，不信她醒不来！

从出院的第一天开始，水忆寒就跟单位请了长假，在家当起了专职保姆并兼任呼唤柯敏的工作。他坚决让水芷烟每天去网站。一则完全没有必要两个人同时守在家里，水芷烟应该继续自己的事业，不能把她也拴住了，她还年轻；二则，谁的责任谁负，既然是他水忆寒造下的孽，当然还应当由他水忆寒来承担。

他给柯敏制订了一个作息时间表。在这张表上，什么时候休息，什么时候工作——也就是听从水忆寒种种方式的召唤，都列得清清楚楚。在水忆寒的心中，柯敏从来就不是一个不正常的人。他要让柯敏现在起就过上正常人的生活，这才是真正应该属于柯敏的生活——确切地说，属于他跟柯敏的生活。

七点半，当水芷烟出门去网站时，也就到了柯敏起床的时候。水忆寒细心地为妻子穿好衣服，让她舒舒服服地倚坐在事先准备好的沙发上，服侍她吃了早饭，然后，取来一本精心挑选的梅里美的小说。

"我给你读点小说，啊？你不是最喜欢读外国名著吗？过去睡觉前，你都会读上一会儿。这一本是你最喜欢的，梅里美写的。你瞧，这一页还是你折在这儿的呢,我就从你折的地方开始读,啊?"他翻开小说,慢慢地一字一句很清晰地读了起来,"'……他在替妻子围上披肩的时候,在镜子里看见自己在履行新婚燕尔的丈夫应尽的职责,禁不住笑了起来。他仔细端详着妻子,以往他从没有好好望过她一眼。那天晚上她显得比平时更加美丽,因此他拖长替她整理披肩的时间。朱莉同他一样,即将到来的两人单独相处的时刻使她心中怏怏不快。她微微噘起嘴巴赌气,两道弯弯的眉毛不由自主地锁紧了。这反而使她脸上增添了一种甜美的表情,连丈夫也不能不为之动情……'"

水忆寒读不下去了,扭头静静地望着泥塑木雕一般的妻子。望着望着,两股清亮的泪水渐渐从眼中渗了出来。良久,他放下小说,涩着嗓子说,"好啦,今天就读到这儿吧。我带你出去散散步,怎么样?你需要多运动啊。就去咱们当年谈恋爱时常去的那些地方转转,好不好?"

他小心地扶着柯敏,向门口走去。刚一出门口,楼道里便迎面刮过来一股沁凉的风。水忆寒犹如被人迎面打了一记耳光,猛地哆嗦了一下,差一点丢下柯敏逃回屋内。喉咙口也突然仿佛被一只看不见的手紧紧扼住了。他一只扶住柯敏,另一只紧紧抓住楼梯扶手,好一阵才缓过气来。那不断吹过来的凉风,犹如片片锋利的刀片刮在他的身上似的,他的皮肤上不断冒起芝麻粒似的大鸡皮疙瘩,令他不时产生想要躲闪的念头。但即使是真的刀子切过来,他也不会躲,他躲开了,柯敏怎么办?他非常不解,现在还是夏季呀,现在的风,吹在身上应该感到舒服才是,外面的人不都穿着短袖衫吗?难道就是这点小感冒,把自己变成这样了?他心里又好笑又悲哀,唉,从与舒梅私奔到现在,还没过上一天安定日子,看来体质是受到了影响。年轻的时候,大冬天还洗冷水澡呢。

过了一阵,他觉得适应了点,柔声对柯敏说:"没事了,没事了,咱们接着往下走,啊?"咬紧牙关,扶着柯敏朝楼下走去。

到了楼梯口,他又停住脚步。他面部的肌肉突突地跳着,喉咙口又开始一阵阵发紧,呼吸困难,难以言喻的恐怖与烦躁堵满他的心头。他发红的双眼仇恨而又恐惧地盯着楼梯口外——在那里,铺满了早晨鲜艳的阳光。

这样僵立了五分钟之后,水忆寒举起自己的右手,啪,狠狠地击在自己的右脸颊上；啪，又是一记，比刚才还重；啪，又是一记……五记过后，所有的不适暂时消失了——除了眼前乱冒的金星和右颊上火辣辣的疼痛以外。他心里恶狠狠地诅咒着，水忆寒，你他妈脑子进屎了啊，眼前是阳光啊，这么可爱的阳光，感冒更需要阳光啊，老鼠才怕阳光呢！

他搀扶着柯敏，一步一步走进那差点令他发狂的阳光里。这不是很好吗？他很不理解，自己怎么突然怕起这么可爱的阳光来了呢？难道说，是这段日子发生的事情，使自己心理不正常起来了？他的心不知不觉缩成了一团。

他竭力深呼吸了几下，指着街边的建筑，对柯敏说："慢慢走，啊。瞧这些街道，一天比一天漂亮。这条街是你最喜欢的，以前哪天不得走上一回？你看那个雕塑，多气派。有一回，你还让我去跟它比划比划，看谁有风度，你还记得吗？"

柯敏毫无反应。一声突如其来的汽车喇叭鸣叫声，犹如一把锋利的尖刀，一下子切进水忆寒耳中。水忆寒浑身一颤，他慢慢转过头，满脸狂躁，搀扶柯敏的手剧抖着。他的眼睛越瞪越大，因为仿佛有一群凶猛的野狗正咆哮着朝他扑来。他条件反射地把柯敏护进怀中，那群大狗却倏忽消失了。他狠狠地甩了甩脑袋，汗水顺着发际汩汩而下。他粗重地喘着气，喃喃地自语道：

"我怎么啦，我这是怎么啦？"

镇定了片刻，他扶着柯敏向左拐去。那里不远处有个小公园，以前，是他跟柯敏常来的地方。

进入了公园，水忆寒觉得好受了许多，相比起外面来，这里树荫浓密，而且很安静。他扶着柯敏在一条长椅上坐下：

"累了吧？坐下，歇会儿。哎，坐这儿，坐好，啊。"

一条手指粗细的枫枝伸在他们头顶，五六片火红的枫叶宛若孩子的小手，在他们头顶轻拂着。水忆寒摘下一片，放到柯敏手中：

"瞧，枫叶多美呀。还记得吗？那时候我们也只有芷烟跟小伟这么大，那边的街道还没发展起来，可是这片枫林早就在这儿了，我们最喜欢来这里。我送了你一片枫叶，你高兴得不得了。在没人的地方，我就抱着你走，你在我的怀里，冷不防地吻我一下，还咬我，那牙印第二天都不消。

别人问我是怎么回事，我只好骗他们，说是睡觉时硌在手表上了。现在我还能抱得动你呢。想让我抱抱吗？"他真的一哈腰，把柯敏抱在手上，举步朝前走去，"你胖了，我也老了，力气没以前大了。不过，抱着你走出这片树林是没问题的。以前我就常这样抱着你，到了那条小溪边也不停步，一直趟过去，那时候我多有劲儿啊。我知道，你巴不得我就那样一直抱着你，一直抱到老……我知道，你心里恨我跟舒梅的那些事。你肯定也在后悔让我认识了舒梅。恨也罢，后悔也罢，都过去啦，咱俩不还是老来伴吗？我以后老了，抱不动你了，搀着你走总行的吧？如果搀也搀不动了，我就买辆轮椅，推着你慢慢走……"

水忆寒的说话声越来越低，面部表情渐渐紧张，因为随着他前行的步伐，一股冷冷的流水声越来越清晰地传来。不一会儿，一条约摸三米宽的溪流呈现在眼前。这是一条专供游人涉水嬉戏的溪流，尺把深，底部铺着鹅卵石，清澈的水流不时打着漩儿，看上去十分惹人喜爱。年轻的时候，水忆寒常常跟柯敏来到这条溪流里踩水嬉闹。有一回柯敏不小跌坐到水里，裤子湿了，她撒着娇，非得要水忆寒也跌到水里一回。

水忆寒停住脚步。他的脸色发青，嘴唇发紫，喉结剧烈地上下滚动着，咽喉肌一阵阵痉挛。好一阵，他才颤抖着说出话来："柯敏，咱们今天不过去了行不行？不知怎么了，我今天看见这水特别害怕，好像它们会咬人似的。咱们就在这儿坐一坐，在这儿看看枫叶，听听流水声，那也是很美的呀。"

一直安安静静贴在他怀中的柯敏突然动了一下。水忆寒愣了一下，一股惊喜涌上他的心头，他仿佛一下子明白了柯敏的意思，"你想过去，是不是？行，过就过。只要你乐意，就是让我上刀山，下火海，我也乐意！"他毫不犹豫，用力把柯敏往上托了托，一脚踏进那沁凉的水流中。电光石火之间，两种感受传遍了水忆寒的全身：先是仿佛一脚踏进了刺骨的冰水中，眨眼间，那"冰水"又成了熊熊的烈火，呼啦一下从脚底板直燃到头顶。他的喉咙仿佛已经给掐死了，完全不能呼吸了。他的脸扭作一团，牙齿咬得咯咯直响，他的眼睛发红、发烫，仿佛也成了两团燃烧的火。但是他的脚下一点都没停，就算脚下真是刀山火海他也不会停。怎么会停呢？这条可爱的溪流一定得趟过去，年轻时水忆寒曾经多少次这样抱着心上人

趟过它的身体，难道现在一次都不行了？他的红烫的眼睛死死地盯着对面，把怀中的人抱上彼岸，就是他此刻唯一的目标。他一步一步极其艰难地朝前趟着，他知道，怀中的妻子跟躺在摇篮中的婴儿一样惬意而又安稳，就跟当年热恋时一模一样。他坚信他的诚心一定会唤起妻子大脑深处的某段记忆，那个让妻子变傻的"关卡"一定会如同被三月阳光照射着的坚冰一样，一点点消融，一点点消融……

如果说世界上最难走的征程是二万五千里长征的话，那么对于水忆寒来说，这条窄窄的小溪比起二万五千里长征来，何止难上十倍！当他历尽艰辛踏上对岸时，整个人几乎要爆炸了。身体内仿佛有亿万只发狂的小鼠在乱钻乱撞，他控制不住地想跳、想撞、想嚎、想撕咬什么。他的鼻翼恐怖地翻拱上去，白森森的牙齿向外突起、张开，一股低沉的犬吠声从他的喉咙深处咆哮而出。

一连咆哮了六七声，水忆寒才渐渐平静下来。大汗已经浸遍了他的全身，而柯敏犹自稳稳当当地抱在他的怀中。他挣扎着，抱着柯敏进了岸边的小树林，在一片浓密的树荫下瘫坐下来。

他半扬着脸，仰视着树叶缝隙中的点点天空。他的眼中，已经没有了刚才的狂躁，有的，只是无尽的悲凉。他想，我怎么了？我怎么了？我到底怎么了？我是不是得抽个时间去医院……

六十三

晚上从网站出来，左小伟照例先去探望柯姨。他和水芷烟一道，先去买了一条鲜活的大黑鱼，尔后又特地买了四瓶"白金益脑液"，听说这两样东西都特别补脑子。

到了水芷烟家，水忆寒应声打开门。两个年轻人都有些发愣，他们看到一个不同寻常的水忆寒。他戴着墨镜，穿着风衣，风衣的领子高高竖着，把脖子整个儿遮住了。头上还戴着一顶不知哪个年代的鸭舌帽。

水芷烟迅即打量了一下父亲，语气仍是那么生硬，她无法做到一下子把对父亲的不满消除得干干净净：

"大热天的，你穿这些干什么？"

水忆寒舔了一下干裂的嘴唇，声音嘶哑："没什么，这两天可能着了点凉，感冒了。"

水芷烟虽然嘴上厉害，但心里却做不到不关心父亲的身体："你自己有病，该去医院还是得去的。不要以妈妈的病为借口，糟贱自己。对自己的身体负责，也就是对家人负责。"

水忆寒苦笑了一下："我知道，明天吧。"

水芷烟高叫了一声"妈！"走进卧室。左小伟眼底却仍旧闪烁着惊疑："水叔，您干吗要在家里戴着墨镜？"

"不知道怎么回事，眼睛一见光就受不了。"

"已经有几天了？"

"两三天吧。怎么？"

"啊，没，没什么。"左小伟慌乱地掩饰着。

水忆寒根本没注意到左小伟的神情，他的眼睛正犹如进了沙子一样难受着。他接过左小伟手里的东西，"小伟，你来就来，老带东西干什么？"

他拿着鱼，朝厨房走去。左小伟回过神来，连忙追上去："水叔，我来收拾，我来收拾。"

水忆寒已经走进厨房。他望着一只搁在台子上的盛着水的盆子，想把鱼倒进去，却又迟迟不动作。他的手颤动着，喉结飞快地上下滚动，从他的喉咙深处，发出嘶嘶潮湿的呼吸声。左小伟立在厨房门口，惊恐地注视着水忆寒，几乎忘了自己是进来干什么的。过了足有三分钟，水忆寒才下定决心，哗地一下，把塑料袋中的黑鱼倒向盆内，同时来了个一百八十度大转身，企图向门口逃跑。不料他快，那条充满活力的黑鱼比他动作还快，那条有力的尾巴一掀，哗啦一下，一片巴掌大的水花直朝着水忆寒甩去。若是水忆寒转身得稍慢一点，那片水花就会不偏不倚覆盖在他的脸上。他的脸是侥幸躲过去了，但那水花的一大半结结实实地从他那竖着的风衣领口灌进他的后脖子里。犹如被谁从颈后狠砍了一刀一般，他一下子"定格"在了那儿。即使是隔着一层墨镜，左小伟仍能清楚地看见，水忆寒那双发红的眼睛犹如一对结实饱满的金鱼眼睛，吓人地向外鼓凸出来，

直似要蹦出眼眶似的。他牙关咬得格格直咬，头部急剧颤动着，丝丝瘆人的嘶叫从喉咙底部发出来，越来越响，仿佛三九寒天渐刮渐强的西北风。猛然，他的上下唇分别向两个相反的方向翻卷而起，嘴巴刷地一下张得足有一只中号的饭碗那么大，两排坚利的牙齿刀子一样寒光闪闪，从他的喉咙深处滚雷般发出一阵阵震撼人心的咆哮声。左小伟直觉得自己的心被谁一把扼住了一般，连呼吸都停止了，本能地向后退去。却不料一下子踩在紧贴在脚边的卷毛狗身上，扑通一下摔倒在地。负痛的卷毛狗嗷嗷叫着逃向远处。

声响惊动了正在里间的水芷烟。她叫了一声：

"小伟，什么声音？狼嚎似的！"

她本能地跑出卧室，正好目睹父亲狂躁而恐怖的面容，雷击一般惊呆住了，片刻才反应过来，失声大叫道：

"爸，你怎么啦？你干吗呀?！"

或许是女儿的尖叫声惊醒了水忆寒，他激灵灵打了个冷战，清醒过来。水芷烟扑过来，两只手抓住父亲的胳膊，哭叫道：

"爸，你到底怎么啦？你刚才怎么会那样……那样吓人？你不是感冒，你肯定不会是感冒，感冒不是那个样子的！"她腾出一只手，抓住失魂落魄呆立一旁的左小伟，哭道，"小伟，你带我爸去看病，你快带我爸去看病！"

左小伟还傻愣着，水芷烟又抓住他一阵猛摇："你去呀，你快去呀，还愣着干什么?！"

稍微平静下来的水忆寒脸上尽量露出一丝微笑，嘶哑着嗓子，费力地道："不要紧，芷烟，我不要紧……"

水芷烟哭着打断他："还说不要紧？你刚才那样子多吓人？"她不由分说掏出手机，拨通120，"喂喂，120吗？我爸病了，你们快来……"

三十分钟后，120急救车把水忆寒送到了市第三传染病医院。当然是由左小伟陪同，水芷烟必须在家照顾柯敏。这个时候，左小伟已经差不多镇静下来。不能慌，他心底一遍一遍对自己说，千万不能慌，不能自己先露出马脚来。

他扶着水忆寒走进一间诊室，一位五十出头的大夫接待了他们。简单地问了几句情况以后，大夫拿出一支小手电棒，朝水忆寒眼睛上照去，水忆寒大叫一声躲开：

"不行不行！不行不行！"

大夫把手电棒拿开，说道："把风衣解开。"

此时室内开着电风扇。水忆寒刚解开风衣，便有一股风吹上他的肌肤，他条件反射地赶紧掩上衣服。

大夫又倒来一杯水：

"喝点水。"

水忆寒的嘴唇早已干裂。但他看着水，脸上露出极度厌恶的神情。他很想按照大夫的话去做，但他的手颤抖着，无法伸向前。他的脸色渐渐变红，额上渗出汗珠，喉咙又不由自主地开始发紧，丝丝发潮的喘息声令人发毛。幸亏大夫及时把水杯拿开。

"近一段时间被狗咬过吗？"

水忆寒喉结上下翻滚了好一阵，涩声说："没有，没有啊，我从来没被狗咬过。"他突然间领悟到什么，惊恐得声音颤抖起来，"你是说，我，我得的是狂犬病？"

"我只是随便问问，你不要乱怀疑。有没有别的东西咬过你？"

"别的？"水忆寒努力想了一阵，"好像只有蚊子了。"

"除了蚊子呢？"

"鸟！"水忆寒猛然想起来："对，有一只鸟咬过我！"

一旁的左小伟禁不住浑身一哆嗦，脸色煞白，幸亏没人注意他。

大夫困惑地说："鸟？"

"对！"水忆寒打了个顿，"有一天晚上，我在……一个朋友家玩，从包里面取东西的时候，突然包里有一只鸟咬了我一口。"

"鸟怎么会钻到你包里去呢？"

"我也不知道。"水忆寒困惑地蹙紧眉，禁不住看了旁边的左小伟一眼，"当时因为……因为情况特殊，我也没顾得上细想。大概，大概它把我的包当成了窝。现在城市里到处都是楼房，要找个做窝的地方还真不容易。"

"是一只什么样的鸟?"

"不知道,没看清,一咬完它就飞了。"

大夫思索了一下:"真是一只鸟吗?还是一只别的东西,比如,蝙蝠?"

"蝙蝠?"水忆寒使劲回忆着,"当时挺黑,没看清。反正它会飞,速度特别快,一闪就没了,还没声。不过,当时它的翅膀在我手上刷了一下,好像没长羽毛,挺滑的。"

"哦。"大夫缓缓点着头,"咬你哪儿了?"

"这儿。"水忆寒亮出手指上的蝙蝠噬伤处。

大夫仔细察看着那块看上去早已愈合的伤处:"伤口有什么异常感觉吗?"

"异常感觉?当时……像被什么钉子扎了一下似的,挺痛,流了点血,后来就好了。不过,最近几天,这已经长好的地方麻木、发痒、刺痛,还好像有蚂蚁在爬,有时候连四肢都好像有蚂蚁在爬。"

大夫取过一张空白化验单,飞快地写上几行字:"去化验吧。"

时间不长,化验单又回到大夫手中。大夫扫了一眼,目光投向左小伟:

"你是家属吗?"

左小伟犹豫了一下,点点头。

"请你跟我来一下。"

水忆寒伸手拦住他们。他脸色惨白,好一阵才说出话来,他竭力使自己的语调平稳些:

"你们不用避开我,我得的是狂犬病,对吧?我肯定得了这个病,学校卫生知识课上不是学过吗……这种病是治不好的,发作起来,可能会跟疯狗一样乱咬人,是不是?"

大夫说:"你不要乱怀疑。"

"不,你们不要隐瞒我,没有这个必要。我的心理素质很好,我经历过许多事情,我什么都经受得住。早点让我知道实情,我对一些事情也好有个安排,这样也是对我这个病人负责。"

左小伟突然叫起来:"不,大夫,他绝不会是狂犬病,绝不会!一定是你们与别的病弄混淆了。比如说，他会不会是破伤风、脑膜炎之类的病？"

左小伟这样质疑是有根据的，因为他突然间想起了那条狗，那条父亲费尽周折从韩半仙处弄来的狮子狗，那种韩家世世代代用来判断狂犬病的神一般的狗，那条狗不是证实了水忆寒身上没有狂犬病毒么？

大夫平静地取过那张化验单，指着那上面的一个符号："知道这代表什么吗？"

"什么？"

"狂犬病毒。"

左小伟直觉得腿发软，反倒是水忆寒从后面扶住了他。此时水忆寒变得异常镇静，他在椅子上坐下来，把目光投向大夫：

"大夫，我可以请教你几个问题吗？"

"没问题。"

"狂犬病从发作到死亡，一般需要几天？"

大夫看着这位与众不同的患者，迟疑了一下，答道："一般六天左右。"

"这种病有治好的吗？"

大夫沉默不语。

左小伟叫道："不对，我从网上看到，近年有过治好几例的报道。"

大夫说："我们也注意过那些报道，但那些基本上是国外的。而且据调查，许多都是没有经过科学证实的。"

水忆寒点点头："你们医院有过治好的例子吗？"

大夫缓缓地摇了一下头。

"别的医院有吗？"

大夫顿了一下，说："再远的我不清楚。据我所知，我们这座城市以及周围省市的医院，还没有一例治好过的。"

水忆寒闭着眼睛想了一下，说："我发病差不多已经三天了。那么也就是说，我的生命差不多只剩下三天了。"

大夫安慰道："你的思想负担太重了。你不能胡乱猜想。我们可以通过治疗，尽量延长你的生命。当然，也可能在你的身上会出现生命奇迹。"

"奇迹我就不敢奢望了。如果治疗的话，能够延长几天生命呢？"

"从发病之日算起,一般十天,最多不会超过十四天。"

"费用高吗?"

"比较高。"

水忆寒嘿嘿笑起来,笑得旁边的两个人心里直发毛:"那我还治什么呢?花那么多钱,只能延长几天生命。我家里还有个什么都不明白的病人呢。嘿,有三天的时间够了,正好可以把一些后事交代清楚。"

大夫说:"不行,你是传染病人,不能随便离开。"

水忆寒说:"不离开,你给我出住院费呀?"

"你回到家里,就不怕传染给家人吗?"

水忆寒拍拍胸脯:"我心里有数,我会对自己的家人负责。等我料理完了事情,我会自己悄悄离开家,一个人死到外面去。这你总放心了吧?"他一拍左小伟的肩,"小伟,走!"

左小伟扯住水忆寒的袖子,嗓子有些哽咽,哀求道:"不,水叔,你还是住院吧,说不定还能想出办法。"

水忆寒苦笑道:"傻孩子,还能想出什么办法呢?别人都治不好,阎王爷会宽容我一个人?趁着我头脑还清醒,不把一些事情交代好,水叔我死不瞑目啊!"他拍拍自己的胸,"死算什么?这是上天对我的报应,水叔我对不起你柯姨啊!"

左小伟听呆了。水忆寒又扯了他一把,他才反应过来。失魂落魄地跟着水忆寒走到门外,身上的手机响了。他条件反射地掏出手机,却被水忆寒按住:

"肯定是芷烟打来的。不要告诉她我得的是狂犬病。"他的目光闪动一下,声音变得很低、很缓,"她妈妈都这样了,她如果再知道我得了这种病,会崩溃的!你就说,我得的是重感冒,烧湖涂了。医生给治了一下——就说给针灸了一下,没问题了。"

左小伟早已六神无主。抖抖索索地接通手机,果然是水芷烟打来的:

"小伟,我爸究竟得了什么病?"

"啊,没、没什么。"左小伟嘴唇哆嗦着,结结巴巴地道,"就是,就是有些感冒。"

"感冒?是感冒吗?感冒有这么吓人的吗?你可得带他仔细查查。"

左小伟看了水忆寒一眼，一时不知该如何回答。水忆寒在旁边掐了他一把，又做了一个针灸的手势，他才镇静下来，说话也流畅了些：

　　"是，是感冒，重感冒，烧糊涂了。医生对他进行了针灸治疗，没有大碍了。"

　　为了把谎撒个更圆一些，水忆寒又在医院里开了一些感冒药，然后才踏上了归程。

　　外面早已一片漆黑。因为是夜里，水忆寒又戴着墨镜，穿着风衣，所以并不觉得特别难受。

　　水忆寒走得很快，左小伟不得不一路小跑着才能跟上他。走着走着，水忆寒突然停下，霍地转身朝向左小伟，心事重重的左小伟吓了一大跳，差点撞到他身上。

　　"水叔……"

　　水忆寒的目光定定地落在左小伟脸上："小伟，我为什么会得狂犬病？"

　　左小伟张着嘴巴，直感到透不过气来。

　　水忆寒嘿嘿笑道："你不知道，我知道，这是报应。我差点拆散了你们家，差点害死了柯敏，上苍看我不顺眼，于是，派了了只鸟什么的钻进我的包里，咬了我一下。难道这不是报应吗？小伟，你说是不是？你恨我吗？"

　　左小伟提到嗓子眼的心又扑通落下，喃喃地道："我，我不恨。"

　　"真的？"

　　左小伟暗中大喘了口气，鼓起勇气说："我只是觉得，你不应该做那些事，但谈不上恨。"

　　水忆寒认真地摇摇头："你应该恨我呀，我差点拆散你们家，还差点害得你跟芷烟分手。"

　　左小伟咽了口唾沫："但是，如果没有你，也许我跟芷烟根本不可能相识，也根本不可能走到一块儿。"

　　水忆寒想了想说："对，你说得对。每个人都会有不同的缘份，这就是你跟芷烟的缘份。你跟芷烟的缘份大概注定要用这种方式来体现。没有这种缘份，说不定你们这辈子真的谁也不会认识对方。"

水忆寒说着，在街边的一丛树荫下坐下来。因为是夜里，水忆寒的风衣又是深色的，所以无法看清他的面容，只觉得那是一块吓人的黑疙瘩堆在那儿。他留恋地环顾着两边的街道，长长地叹了口气："这地方真美呀。陪我坐会儿吧，小伟。过不了多久，我就看不到这些啦。"

左小伟心里直发酸："水叔……"

水忆寒自顾自地说："我上小学的时候，这儿的街道只有一点儿宽，我们天天在这儿踢足球。有一回，一个家伙一脚把球踢进一辆公共汽车轮子底下，只听'嘣'地一声，那只牛皮足球就粉身碎骨了，那家伙抱着球哇就哭了，我们全都跟着痛哭流涕，那时候牛皮足球稀罕啊。那时候是多么开心啊。转眼间，这一切都结束了，结束了，完了。"

沉默了一阵，水忆寒扭过脸来，抓住左小伟的手，左小伟的心不由得一抖，脑海里蹦出"狂犬病"三个字，但他丝毫未敢退缩。

"小伟，看在过去我对你不错的份上，以后替我好好照顾芷烟、照顾柯姨，好吗？"

左小伟哽咽着叫了一声："水叔……"

"小伟，从小你就在我眼皮子底下长大。我把你跟芷烟看作天经地义的一对，我曾经不止一次地幻想，等你们以后有了小孩儿，我天天送他上幼儿园，就跟我们楼上的老李头一样，那是多么幸福呀。可惜啊，我盼不到那一天了。"

左小伟紧紧抓住水忆寒的手，心里犹如打翻了五味瓶，酸甜苦辣咸，什么滋味都有。

水忆寒又深重地叹了口气："这些年，我一直觉得从心底里对不起你父亲。我一直想当面跟他说一声'对不起'，但是，我大概很难碰到他了。如果你愿意，就请你代我转达这个意思。我也顺便对你说一声'对不起！'，对于你心灵上造成的创伤，我只能请你原谅我了。"

左小伟失声叫道："水叔，回家吧！"

六十四

把水忆寒送回家以后，左小伟连晚饭也没敢在他们家吃，借口说刚才在医院的时候，把一样东西落在那里了，立刻就从水忆寒家逃了出来。他当然没有再去医院，而是下意识地朝着自家的方向赶，模模糊糊中，他觉得此刻只有自己的家是最安全的。他都记不清自己是如何回的家。走到自家的楼下后，他再也无力朝楼上爬。从一家小店里买了一包烟，坐在一处阴暗的树荫下狠抽起来。

虽然舒梅已经重返家园十来天了，但是左大成的脸上依然布满三九天的寒流，并且没有一丝解冻的迹象。舒梅有点着急，却不敢把这着急流露出来，自己给丈夫、给这个家带来了那么大的耻辱，丈夫没有把她赶出去，就算不错了。

她制定的策略是，以不变应万变，全心全意为老公服务。她跟一个尽职尽力任劳任怨的贴身小保姆一样，每天小心翼翼地侍候着左大成的吃喝拉撒睡。结婚二十多年以来，他左大成什么时候有过这样的福气？她发狠地想，只要太阳天天照着，你左大成就算是块千年的冰坨坨，也不信你不融化。我舒梅就是那太阳！

结婚二十多年，左大成总算是当了几天大老爷们。每天当他走出卧室，那边牙膏就挤好在那儿，热毛巾也拧好在那儿。洗刷完毕，早饭已经盛好在那边等着。晚上下班回到家，比他先一步到家的舒梅已经炒好几样小菜，外带 瓶好酒在那儿恭候着。当他吃饱喝足背着胳膊打着饱嗝出去溜跶时，舒梅则无怨无悔地在那儿刷开了锅碗。溜跶完了回来，舒梅已开始铺床摊被。整个儿一位贤妻良母呀！

左大成心里清楚得很，他这大老爷们是当不了几天的，这取决于他这块冰坨坨什么时候消融。所以他天天照样绷紧着脸，决不让舒梅看到冰坨坨有一丝丝消融的迹象。尽管他早就看出了舒梅的内心如焚。谁叫她当初

做出了那样的事？该着她！真当我左大成一点没脾气么？

今天晚上，左大成吃喝以后照样出门溜跶。他一路盘算着，是不是再把脸拉长点，把"冰坨坨"的温度再降低点。好几位朋友跟他说了，不对老婆狠一点，她就会不守本份。可不是吗，说不定就是因为自己以前对舒梅太软弱了，她才会那样。现在不趁着这个机会，一下子把她转变过来，下回她再犯老病怎么办？他左大成这样做绝不是贪图享受，绝不。他左大成不是一个好吃懒做的人，虽然他的个儿小了点，但他什么活儿不会干？在公司，他可年年是先进生产者，这可是真刀实枪干出来的。他这样做，是为了给舒梅一个劳动改造的机会！

踱到一处阴暗的树荫旁，忽然传来一个熟悉的低唤：

"爸。"

定睛瞧去，这不是小伟吗？他怎么坐在这个地方，还抽上烟了？

"小伟，你坐在这里干什么？"

左小伟不回答，只是一口紧接一口凶猛地抽着烟。左大成心里咯噔一下，给"冰坨坨"降温的念头跑得无影无踪：

"你怎么了？出什么事了？你不是去探望柯姨的吗？"

左小伟还是不回答。手上的半根烟很快吸完了，颤抖着，又点燃一根烟。左大成的心提起来，一把揪住儿子的肩膀：

"到底出什么事了？你告诉我！"

在左大成的摇晃中，左小伟慢慢抬起头，呆愣地看了父亲一阵，沙哑着嗓子说出一句话：

"水忆寒他，狂犬病发作了……"

左大成的动作一下子停止了，整个世界也仿佛死掉了。死一般的沉寂中，左大成颤声问：

"你说什么？"

左小伟又狠狠抽了一口烟，闷鼓般的声音从呛人的烟雾中透了出来：

"水忆寒狂犬病发作了。"

左大成腿一软，差点跌坐在地上。但倾刻间他又跟被一枚大铁钉刺着了一般，直跳起来：

"不可能……"

蓦地觉得自己的声音太高了，惊慌地左右望一望，压低声音：

"不可能！我用韩半仙家的狮子狗测试过的，他身上压根儿没有狂犬病毒。韩半仙可不是一般的人，他治好了多少人的病，他……"

他的嘴巴不知不觉地停住，因为儿子的神态告诉他，这绝不是一件可以轻易怀疑的事情，他从来没有看到儿子这样过。他的眼睛瞪得如同两只马铃薯，嘴巴凑至儿子面前：

"你说的，都是真的？"

左小伟的脑袋埋在两腿之间："我刚刚带他在传染病医院诊治过，化验单上写得清清楚楚……我亲眼看见他发作过，发作起来，就跟要吃人似的。"

左大成颓然跌坐在儿子身边。怎么会呢？韩半仙那么大的本事。难道是阿坤偷错了狗？难道是韩半仙压根儿就没这个本事？左小伟的声音还在断断续续地传来：

"医生说，他只能活三天了……"

只能活三天？左大成只觉得脑袋一阵阵犯晕，怎么会这样呢？怎么会是这一结果呢？怎么所有的努力都白费了呢？老天，你怎么不给左家一条活路呢？！

一个声音从他心里悄悄钻出来，不行，不能就这么完了，小伟不能就这么完了！这个念头一起，乱成一锅热粥似的脑袋冷静了许多。他又向左右望一望，声音压得更低：

"你没露出什么吧？水忆寒有没有怀疑你？"

看着儿子微微摇了摇头，左大成悬着的心放下了一半。他的一只手放在儿子脑袋上，就跟小时候常常抚摸他的脑袋一样：

"儿子，别怕，只要你自己别露出马脚，他们抓不着证据，现在公安局抓人都是要证据的。一切有爸呢，别怕，啊？"

父子二人长时间地对视着、沉默着。树丛外的街道上，不时传来机动车驶过及行人走过的声音。好一阵之后，左小伟扭过头，语气出人意料地轻松：

"爸，你别担心，你回家吧，别多想了，是福不是祸，是祸躲不过。我现在什么都不想，真的，我非常轻松。我现在就相信命运，是命运安排

我做了这件事,如果命里注定我要上断头台,我听天由命。如果老天还能让我再活下去,那我也听天由命。"

左大成狠狠在儿子肩上抓了一把:"你混!老天让你去吃屎,你也吃屎?你还像个男人吗?还没到最后关头就跑肚拉稀了?谁有证据说是你下的毒?谁看见了?现在公安局查案,要的就是证据,没有证据,谁说是你干的我扇他!你还是大学生,连这都不懂。你以为你的命是你一个人的?你的命是我跟你妈给的,你没有权力糟贱,你得对我们负责。你现在就是在走钢丝了,走得好,没事。走得不好,就得掉下去。但是你没有理由走不好,因为你掉下去了,我们也百分之百地跟着你掉下去。你说吧,以后打算怎么跟芷烟相处?"

左小伟一下子没转过弯来:"芷烟?"

"对,芷烟。"左大成狠盯着儿子:"摆在你面前的有两条路。一是跟芷烟分手,二是跟她过一辈子。如果选择跟她过一辈子,你就准备着挨枪子儿吧,你总有一天要露出马脚。"

左小伟愕然望着父亲。

"我警告你,你可千万不能再留恋她了。别看她现在对你一千个好,一万个好,要是她知道你对她老子干了什么,立刻就得变成老虎咬死你!就算你能瞒得过去,你这辈子也得时刻把心提到嗓子眼过日子,迟早得弄出精神病来。你得离开她,明白吗?当然,我并不是叫你一下子跟她断了,那样的话反而会引起她的怀疑。我的意思是说,从现在起,你心里得逐渐逐渐地疏远她。理由很好找,她妈不是傻子吗?你如果跟她成家,就得一辈子侍候傻子。再说,你俩又没结婚,结了婚的还兴离呢!"

"爸……"

左大成不容儿子插嘴:"这样做,确实过分了点,比陈世美还陈世美。芷烟肯定会伤心。要是搁别人,我第一个就会臭骂他一顿。但是不这样又能怎样?这是最好的办法,这是救命啊。你就认定当一回陈世美,也比跟着她成天提心吊胆过日子强。唉,你别管别人怎么说,你自己得有头脑。儿子啊,能不能捡一条命,就得看你自己啦!我告诉你,只要你做到这一点,别的我自有安排。我可再次警告你,你身上可远不止你一条命。如果你有个三长两短的话,我活得下去吗?你妈活得下去吗?我们左家还能够传宗接代吗？从此老左家就在世上灭绝了。我告诉你，你给我把脚跟站稳了，腰挺直了。"左大成用力扳了一下儿子的腰，自己倒擦了一把汗，"你就当没这回事，该干什么干什么，跟平常一样，比正常人还正常人。千万别自己露出尾巴来。除非你自己投案自首，否则鬼也不晓得。把她忘了吧，啊？世上的好姑娘多的是，你的真缘份不在她身上，明白吗？别这么蔫头蔫脑的，就当什么事都没发生。回家吧，要不，去看看电影，看看歌舞，大戏院不是来了个俄罗斯马戏团吗？去散散心，放松放松，别管票有多贵，钱我给。"他掏出几百块钱，塞在儿子手上，"去吧，啊？"

左大成又顺手推了儿子一把，儿子就跟一个没有脑子的机械人一样，果真迈着虚浮的步子往一边走去。左大成目送着儿子远去，突然扭转身，百米赛跑似的朝家里狂奔而去。他无法不着急，谁知道舒梅会不会也得上狂犬病？这种病可是会传染的，她跟水忆寒分开才几天？

六十五

左大成风似的冲进家门，把刚刚洗刷完碗筷的舒梅吓了一大跳："怎么了？碰到劫匪了？"

左大成把舒梅拉出厨房，神情十分紧张，审贼似的上下左右对着她看个不停。舒梅起先莫明其妙，继而心里像一团火似的熊熊燃烧起来。莫不是冰坨坨要融化了？看来我这太阳照出成效来了！

左大成哪里是要融化？他那里温度，快赶上北极了。手指钢钩似的指在她的脸上："我问你，你最近有没有和水忆寒亲嘴？有没有做那种事？"

舒梅这才觉得不对劲儿。涨红脸，好久才憋出一句："你什么意思？"

左大成脸阴得快淌水了："到底有没有？"

舒梅叫起来："你无聊！"

左大成眼都红了："到底有没有？"

舒梅气鼓鼓地挣脱他："你下流！"

左大成的手指对着舒梅抖了半天："好，好，不问了，不问了。你跟

他在一起，不就是为了那些事吗？你走，你跟我走！"

拉着舒梅，就往门口走去。舒梅狠狠甩开他：

"你干什么？"

"跟我打针去！"

"好好的我打什么针？"

"狂犬疫苗！"

"好好的我打狂犬疫苗干什么？"

左大成直跺脚："你别问啦，我的姑奶奶，我这是救你！"

"救我？"舒梅看着左大成那如躁如狂的神态，觉得这不是一般的事儿，心里发起毛来，可又摸不着头脑，"你到底什么意思？得狂犬病的人才打狂犬疫苗呢。"

左大成知道，如果不给她透露一点真相，她是断不肯打那一针的。他拉着舒梅坐下，略一思索，压低声音说：

"你知道水忆寒病了吗？"

舒梅吃了一惊："什么病？你是说他……"

"对，狂犬病。"

舒梅跳起来："狂犬病？！你是怎么知道的？"

"我……我是刚刚听小伟说的，小伟今天带水忆寒去医院了。你知道狂犬病有多么可怕吗？我小时候有个朋友就是得狂犬病死的。狂犬病是世界上最可怕的病，比艾滋病还要可怕。狂犬病一旦出现症状，就算神仙也救不回来。不光自己要死，还会传染给别人，弄不好还会跟疯狗一样去抓别人、咬别人。凡是被他抓着、咬着的人，也会得上狂犬病。"

舒梅心中怦怦狂跳："真的？"

左大成动情地望着老婆，差点要流出泪来："我会骗你吗？跟你说句心里话，虽然你做了对不起我的事，伤了我的心，但，你还是我的人，你就是化成灰，也还是我的，谁也别想夺走你！"

舒梅几乎怀疑自己是在梦中："他好好的，怎么会突然得上狂犬病呢？没听说他被狗咬过呀！以前我怎么没看出来，对，有潜伏期，以前肯定还在潜伏期之内，还没有发作。"她突然明白过来似的，"左大成，是不是你害他的？是你害他的，肯定是你！在这世上，没有人比你再恨他了！"

左大成额上青筋突突直跳，气得脸都红了："我就知道你会这么说。在你眼中，我比那日本鬼子还要坏，是不是？告诉你，这事要是我左大成干的，我姓左的天打五雷轰！"

"那你怎么知道得这么清楚？"

"我不是告诉你了吗？我小时候的一个伙伴得过狂犬病。你还是怀疑我。我老实跟你说，我确实恨水忆寒，但是我还没心黑到那种地步，给他下狂犬病毒。就算我真的这样想，也没这个本事呀。他也不过就是睡了我的老婆，那也不是死罪，犯不着整死他。你跟我一起生活了这么多年，应该了解我，我是那种心黑手狠的人吗？"

"不是有狂犬疫苗吗？为什么不给他注射狂犬疫苗？"

"狂犬疫苗是以预防为主的。等到看出狂犬病来，什么药也治不好了。"左大成重新把老婆摁坐下，"咱不说那个了。我问你，你多长时间没跟水忆寒那个了？你别发火，我不是吃醋，我现在只想着救人命，因为这狂犬病也可以通过那些事传播。我今天告诉你这些，就是怕你也得了狂犬病。"

"我……记不太清了。"舒梅脸色发白，此时她才将全部注意力转回到自己身上，"哦对，最后一次，是，是柯敏出事的头天晚上，第二早上他出门时，我们还、还接了吻……"她猛地扑进左大成怀里，嗷地一下哭起来，"大成，我，我对不住你，我不是人，我是猪，我是狗，我是婊子……就让我去死吧，我该死！"

左大成又恨又怕，用力把她掀到一边。搬来一只电风扇，对着她就吹上了。

"怎么样？怎么样？"

舒梅边哭边哆嗦："冷，冷，冷……我被传染了吗？"

"是不是特别冷？"

"我，我不知道，我被传染上了吗？"

左大成自己也拿不定主意了，也绕到电风扇前面，那风吹在他身上也是一阵阵地发冷。他原地转了两个圈，冲进卫生间，端来一盆凉水，不管三七二十一，哗地一下冲着舒梅兜头淋下：

"怎么样？怎么样？觉得特别难受吗？"

"凉……"

"我知道凉,我问你是不是特别特别难受?"

舒梅嘴巴咧得跟瓢似的,那脸上哗哗往下淌的,已经分不清是泪水还是自来水了:"怎么难受?我不知道,我要上医院,我要上医院……"

左大成醒过神来似的,对呀,赶快上医院去检查呀,在自个儿家里瞎折腾个什么劲?

去医院检查的结果,舒梅什么毛病也没有,两口子的心这才彻底放了下来。虽然如此,舒梅还是注射了狂犬疫苗。

半夜时分,睡梦中的舒梅看见水忆寒在一片激流中挣扎,朝站在岸上的她伸出手,拼命地喊着:"舒梅!舒梅!舒梅……"她大叫一声:"水忆寒!"猛地惊坐起来。

本来就没睡踏实的左大成惊得一骨碌跳起来,啪地拧亮灯:"怎么啦?怎么啦?"

舒梅满脸热汗淋漓,喃喃地说:"没什么,做了个噩梦。"

左大成叹了口气,摸到一支烟,倚在床头抽起来。

舒梅身子一软,倚靠到丈夫肩上:"大成,水忆寒怎么会得了这种病呢?他们家是真完了。水忆寒是必死无疑了,柯敏又成了傻子,他们家怎么办呢?"

左大成眉头拧成了结,大口大口地抽着烟。舒梅啜泣起来:

"家破人亡啊,家破人亡啊。唉,报应,报应,老天怎么不报应到我身上?唉——"

左大成狠狠摔掉才抽了一半的香烟,砰地拧灭灯,恶声恶气地说:"睡吧!"

但是,左大成却再也无法入睡。难道就这么眼睁睁地看着水忆寒死去?有没有办法救他一命呢?他又一次想到韩半仙。那条狗为什么会不起作用呢?难道真是阿坤搞错了?

他又想起小伟。睡前接到小伟的电话,说今晚不回来了,在网站加班。因为这段日子为了照顾柯姨,大量事务积累下来了,非得连续加几个班才成。听上去他的声音很正常。左大成惴惴地想,这样好,有事做好,忙个不停好,忙了这些事,就容易忘记那些事,哪怕先挺过这一阵子也好。

真能忘记那些事吗？

六十六

水忆寒从医院回到家，水芷烟已经服侍母亲睡下了。女儿并没有对父亲的病产生别的怀疑。

水忆寒从医院回到家的第一件事，便是找出他使用过的碗筷茶具，进行了消毒。然后，翻出了那只公文包，翻来覆去仔细查看。当翻到那个最最隐蔽的、平时根本用不着的夹层时，那个指甲盖大小的金属物——窃听器，不可避免地暴露出来。他把它握在手，久久地看着，想着。

第二天早上，因为父亲的感冒，水芷烟本来不打算去网站的，她想留在家中帮着照看妈妈。但水忆寒说，他的感冒不要紧，犯不着两个人都呆在家中。他让水芷烟放心去网站，回来的时候顺便在网站附近的"凤翔"集贸市场买几只野鸽子，那里的野味一向有名。水芷烟一听也是，前天就说要买野鸽子回来炖汤，听说这东西补脑子。看看父亲精神状态似乎比昨天好了许多，便放心地出了门。

买完野鸽子，便向网站拐去。穿过市场附近的新城广场的时候，看见那面基本上二十四小时不关闭的大屏幕上正播着一部著名的大片。她可没心思看什么片子，扫了两眼便继续往前走。但只走了两步便停在了那里。

她看见了一个熟悉的背影，瘦窄的背，深色T恤，浅灰色的裤子，连站姿都是那样熟悉，正聚精会神地盯着那激烈打斗着的大屏幕。这不是左小伟吗？他怎么会在这里看这玩意儿？他从来不看这个的，这个时候他应该在网站才是。

她怕自己认错了人，悄悄绕到他的左前方，可不就是他吗？瞧他看的那个认真劲儿，仰着头，咧着嘴，眼睛一眨不眨，深怕错过了一眼似的，口水都快流出来了，连水芷烟到了他眼前都没发觉。

水芷烟生气地捅了一下他的肩,叫道:"左小伟!"

左小伟仿佛猛然撞着鬼似的,大叫一声,直跳起多高。水芷烟吓坏了,她从来没有看到他这样惊惶失措过,何况这是在大白天,广场上那么多人啊!她手中的鸽子都差点弄丢了,一把抱住他:

"你怎么了小伟!是我呀,水芷烟!"

左小伟抹了一把头上的冷汗,喃喃道:"芷烟……"

"你怎么不去网站啊?你的脸色怎么这么难看?你不舒服吗?"

左小伟脸一红,脸上露出一丝不自然的笑容,摇摇头。水芷烟越发怀疑:

"你到底怎么了?你的眼圈都是青的,你在这里看了一夜?"

"啊不……我……"左小伟好不容易镇静下来,咽了口唾沫,他的嗓子有点哑:"我刚从网站出来……昨天夜里在那里查了点资料,为网站的一下步改版作点准备。有点累,早上出来散散心。"

"哦,吓死我了。瞧你这样儿,我以为出什么事儿了呢。"水芷烟抚住仍在怦怦狂跳着的心,心疼地道,"你干吗又开夜车呀?慢慢干不行吗?现在我爸我妈都病了,你要是再累出个三长两短来,我可怎么办啊?"

左小伟咧了咧嘴,竭力想再挤出点笑容来,却是怎么也挤不出来了。他掩饰地接过水芷烟手中装鸽子的袋子,两个人相挽着向网站的方向走去。他的脚下有点浮,他的心更浮。他对心上人撒了谎,也对自己的父亲撒了谎。昨天晚上,他根本没去看什么俄罗斯马戏团,也根本没去网站。他就一直站在这里,一直盯着这块大屏幕。但是屏幕上放了些什么,他没有留下一点印象。

六十七

早上,当女儿一出家门,水忆寒就开始了他的行动。他把家中所有的现金、存折、证券以及一些首饰都归并到一个小包里,然后取出一张信笺,坐下来给女儿写信。未曾落笔,他的眼泪先自掉了下来。

这哪里是一封信，这其实是一份遗书啊。

芷烟：

　　从小到大，我还没正式给你写过信。遗憾的是，这是第一封，也是最后一封。因为两三天后，我已经不在这个世界上了。抱歉得很，因为怕你一下子接受不了，一直到现在我都在骗你，我根本不是得了慢性感冒，我患的是狂犬病，现在已经严重发作了。

　　家中所有的钱、存折以及你妈以前用过的首饰，我都放在那只米黄色的小牛皮包中。那里还有一张欠条，是爸爸公司里的刘叔叔写的，他借了我一万五千块钱，还款日期是明年五月一号，利息照银行同期利率计，到时候别忘了跟他要。

　　芷烟，这么多年来，我知道你一直对爸爸有看法。爸爸的确做了对不起你、对不起你妈妈的事。我知道，光对你们说一声"对不起"，是远远不够的。但我还是想在这里对你、也对你的妈妈说一声："对不起！"我是多么爱你们、多么舍不得离开你们。我多么想当牛当马侍候你妈一辈子，可老天给了我惩罚，我只好在大堂里祝福你们了……

写到这里，水忆寒泪如如雨下，再也写不下去。他任泪水尽情地流着，透过朦胧的泪眼，他贪婪地扫视着这熟悉得不能再熟悉的屋子，和这屋中熟悉得不能再熟悉的一切，再过上几十个小时，这一切他都将永远看不见了。他颤抖着伸出手，久久地抚摸着静躺在床上的妻子的脸颊。足足过了十分钟，他才重新拿起笔。

　　因为狂犬病是一种非常可怕的传染病，我会一个人悄悄离开这里。你们千万不要找我，没有必要再在我身上浪费时间和金钱。芷烟，你已经长大了，相信你会照顾好你妈。跟小伟好好过，苍天是公平的，你们以前经历了那么多的曲折，今后一定不会再有什么曲折，你们一定会先苦后甜，幸福一定会永远伴随着你们……

门突然被敲响了。他慌忙藏起纸笔,擦干泪水。

"谁呀?"

外面却没人答话。他以为自己听错了,重新坐下,拿出纸笔。还没开始写,门又被敲响。这会是谁呢?如果是芷烟,她应该自己拿钥匙开门呀。他第二次藏好纸笔,走出卧室。拉开通往户外的门,一下子愣在那里。

站在他面前的,居然是舒梅。一看到水忆寒,舒梅的眼里就涌起泪水。

"舒梅!"

水忆寒忘情地朝前跨了一步,企图握住她的手。舒梅却吓得朝后一缩。她狠狠地看着这张几天不见变得十分憔悴的面孔,竭力克制住自己:"你怎么会得了这种病呢?"

水忆寒收回手,垂下头:"你都知道啦?"他叹了口气,"你还是别来的好,反正都这样了。让大成知道了不好。"

舒梅的泪水终于流了下来:"我怕以后再也见不着你了,我就趁着出来买菜……你怎么会被狗咬的呢?都什么时候被咬的?我怎么不知道?"

"不是狗,是一只——很可能是一只蝙蝠。"

"蝙蝠?蝙蝠怎么会咬得到你的?在哪里咬你的?"

两个人走进屋。水忆寒看了看卧室,仿佛柯敏能够听明白似的,声音低了些:"你还记得我给你办健身卡吗?那天是六月十八日,因为这张卡是托人办的,所以我记得很清楚。那天在你们家,我们约会以后,我从包里把健身卡拿给你,这只蝙蝠躲在包里咬了我,然后就飞出了窗户?"

水忆寒这一说,舒梅猛然想了起来:"对,是有这么回事,我记得那天还挺闷的。当时还以为那是一只鸟呢。到底是鸟还是蝙蝠?"

"我没看清。不过很可能是蝙蝠,因为我觉得它身上好像没长毛。"

舒梅百思不解:"奇怪呀,它怎么会躲进这个包里去的呢?"

水忆寒重重地吐了口气:"昨天夜里,我一夜没睡着,我一直在想这个事情。那天晚上进你家门之前,这包我打开过好几次,没发现里面有什么咬人的东西呀。我记得我们两个相会之前,包上的拉链是拉上的,就算它真想钻进去,也根本打不开这个拉链。而我们相会的时候,旁边有又没别人，真是奇怪了。"他取来那只包，取出那只窃听器，"你看，这里面还有这个。"

"这是什么？"

"我也弄不明白，我也是昨天晚上才发现。这倒有点像电影上的窃听器。不过，我以前从来没有发现里面有这个，这到底是从哪儿来的呢？我想来想去，这东西肯定是别人放进去的，那只蝙蝠或者鸟，也是别人放进去的。放这东西之人，肯定与我有不共戴天之仇。"

"不共戴天之仇，这个人会是谁？"

水忆寒慢慢地把窃听器放回包内："你是知道我的人缘的，我是从来不轻易得罪人的，谁会跟我有这么大的仇恨？"

舒梅心里一震："你……不会怀疑大成吧？你可别瞎猜，你是知道他的，他根本没这个胆子，也没这个机会。再说，他如果真的要报仇，肯定早就下手了，决不会等到今天。"

"你别紧张，我只是说说而已。"

"你打算怎么办？报案吗？"

水忆寒没有再说话，他眼里闪烁一种令舒梅陌生的东西，令她心里一阵阵发紧。

六十八

从水忆寒家出来，一直到到自己家门口，那只可怕的蝙蝠都在舒梅心中盘旋。

那只蝙蝠，同样也在左大成心里盘旋，一刻不停，有几回甚至已经飞出他的心里，在他的眼前凶狠地扑扇。今天他没去上班。本来他应该去山西拉一车铝，跑一趟少说也能挣个千儿八百。但是这个时候他哪里还有心思挣什么钱？便借口头晕窝在了家里。

从舒梅出门以后，他便一直看电视到现在。其实电视上播什么他一点没看进去。期间他给儿子打了几个电话，那头儿子的声音还跟昨夜一样正

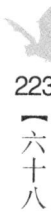

常，这让他悬在半空中的心往下沉了一点。

门冷不丁地被拉开了，处于惊乍状态中的左大成吓得一哆嗦，见是舒梅站在门口，气不打一处来，想要骂一句，舒梅却一步跨进门来，砰地关上门，转身狠狠地盯住丈夫，眼神中愤怒与惊惶掺杂。他不禁又是一哆嗦，脱口问道：

"怎么了？"

舒梅没有立即回答他，而是一步一步走近左大成，继续逼视着他，过了一阵才说出话来，声音都变得沙哑了："左大成，你好毒辣！我问你，水忆寒包的鸟——或者是蝙蝠，还有那只窃听器，是不是你放的？"

左大成差点没从椅子上吓跌下来，惊慌地问："你——你怎么想到这上面去了？你胡说什么？我怎么会干这种事？"他有点明白过来，"你又去见水忆寒了，是不是？！"

舒梅逼近一步："我去哪里你管不着，我问你，是不是？你肯定是趁我跟水忆寒相会的时候偷放进去的！"

"胡说八道！水忆寒怎么说？"

"水忆寒说，肯定有人想谋害他！"

左大成越发紧张："他还说什么了？"

"还用说什么？就说这个了。"

"他想报案吗？"

"他没说。你给我说实话，到底是不是你干的？"

"我没有！"

"真不是你干的？"

"不！"

舒梅又逼上一步："你敢发誓吗？"

左大成气急败坏："如果是我干的，我左大成下辈子还当乌龟王八蛋！"

舒梅狠狠地咬着牙："好，真不是你干的，我就放心了！我就不信不能把这个黑心的害人精找出来！"

她啪地一下操起电话听筒。左大成吓得一哆嗦：

"你干什么？"

"打110，报警！"舒梅的手指朝话机键上摁去。左大成跟一只豹子似的直蹿过来，砰地一巴掌打掉舒梅的手。这一巴掌差点把舒梅打晕过去，不是因为痛，而是因为心头的震惊：

"你……你？是你？真是你？"

左大成语无伦次，脑袋摇得如同寒风的枯枝："不不，不，不是我……"

舒梅眯起眼睛，眼缝中射出的两道光比刀子还要锐利："不是你，你干吗不让我报警？"

左大成脸色惨白："你报警，我倒不怕。反正，我左大成早就死掉了！从你和水忆寒勾勾搭搭的那天起，左大成就死掉了，左大成死掉二十多年了！但是，你一报警，会害了一个人。"

"谁？"

左大成痛苦地回视着舒梅。

"谁？这个人是谁？"

左大成还是不说话。

舒梅揪住他的衣襟："你说呀，到底是谁？"

左大成颤声说："他基本上是在为我洗刷耻辱……"

舒梅怔了好一阵，终于明白过来，喃喃地说："你是说……你是说……是，是，是……小伟？是他干的？"

左大成闭上眼睛，仰天长叹一声。

舒梅倒退一步，尖叫道："你胡说！他还是个孩子，他怎么会干这种事呢？你胡说八道，你放屁，你狗嘴里吐不出象牙来！肯定是你干的，你想栽到小伟头上！"

左大成无力地摇摇头："小伟是我什么人？我就是想栽赃，能往他身上栽吗？"

"真的是小伟？真的是他？真是他？"舒梅神经质地原地转着圈："他，他，他怎么会干这个？他怎么能干这个？他，他，他这个畜牲，他还有点头脑吗？他这不是杀人吗？他不成了杀人犯了吗？他会被枪毙的！"

左大成却又出人意料地冷笑起来，咬牙切齿地道："是的，他不该做这件事，他没有头脑。但是，我为有这样的儿子自豪，他是个有血性的男子汉，他比我强。我他妈当了一辈子缩头乌龟，连个屁都放不响，我儿子敢杀人！"

舒梅跳起来："放你妈的狗屁，你儿子杀了人，你还在这里幸灾乐祸，你等着绝后吧你！"她的手又伸向电话机。

左大成扑过来，一脸狰狞："你想干什么？！我告诉你，你要是真敢报案，可别怪老子不客气！"

舒梅气势汹汹："你想怎么着？你想怎么着？虎毒还不食子呢，你当我是什么人？我是他亲娘，我让他回来！"

左大成狠狠地扯掉电话线："你想吓得他投案自首吗？他已经紧张到极点啦！"

"他，他，他怎么会做出这种事呢！大人的事关他什么事呀？他，他也太没头脑了，这怎么办呢？我们的事关他什么事呀，这孩子……"

左大成两只手举在头顶，疯了一般噼噼啪啪抽打自己的脑袋："他是为了我，为了他亲爹，为他亲爹摘帽子，摘戴了半辈子的绿帽子！"

舒梅愣愣地看了丈夫一会儿，一头扑进他的怀里，抱着他放声大哭："大成，怎么办呢？无论如何，也要救小伟一命啊。"

左大成颓然道："怎么办？办法我已经想了，就是不知道能不能行得通。"

舒梅立刻止住哭声，眼泪汪汪地紧盯着左大成，深怕有什么奇迹从他嘴边溜走了："你说，我听你的。"

"首先，得稳住水忆寒，不能让他报案。要是公安局来一查，就麻烦了。小伟现在很紧张，不经吓呀。第二步，咱们想办法为水忆寒治病。"

"治？怎么治？不是说这种病是治不好的吗？"

"万一有奇迹呢？水忆寒左右是个死，不如去撞撞运气，万一真的给治好了呢？那小伟就不是杀人犯了。"

"对，这是个好办法！哪怕只有百分之零点零一的希望，也要作百分之一万的努力，就算治不好，也要试一试。否则，儿子就注定是杀人犯了！"

"第三步，我也想好了，万一公安局真的来查，我就给小伟顶罪，到时候你给我作证。"他推开舒梅，从沙发后面拿出一只不起眼的小袋子，从里面掏出一副耳机来，这些东西，原来是藏在他的车里的，"你看，水忆寒包里不是有个窃听器吗？这就是那窃听器的耳机，我把它放在这个口袋里，到时候你就揭发我，人证物证俱全，他公安局还能不信？"

舒梅盯着丈夫，仿佛今天第一次认识他似的。一阵阵激荡的潮水涌过她的全身，她怎么能够想到，这个一辈子瞧不上眼的瘦小男人，居然如此……突然，她一把抢过耳机："不！你把这个给我，到时候我去顶罪！实际我是罪魁祸首，我不做那样的事，小伟决不会走这条路。是我害了儿子，我要救他。你是无辜的，我不能让你被枪毙！"

左大成轻蔑地哼了一声："你去顶罪，别人相信吗？你跟水忆寒比夫妻还要亲密，会害死他？说得通吗？只有我才是最合适的人选。俗话说，杀父之仇，夺妻之恨，不共戴天。世上情杀的事多了，新闻上不是动不动就是这个吗？到时候不用我说什么，别人就会往这上面想。"

舒梅脸上一阵红一阵白，无言以对。听左大成又说：

"只是，有一点我担心。"

"担心什么？"

"小伟不会同意我这么做的。"

"你跟他说过吗？"

"没有，他肯定不会同意的，所以我也没有跟他说。如果直接跟他说，事情肯定反而要糟。得慢慢做他的工作，一定要说服他。无论如何，得让他好好活下去。我反正也这么一把年纪了。跟你说句心里话，这些年来，我为什么甘愿戴着这顶绿帽子，还不就是为让孩子有一个完整的家？可没想到到头来反而害了他。唉，话又说回来，就算我真的为他顶罪成功了，他这辈子就能活得开心吗？他心里一辈子都得背着个包袱呀。明里是没人说他是杀人犯了，可他自个儿心里还不照样认定自己是个杀人犯吗？唉，人最怕有心思，一有心思夜里就睡不着觉。他这辈子是别想睡安稳了。"

"那他，他跟芷烟……还能好下去吗？"

左大成悲哀地摇摇头，深深地叹了口气："继续好下去，他迟早会露出马脚。但如果突然一下子断了，又容易引起他们的怀疑。唉——"

他的手机突然响了起来。他习惯性地看了一下来电，手却僵了一般举在那里。舒梅心知不妙，凑上去一看，也突遇寒流般冻在了那里。

那上面显示的，是水忆寒家的号码。

死一般的沉寂中，左大成慢慢地把手机举到耳边，里面传出水忆寒生冷的声音：

"左大成，现在我想请你到我家里来谈一谈，你不会反对吧？"

不等左大成答话，那一头已经挂断了。

左大成慢慢放下手臂。舒梅急不可耐地问：

"他说什么？"

"他要我马上去他那里，他要跟我谈一谈。"

"去他那里？不行，你不能去。我看得出，他心里肯定在怀疑你！"

"不，非去不可。"左大成毫不犹豫，"不去的话，反而会糟。"

"我跟你一块儿去！"

"不，你留在家里。"左大成伸出一条胳膊，犹如公路收费站的横杠一样拦在前面，"你去的话，可能反而会不利。别怕，他水忆寒家也不是刀山火海，我心里有数。"

说着，他努力给了妻子一个笑脸，一个竭力做出来的笑脸，带上门，朝楼下走去。

舒梅愣在原地，一时不知如何是好。她从来没有看到丈夫这么果决过，这个她一辈子瞧不上眼的瘦小男人，在她心目中一下变得高大起来。那笃笃笃一路向下的脚步声，也如同战场上传来的声声战鼓，每响一下，她的心都跟着颤一下——虽然实际上，那脚步声有点浮，一会儿轻，一会重，只怕来一阵大风，就能把这个人给吹倒了。

接下去，会不会是刀光血影呢？

六十九

水忆寒家的门虚掩着。推开门，一种异样的气氛便扑面而来。大白天每一扇窗户、窗帘都关得严严实实的，屋里既闷且暗。因为刚从外面亮处过来，左大成的眼睛一时还适应不了，根本看不清里面有些什么。尽管已经有了思想准备，他的心里还是禁不住发毛。都说有的狂犬病人发作起来，可能会跟疯狗一样扑咬别人，水忆寒会不会也虎视视眈眈地蜷在哪个暗处，等着扑咬他呢？正悬着心，一个幽灵般的身影悄无声息地出现在卧室门口，戴着墨镜，穿着风衣，风衣的领子高高竖着，头上还扣了一顶帽子，正是水忆寒。一个低哑的、左大成听上去完全陌生的声音从他嘴里吐了出来：

"来啦？"

条条热汗犹如蚯蚓般直从左大成的头上往脖子里爬，不知是因为屋里的闷热还是心里的紧张。他使劲地辩了一阵，才认出了面前的这个人，蚊子似的应了一声：

"水科。"

"别呆在门口，到这边来。"

左大成机械地迈着步子，跟着水忆寒来到另一间屋内。这间屋子同样昏暗。水忆寒走到窗边，把窗帘拉开一点，这样里面亮了一些。返身的时候，水忆寒手中多了一枚小小的金属物：

"认识这个吧？"

左大成凑近一点细看，这玩艺儿倒有点像一枚小钮扣，可又不太像：

"这是什么？"

水忆寒缩回手："如果我没猜错，这是一枚窃听器。这东西是你的，对不对？"

左大成惊怔住，过了一阵似乎才想起该回答水忆寒的话：

"水科，您，您说什么？我不大明白。"

水忆寒冷冷地注视着他的老情敌："左大成，别看你表面上老实，其实满肚子文章啊。我身上这狂犬病病毒，是你种下的，对不对？你把一只毒鸟——或者是毒蝙蝠，偷放在我的包里，咬了我，对不对？"

左大成惊恐至极，本能地叫道："不，你别胡说，我没有！"

"哼，"水忆寒冷笑道，"除了你，别人没这个理由，也没这个条件。我水忆寒一辈子与人无冤无仇。要说有，那只有你一个，因为我欺负了你的老婆。"他举起那只平时上班天天带着的公文包，"那天晚上，我就是带着这只包去了你们家，你事先藏在家里，等我和舒梅进入卧室以后，你悄悄溜出来，把蝙蝠和窃听器藏在我的包里，对不对？"

"你这只包不是天天带在身上吗?你就没有带到别的地方过?说不定是在别的地方、别的人放进去的呢?"

"别的地方?我告诉你,那天晚上,在进入你们家之前,我曾经到过健身俱乐部,取了一张给你老婆办的贵宾卡,打开过这个包,里面什么其他东西也为没发现。如果那时候蝙蝠就在里面的话,我早就被咬了。然后我就直接去了你们家。我把包放在你们家的客厅里,等我从卧室里出来,再次打开这个包的时候,那只蝙蝠就咬了我。你说,这只蝙蝠可能是外人放的吗?别人能够那么轻易进入你们家吗?"

左大成张大嘴巴,眼睛瞪得溜圆,傻傻地看着水忆寒。

水忆寒讥讽地说:"你以为你做得天衣无缝?若要人不知,除非己莫为。你这招回马枪不是耍一回啦。上次我派你去唐山,你把车开了出去,中途又偷溜了回来,我差点没被你堵在屋里,你还记得吗?"

左大成什么都说不出。

水忆寒仰天长叹:"真想不到你左大成是如此厉害,我水忆寒真是看走了眼。这几十年来,我想尽办法让你多挣钱,到头来却还得赔上一条命!"

左大成忽然把脖子一梗,脸暴红:"是我干的又怎么样?谁叫你睡了我老婆?"

他胸脯起伏,眼睛红通通的,歪着脸侧视着水忆寒,呼哧呼哧喘着粗气,那架势,仿佛一个受了极大委屈的孩子,正准备和对头干上一架。

左大成出人意料的神态让本来满腔怒火的水忆寒怔了一下,喃喃地道:

"对,是我不好,我睡了你的老婆,你就要了我的命……"

左大成犹如一只气充得足足的皮球一样蹦起来,两只握惯方向盘的大巴掌左右翻飞,疯了一般把自己的脑袋拍得噼啪脆响:

"你看,你看,姓左的脑袋什么颜色?不是黑的,是绿的!是姓左的戴了几十年绿帽子腌绿的!"

水忆寒愕然望着左大成的举动。一阵难熬的沉默之后,水忆寒起身道:

"好吧,既然咱们都认为自己受了委屈,就让司法机关来作个了断吧!"

说着,他走向电话机,左手拿起听筒,右手朝键上按去。就在这时,砰地一声响,一个女人推开未关严的门,跌跌撞撞冲了进来,扑通一下,重重地跪在水忆寒面前,尖利地哭叫一声:

"水忆寒,别……"

水忆寒的动作一下子凝固在那儿,失声叫道:"舒梅!你,你一直在门外偷听?"

舒梅跪爬几步,抓住水忆寒的裤脚,涕泪横流:"求求你,看在我们几十年感情的份上,不要报案,不要报案,不要……"

水忆寒的手指悬在半空,迟疑着。舒梅的脑门榔头似的当当当磕在坚硬的地板上,一会儿功夫脑门上就变得一片乌青。她痛哭失声:

"大成是个老实人,不会办事……你一报案,他肯定会被枪毙!求求你看在我的面上,看在我们几十年恩爱的份上,不要报案!你要什么都可以,哪怕我跟大成一辈子给你们水家当牛当马……"

听筒从水忆寒手中慢慢滑落,叭地一下,摔落在地上。他摇晃着身子,一只手扶住身旁的小茶几,无力地滑坐在沙发上。傻站着的左大成这时醒过神来,弯下腰,心疼地扶起还在不停地磕着头的妻子,把她扶坐在旁边的一张椅子上。

水忆寒仰靠在沙发上,心里翻腾着一阵阵伤感。罢了,直到今天,他才真正看出了舒梅的情感。谁说她对左大成没有感情?生死关头才见真心,夫妻还是原配的好啊!这又有什么奇怪的呢?柯敏一出了事,自己还不是跟疯了一般?连他自己也不知道,他对妻子的感情竟是那样深。其实这不是感情的问题,几十年的共同生活,两个人的生命早就不知不觉地融合在一块儿了。

他重新坐直身子,从心底里发出一声伤痛的叹息,喑哑地说:

"好,我不报案。但是,我有几个条件。"

舒梅惊喜地说:"你说,你说,不管什么我们都答应!"

"第一,左大成必须把所犯的罪行写下来。把犯罪的动机、经过、结果等等都写清楚,一式三份,交给我保管。"

舒梅生怕丈夫节外生枝,毫不迟疑地点头应道:

"行，写就写。"

"第二，我死了不要紧，归根结底，事情的起因还在于我自己。如果我跟舒梅没有这段孽缘，左大成也不至于对我下这样的黑手。但是，我一走，这个家就等于散架了。芷烟说起来还是个孩子，还没有经过风雨，她妈妈又成了这个样子，这日子还怎么过？况且，今后柯敏很可能还需要治疗，这一切，没有钱不行。"

舒梅抢着说："钱我们给，要多少钱都行！"

水忆寒干笑了一下："要多少钱，你们有吗？我要求不高，只要这个数字——"

他伸出四根手指头。舒梅倒吸一口冷气：

"四十万？"

"对。我算过，这个数字，相当于这么多年来我帮左大成多拉业务挣出来的钱，差不多吧？既然他能要我的命，这笔钱，也该物归原主了。你们要是不愿意，我也不勉强。咱们就公事公办，反正按照现在的法律，就算他给枪毙了，该赔偿还是要赔偿的……"

舒梅打断他："行，我们答应你。光让大成赔钱，不让他领罪，便宜他了，四十万块钱买不来一条人命啊。但是我们手头没有这么多钱，前几年花在买房上了。所有的钱、存折都凑起来，恐怕只有十来万。能不能先把这十来万给你，剩下的让我们慢慢挣着还？"

"那不行。你们哪怕砸锅卖铁，拆东墙补西墙，也得把钱给我凑齐了。我告诉你们，我没有几天好活了，但是你们千万不要以为我一死，就可以赖账了。我会把你左大成的罪状分着请几个可靠的人保管，要是到期限还不上钱，你左大成就等着进公安局吧！"

舒梅点头道："行，我们回去以后把房子卖了，先把这笔钱还上。"

水忆寒痛楚地注视着老情人："舒梅，不要怪我心狠，我是没办法呀。我们这个家，已经是奄奄一息了，有了这笔钱，也只是苟延残喘而已。"

舒梅眼睛湿润了，哽咽着道："我知道，我知道，这样已经很便宜大成了。还有什么条件你说，我们都答应你。"

水忆寒说："第三，将来等你百年以后，要把你的骨灰与我的骨灰合葬在一起，墓碑上写上'水忆寒舒梅伉俪之墓'。"

舒梅几乎以为自己听错了，喃喃地道："你……为什么要这样？"

"你不同意吗？"

"我——"舒梅胆怯地看了左大成一眼，声音小得跟蚊子似的，"我……同意。"

水忆寒发出两声哭似的笑，咬着牙说："我们相爱了二十一年，每次都偷偷摸摸的，做梦都想成为夫妻。结果不仅夫妻没有当成，我还走上了黄泉路！我就不相信，我们生前没有做成夫妻，死后还做不成夫妻。等我变成了鬼，看谁还能来害我！"

舒梅脸色发白，小声问："你还有什么条件？"

水忆寒惨然道："再提条件，你们实现得了吗？"他取出几张纸、一支笔，丢在一直默不作声的左大成面前，"写吧，把我刚才所说的，都写下来，作为日后的凭据。"

左大成盯着脚下的纸笔，并没有弯腰去捡。过了一阵抬起头，凝重的目光落在水忆寒的脸上，良久开口道：

"如果我能够治好你的病呢？"

舒梅跟水忆寒过了片刻才领会了左大成的意思。舒梅记起左大成曾说过要给水忆寒治病的话，但她还是忍不住难过地想，大成八成是急疯了，大医院都治不好的病，他居然敢说能治好；水忆寒则轻蔑地乜斜着他，心想，这家伙大概是想玩什么花招吧？还是想再耍一回他惯用的"回马枪"？

左大成舔了舔嘴唇，说："我知道，你们不会相信我的话。大医院的专家们都不能治的病，我能治好？你们听我慢慢说。在我们老家，凡是被疯狗咬了的人，都会去找一位名叫韩半仙的人。这些人中，有不少就是被大医院判了'死刑'的。我有个老表阿坤，小时候被疯狗咬了，就是他给治好了。在我们那儿，方圆百里没有不知道韩半仙的，他们家世代行医，连城里的干部也坐着小车来求他治病……"

左大成这一说，舒梅也恍然记起老家的这位神医。哎呀，自己怎么就没想到呢？

不等左大成说完，水忆寒已经听得站起了身子："你怎么不早说呀？你看你这人，年轻时候就三脚踹不出个闷屁来，人命关天的时候还是这样！"

左大成讷讷地说:"我怕你不相信我,再说,那也不一定可靠……"他瞟了一眼那只静静地趴在门口的小狮子狗,这只从韩半仙家弄来的小狮子狗,不就失灵了吗?这话他可没敢说出口,怕话一出口,水忆寒打了退堂鼓。

水忆寒叫道:"我都要死的人了,还忌讳这个吗?左右是个死,好歹也去捞一捞,要是能捞回一条命,不就赚大了吗?唉,你这个死脑筋,连这点账也不会算。就凭你这脑袋瓜子,这些年来我要是不给你拉生意,你赚屁去!"他从地上捡起纸笔,"不过,你该写的还是要写,我怕万一治不好,死在半道上,日后无凭无据。你写完了,我再在这上面加上一句,只要能治好我的病,以上所写的一切全部作废。"见左大成还有些迟疑,他催促道,"写呀,不写还等什么?等着我去报案啊?"

左大成不再耽搁,笨拙地抓起笔。对于左大成来说,写字可比握方向盘难多了。费了好大的劲儿,总算把意思写清楚了。一式三份。水忆寒又补上自己该写的同容,然后当着左大成跟舒梅的面,把一份藏在家里,另两份分别装进两个小信封,封好口后,再在外面分别套上大信封。他对夫妻两个惨然一笑,说:

"不要怪我多心,我一个将死之人,看不到自己的后路,不得不多留一手呀。我会把这两封信分别寄给我两个最可靠的朋友,告诉他们,如果几天以后,我不出什么事儿,里面的信就不要拆开。如果出了事,里面的信就拆开。你们放心,我会要求他们,只要你左大成老老实实,不要花招,他们就不要去报案。"

舒梅听得心中怦怦狂跳。以前怎么能想到这个一日不见如隔三秋的老情人有如此的心机?看来让他当个小科长,还真是屈才了。她心底又抑制不住地想哭。以前她跟水忆寒是何等的亲密,用如漆似胶来形容,恐怕犹有不及。到了最后关头,竟是如同敌我。

接下来的问题是,在水忆寒外出治病的这一段时间,谁来照顾柯敏。

七十

接到父亲的电话,水芷烟放下手中的活儿便往回赶。父亲跟她说要外出一段时间,也没跟她具体说原因,让她立刻回家照顾妈妈。这让她心里一阵阵窝火,这段日子她总是忍不住要发火,对父亲,对小伟,对所有的人。外出,外出,什么重要的事情非得外出?家里有个重病人不知道啊?

一跨进自家的门,她第一眼便看见一个人坐在她家客厅的沙发上——

一个这两天让她一想起来就满腔悲愤的女人——

一个几乎可以算作害她了母亲的凶手——

舒梅!!

一开始她几乎怀疑自己走错了门,这个女人怎么会出现在这里呢?

倒是舒梅先站起来:

"芷烟。"

水芷烟紧紧咬着牙,压抑了好一阵,才好不容易压抑住心头乱蹿的怒火。虽然声音在颤抖,但脸上还是不失礼貌地勉强露出了一丝笑意:

"舒姨,我一直想找您,没抽出功夫。可巧,今天好不容易碰到您。我一直想当面对您表示感谢呢。"

舒梅本来就心中有愧,愕然道:"谢我……谢我什么?"

"怎么能不谢,太应该感谢了。您对我们家的功劳真是太大了。您瞧,我妈还能剩一口气,可全是您手下留情的结果呀,我能不感谢您吗?我在这里代表我妈,向您鞠躬了!"她果真俯下身子,向舒梅鞠了个大躬。

舒梅手足无措:"芷烟,不……不……"

水忆寒从里间转出来:"芷烟,别胡闹。舒姨今天来没别的意思。她跟左叔是来请我去治病的。"

"治病?你不就是得了个慢性感冒吗?用得着他们操心给你治病?"

舒梅失声道:"慢性感冒?你以为你爸患的是慢性感冒?"

水芷烟立刻觉得不对劲儿:"爸!你到底是什么病?这几天我就感觉

不对头，你这感冒怎么越看越不像呢？你到底得的是啥病？"

水忆寒心中一酸，差点掉下泪来。他抚着女儿的肩，久久无言。

水芷烟彻底慌了，眼泪哗就淌了下来："爸，您说呀，您到底是什么病，说出来，我想办法给您治！"

水忆寒竭力控制住自己的感情："孩子，本来爸是不想告诉你的。我怕呀，我怕你知道真相以后，会经受不住这个打击，因为你的母亲已经是这个样子了，如果我再——……但是我知道，这件事是肯定瞒不了的，你迟早会知道真相的。爸爸得的是——狂犬病。"

犹如挨了一记闷棍，水芷烟惊呆了，下意识地嗫嚅着："狂犬病？狂犬病？狂犬病……"突然醒悟过来，大叫一声，猛地抱住水忆寒，"爸，您得的是狂犬病？这是真的吗？您怎么会得狂犬病呢？您说呀？您怎么会得狂犬病呢？书上说，狂犬病是治不好的，您这不是没命了吗？您得了这种病，妈妈又是那个样子，叫我一个人怎么办？啊？您说？让我怎么办？"

水忆寒无言以对，任由泪水扑簌簌流着。但只片刻，他便抹干泪水，脸上露出笑容：

"芷烟，别难过。爸知道，你从小就是个坚强的孩子，对不对？虽然这场灾难对于我们家来说，确实来得猛烈了点，但爸相信，你一定能够经受得住。就算以后爸真的不在了，你也一定能带着你妈坚强地过下去，对不对？其实比起许多人，咱们算是幸运的，你看世界上发生的那些灾难，飓风、海啸、地震、战争，每年要死多少人啊？比起那些不幸的人，咱们多幸福！"水芷烟早已泣不成声，水忆寒说着说着也禁不住哽咽起来。他颤抖着为女儿擦去泪水，"何况，你爸的病又不是一定治不好。你左叔老家有一位神医，治狂犬病特别有本事。听说有许多被大医院判了'死刑'的病人，都给他治好了。你左叔马上专门陪我去找那个神医，他现在已经去取车了。"

在一旁哭成个泪人的舒梅不停地拍打着水芷烟的背："对对，孩子，你别太难过，我们一定想办法治好你爸的病……"

水芷烟转身紧紧抓住舒梅："舒姨，求求您，您跟左叔一定要治好我爸的病，不然我们家就完了！"她又一把抓住水忆寒的胳膊，"爸，您现在就走，我陪您去求那个神医，只要他能治好您的病，我什么都可以给他！"

水忆寒的眼泪又不知不觉下来了,他仍然强笑着:"傻孩子,你要是陪我去了,谁在家里照顾你妈妈呢?我跟你舒姨、左叔商量好了,由你左叔一个人陪着我就行了,我现在又并非不能动弹。你舒姨陪你留在家里照顾你妈。"

"对对!"舒梅一迭声应道,"孩子,不管你愿不愿意,舒姨今天都在这里给你撂句话:归根结底,你妈的灾难跟我有关,现在你爸又这样了,今后我照顾你妈一辈子,明天我就把铺盖搬来!"

水忆寒用袖子擦了擦脸上的泪,对女儿说:"孩子,你跟我到里面来。"

水芷烟跟着父亲进了柯敏所在的房间。进门以后,水忆寒随手轻轻把门关上。他指了指一个抽屉,取下身上的一把钥匙,交到女儿手上,压低声音说:

"芷烟,这是这个抽屉上的钥匙。那里有一个小包,家里所有的存折、现金,还有别人借我钱所写的欠条等等,都放在那里面。除此之外,那里还有一份重要的文字材料,我已经用信封封好了。这个信封你暂时不要动它。如果我的病能治好,这个材料你就永远不要看;如果我的病治不好,你再打开这个材料。这份材料我还另外准备了两份,我会分别寄给我的两个最可靠的朋友,一位是唐山市良苑小区的唐国新叔叔,一位是本市大华贸易公司的刘大华叔叔,你都见过的。如果到时候你遇到了麻烦,他们会帮助你。记住,如果有一天你真的看了这个材料,一定要照着这个材料上的话去做。"

水芷烟听得简直透不过气来:"爸,这究竟是怎么回事?你究竟为什么会得这狂犬病?"

水忆寒瞟了紧闭着的门一眼:"你现在不要多想,到时候你会知道的。"他紧紧地握住女儿的手,"记住,无论发生什么事,你都要坚强。也许,今后这个家只能靠你了……"

"爸,是不是舒姨她……"

"不,不许瞎想……跟舒姨还有小伟好好照顾你妈,舒姨跟小伟会帮你的。"

这时外面响一个不太匀称的脚步声,接着响起左大成带着喘的声音:

"水科呢?"

舒梅应道:"在里头。"

水忆寒站起身,走向静躺在床上的柯敏。他默默地看了她一阵,眼圈儿又红了:

"我得走啦,你以后多保重吧,芷烟会照顾你的。"他轻轻地给她理了理本来就梳得纹丝不乱的头发,不知不觉地哽咽起来,"你这辈子跟了我,没过上好日子,我让你伤了一辈子心。我欠你的,可能只有下辈子再还给你了。如果下辈子我们还做夫妻,我保证再也不做对不起你的事了。相信我,好吗?"说着俯下身子,欲在妻子额上吻一下。嘴唇即将碰着妻子的额头时,猛然想起自己是位狂犬病人,又闪电般抬起身子。他深深地看了妻子一眼,转身大步朝门口走去,还没到门口,两行清亮的泪水已经从墨镜后淌了下来。

打开门,左大成已经候立在门外。看到水忆寒出来,左大成朝后缩了一下,嗫嚅道:

"水科,出发吗?"

水忆寒点点头,大踏步朝楼梯走去。只听里间一声尖叫,水芷烟跌跌撞撞冲了出来,扑通一下跪在左大成面前,泪如雨下,语不成句:

"左叔,求求你……一定要治好我爸……"

左大成猝不及防,下意识地托起水芷烟的双臂。望着这个哭成泪人的女孩子,他内心如沸,实在不知该说些什么好。

七十一

转眼间,屋中只剩下了两个忐忑不安的女人和一个什么也不明白的女人。水芷烟在屋中连连转着圈子,丢了魂儿似的。转着转着,她抓起电话,拨打左小伟的手机。电话一拨通,水芷烟哇就哭出声:

"小伟,我爸他……得了狂犬病!"

从水芷烟一开始拨打电话,舒梅的心就提了起来,深怕左小伟惊慌失措中露出点什么。奇怪的是,左小伟那边居然一点反应没有,是他吓呆了?

水芷烟根本没顾得上注意对方是什么反应,继续哭诉着:"小伟,我该怎么办呢?我怎么办呢?妈妈已经那样了,爸爸又得了这种病,我怎么办呢……你快回来吧,啊?快回来呀!"

对方还是没有一点声息。水芷烟终于觉得有点不对劲:"喂,小伟,你在听着吗?喂!喂!"

任凭水芷烟喊破嗓子,对方就是没有一点反应。水芷烟茫然地瞧瞧旁边紧张地注视着她的舒梅:

"舒姨,他,他怎么不理我?"

舒梅结结巴巴地说:"可别是电话……没通吧?"

水芷烟仔细听听:"不对,通着呢。"她似乎突然明白过来,神经质地对着电话里破口大骂起来,"左小伟,你个王八蛋,忘恩负义的白眼儿狼!你一定是看着咱们家快家破人亡了,我们盛家这条船要沉了,你就瞧不上咱们家了,想另攀高枝了!反正大家都完了,索性我也去死好了,省得活着受罪,省得让人看笑话……"

她砰地摔掉电话,一屁股坐到沙发上,呜呜大哭起来。舒梅胆战心惊地立在一旁,劝又不是,不劝又不是,惶惶然不知如何是好。过了好一阵,等水芷烟的哭声明显变小了,才壮着胆子说:

"芷烟,你别难过,他不敢那样,他八成是一时接受不了这样的事实。回头舒姨一定好好收拾这小子,叫他向你赔罪……芷烟,你先照应着你妈,我回去关一下咱家车库的门,我想起来了,刚才出来得急,车库门好像忘了关。我马上就回来,啊?"

不等水芷烟说话,逃也似的跑出门外。

舒梅哪里是惦记着车库的门?就算这会儿家里被贼偷空了,她也没心思理会。她下了楼,便打了个的直奔儿子的"伤心小筑",她现在满心都被儿子占据着。刚才芷烟那么打电话,儿子那边都没回音,究竟是怎么回事?更重要的是,她必须当面对儿子嘱托几句,事情已经到了这种地步,千万千万要沉住气,千万千万不能露出马脚!

推开"伤心小筑"的门,看到儿子正好好地坐在电脑前,全神贯注地

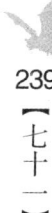

打着字。舒梅松了口气。她看到里面再无别人，回身把门关严实，凑到儿子身边，压低声音：

"小伟，我可告诉你，你爸已经给你顶了罪，他跟水叔说，他身上的狂犬病毒是他下的。你可千万要沉住气，万一有人问起来，你可得咬紧牙关，就说你什么都不知道，听见了吗？"

左小伟眼波闪了一下，嘴巴张了张，便又重新埋下头去操作他的键盘，再无其他反应。

舒梅有点发愣，确切地说，是有点不知所措。照她原先的担心，儿子听了她的这些话，一定会跳起来，大吵大嚷，决不肯让老实巴脚的父亲为他背这黑锅。他怎么能够这样无动于衷呢？她想了想，补充道：

"你水叔已经答应，先不报案。这事暂时没有其他人知道，连芷烟也不知道，你也不要对别人乱说，知道吗？"

左小伟依旧低着头干他的活，仿佛什么都没听见。

舒梅怔了一阵，接着说："你爸现在已经带着水叔去找那个神仙韩半仙了，听说韩半仙治好过不少人。"

左小伟依然故我，面前的母亲似乎根本就不存在。舒梅再也忍受不住，霍地立起身，一股怒火呼地冲到脑门。但顷刻间，这股怒火又被生生压了回去。因为另有一个恐惧的念头比这股怒火来得更快，刹那间充斥了她的大脑——

莫不是儿子已经吓傻了？！

这股念头一起，舒梅吓得连呼吸都不顺畅了。老天，可千万千万别再弄出个精神失常来呀！心想，得，还是让他就这么呆着吧，别再节外生枝了。过了好半天，她才憋出几句话来，声音柔得跟幼儿园的阿姨似的：

"儿子，没事，啊？什么事都没有，一切有妈呢，啊？你就在这儿呆着，完了早点回家，啊？妈这两天在你水叔家帮着照看你柯姨，你就不要到水叔家来了，早点回家，自己弄点吃的，完了早点睡，啊？"

说着话，踩着地雷似的一步一步小心地退了出来。等退出门口，那眼泪也下来了，也不知是紧张还是吓的。

七十二

出城之前，水忆寒没忘了把封存在两只信封内的"材料"寄出去。然后，他紧紧闭上眼睛，斜倚在后座上。他完全是在听天由命了，他已经把自己放在了一枚叶片上，这枚叶片正在惊涛骇浪中挣扎。不听天由命又能怎样？

身边的左大成脸绷得紧紧的，神情高度紧张，就算当年学车时，都没这么紧张过。他竭力把车开得平稳些，他可实在不想因为他的操作不当，把身后人的狂犬病逗引得发作了。尽管如此，水忆寒头脑里还是一阵阵烦躁，身体内还是一阵阵难受。车子门窗当然是早就紧紧闭上了，引发他烦躁的原因，是汽车的引擎声。

不要误会，他们现在所乘的，并非左大成那辆声音巨大的货车，而是水忆寒特地打电话向单位借的一辆桑塔纳2000。水忆寒早就料到他会受不住货车那巨大的轰响。纵是如此，桑2000引擎发出的那并不大的声响，仍然令他难以忍受，那声音虽然不是很响，却源源不断，犹如一只力气不是很大却韧劲十足的手，一路不动声色地一刻不停地向外拽着他的脑神经，简直要令他发疯却又无可奈何。还有一点令人难以忍受的是车内的闷热。因为既不能开空调，又不能开窗，这两者都会带来风。八月的阳光仍然跟火一样，不一会密闭的车厢内已经热得像个蒸笼。左大成不得不隔一阵就找个背风的地方停会车，请水忆寒下车，打开车门窗透一透气。再把空调打足，让温度降到最低点，关掉空调后再请水忆寒上车，继续向前赶路。水忆寒一遍遍地告诫自己，要忍住，一定要忍住。要是中途一发作，左大成惊吓之下，很可能会把车开到路边沟里。那他们根本用不着去找什么神医了，弄不好半路上就会见了阎王。

这已经是一个月之内，左大成第二次踏上返乡的旅程。所不同的是，这回身边多了一位特殊的旅伴。

下午三时许，轿车驶进了那个生养左大成的小山村。他一点没敢在别处停留，就算他的亲娘在路上向他招手，他也不会停下来——车上载了一位这么可怕的乘客，他连遇见熟人都怕呢。他驾着车，直奔坐落在三口坳中的韩半仙家。从进入河南境内起，水忆寒的身子就越蜷越紧，脸色开始泛红，面部不时出现恐惧的表情；进入盘山公路起，他的喉咙深处发出的带着丝丝潮气的呼吸声，一声比一声响，一声比一声令人揪心。看上去左大成的目光一刻也未离前方的路面，其实他至少有一半的注意力集中在身边这位可怕的旅伴身上，他怕对方出其不意地跳起来，舞着双手，撕咬向他的喉咙。他的心弦越绷越紧，从上车后不久，他的身上就没干过，都是汗。方向盘握在手里，就像握着一条滑溜溜的长泥鳅——都是手心里的冷汗造成的。心里一个劲地念叨着，快点，快点，快到韩半仙家。但是他脚下踩油门的力度却一点不敢乱加，他深知，平安到达才是最最重要的。当韩半仙家那围满银杏的小院出现在视线里时，他心里长长地透了口气，我的亲娘哎，可算见到救星了！

　　他缓踩刹车，在距韩半仙家约半里地的盘山道旁停了下来。从这里去韩半仙家，必须经过一条开满山花的小道，车没法过去。他们发现，路旁还停了好几辆车，其中一辆上写"卫生监督"字样。左大成心想，八成又是城里来人请韩半仙治病的，这回来的还是卫生局的人，韩半仙的名头确实大呀。他看着蜷作一团的水忆寒，小心翼翼地说：

　　"水科，到了，咱们下车吧。"

　　水忆寒蜷缩着，一声不吭。左大成本来就提得高高的心不禁咯噔一下，他可别是要发作了吧？这可怎么办？这里离韩半仙家还有半里地呢！他想用手去推一下水忆寒，又不敢。

　　左大成猜得不错，水忆寒此刻的确是忍受到了极点，在他的幻觉里，他已经看见自己在狂怒地嗥叫、蹿纵、扑击、撕咬……如果不是他潜意识里一直有个声音在不停地朝自己叱喝"别动！别动！"，如果不是他一直下意识地把自己牢牢地蜷缩在座位上，如同一块焊牢的铁疙瘩，如果不是汽车引擎及时熄了火，那么他此刻必定已经龇出了寒光闪闪的牙齿，如同一只胀极而破的气球似的爆发起来！

　　正在左大成不知所措之际，水忆寒喉咙咕噜咕噜响了几下，好似咽下去一口浓痰。他撑起身子，用模模糊糊的、干涩低哑得几乎听不清的声音说：

"下车吧。"

他用力扭开车门，朝地上踏去。他的脚一沾地便一个趔趄，竟一下子跪趴在那儿。那是刚才一路的煎熬消耗了他过多的体能，身子虚得犹如一条腌制过头的软黄瓜。左大成这下再也顾不得害怕，赶紧从这一边跳下来，绕过车头，一把扶起水忆寒：

"水科，没摔着吧？"

水忆寒皮肤烫得吓人，牙关磕得格格直响，含混不清地说：

"没、没事儿，走，走……"

左大成半背半抱着水忆寒，沿着那开满鲜花的林荫小道，朝韩半仙家的篱笆小院走去。

水忆寒的块头足足比左大成大了四分之一，他差不多是伏在左大成身上，鼻子嘴巴就凑在左大成的脖子上，一阵一阵呼出的热气，使左大成的的脖子又热又痒。那亮闪闪的牙齿还不时往左大成的脖子上贴一下，晶亮的口涎不时淌进左大成脖子里。左大成心中一阵阵发寒，水忆寒要是突然发作起来，只消把嘴巴一张，我这脖子就在他嘴里了！

走完这半里地，左大成已经是气喘如牛、汗淋如雨。还没进入韩半仙家的院子，迎面便碰到几位穿着白色制服的医政人员捧着一些药材、行医的器具，从那道挂着长春藤的篱笆门内走了出来，其中两个人还抬着一个铁笼子，里面装着几只跟左大成送给水忆寒的一模一样的狮子狗。透过篱笆墙，可以看到院中还立着不少人。一位穿着白色制服的中年男子在现场指挥着。

左大成有些发愣，这里发生什么事了？韩半仙究竟怎么了？还是倚在他身上的水忆寒看出了苗头，喘息着，含混不清地说：

"这里……被取缔了，走吧。"

取——取缔？取缔神医韩半仙？左大成心里一急，不知哪来那么大力气，挟着水忆寒，几步就抢到那位正在指挥着的中年人面前：

"你们这是干什么？你们为什么要这样对待韩先生？你们知不知道韩半仙是远近闻名的神医？你们把他的东西拿走了，叫他以后怎么给人治病？"

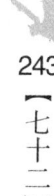

中年人打量了一下左大成他们："你们是干什么的？"

"我们？我们来找韩半仙看病！"

"什么病？"

左大成犹豫了一下，说："狂犬病。"

中年人一惊，后退半步，指着水忆寒问：

"是他吗？"

左大成说："是的。"

中年连忙拿了一张椅子，放在水忆寒身边："来，坐下，坐下。"他自己则坐到另一张凳子上，"你们这些人哪，有病就喜欢找这些江湖郎中，总以为大医院治不了的病他们能治。这不，治死人了吧？"

左大成大吃一惊："治死人了？治死谁了？"

"城管局王局长的母亲。"中年人耐心地说，"我碰到过不少像你们这样的人，我总是劝他们治病去正规医疗机构，可他们就是不听，甚至还有人相信巫婆神汉……"

"他患的是狂犬病，我们已经去过大医院了！"

"那么他感染狂犬病毒以后，注射过狂犬疫苗吗？"

左大成无言以对。

"我们接到的投诉中，就有狂犬病这一类的。大家都在传说，韩家有祖传治狂犬病的秘方。说能够用以一种特殊方法培养起来的卷毛狗嗅出患者身上的狂犬病毒，还能够让病入膏肓的狂犬病患者起死回生。传来传去，韩半仙差不多真的成为神仙了。经过我们长期跟踪调查，这些都是没有科学依据的。"

"那为什么许多人都给治好了呢？"

"你知道哪些人都给治好了呢？"

"我表哥阿坤就是一个！"说完这话，他又禁不住自己犯起了糊涂，阿坤从韩家偷来的那只小狮子狗，为什么就是嗅不出水忆寒身上的狂犬病毒呢？

中年人说："你说的阿坤我不认识，但是我接触过不少像阿坤这样的人。根据我们的调查，长久以来，我们当地流行着一种类狂犬病癔症，其表现与真正的狂犬病几乎一模一样。患者只要被狗咬后，就会认为自己得了狂犬病,也就是我们当地所说的疯狗病。这种病其实不需要用药物治疗,凭语言的说服、疏导,就能够治愈。可是因为韩家在我们当地的名头大,大家便不约而同地投奔了他们。这种'病'一到他手上,自然手到病除。人们一传十,十传百,很快就把韩家传成神仙了。你们想想,一年到头,真正被疯狗咬伤的人能有多少呢?在野外看见一条野狗,恐怕早就打死烹煮了。也有少数真正得狂犬病的去找韩半仙,那就不妙了。但就算出了人命,一般也不会有人去跟韩家吵闹,只能怪自己病太重,大医院里还死人呢。韩半仙每年治好那么多'狂犬病',足以说明他医术高了。当然,韩家在治疗有些病上,的确有独到之处,比如鹅掌疯、痛风之类。但如果认为他能够包治百病,特别是包治狂犬病,那实在是误会了,最终只能害了自己。所以,我劝你们不要上这个当。哦,你们是哪里人?"

左大成的心早凉了,过了一阵才反应过来,含混不清地答道:"唔,北京,北京人。"

他觉得旁边有人扯他,转头看去,是水忆寒。歇了这一阵,水忆寒已经平静了许多,涩着嗓子说:

"走吧。"

他站起身,朝院门外走去。左大成赶紧上前扶住他,一道走了出来。

路上两个人默默无语。走出二百多米的时候,左大成突然往地上一蹲,两只巴掌紧紧捂住面孔,两股泪水从指缝里涌了出来:

"水科,我对不起你……"

水忆寒停了一下,只平静地吐出两个字:

"走吧。"

七十三

一直到上了车,水忆寒都没有再开口说话,倒是左大成边开车边絮叨个不停,他已经陷入一种无法自拔的神智中了:

"水科,我知道我左大成对不起你。你放心,你对我提的那些要求,

我保证不打半点折扣，全部做到。回去后我就去卖房，把四十万块钱给你凑齐了，再去公墓买个夫妻穴，让你将来跟舒梅合葬。我一点都不在乎，真的，我一点都不在乎，谁在乎谁是王八蛋……"

汽车的马达声本来就让水忆寒头痛欲裂，左大成的唠叨如同在这些低沉的轰鸣上加上了一面响个不停的刺耳的小锣。它不是响在外面，而是直接敲在水忆寒那极度躁胀的脑细胞上，铿铿铿，铿铿铿，铿铿铿铿铿铿铿……憋闷的车厢又令他五内俱焚。他已经没有多少汗出了，因为该流的汗几乎流得差不多了。他的上下唇泛起一层白花花的皮屑，犹如被曝晒后翻翘而起的鱼鳞。他非常非常地渴，他知道那座位底下就有着一瓶水。但他不仅不敢去喝，连想起那水，嗓子眼里也立刻仿佛吞了一枚铁蒺藜般地剧烈痉挛、火烧火燎。幸好左大成因为高度紧张，也没有想到要喝水，不然的话，这同样足以令火烧火燎状态中的水忆寒爆炸开来。

左大成滔滔不绝的絮叨中，忽听后座上传来一声响亮的犬吠声。他一愣，以为自己听错了，这小小的车厢中哪来的狗呢？正在疑惑，又一声犬吠从后座传来，犹如一只大狗受了委屈后的伤心哀吠。没错，是车厢内发出的，是……水忆寒发出的！左大成的心嗖地蹿到了嗓子眼，那滔滔不绝的唠叨刷地冻成了冰棱，生生梗在了那儿。他双手颤抖着，几乎握不住方向盘。也不敢看后座一眼，他觉得水忆寒正在张开他的血盆大口，朝着他的喉管撕来。他有点想尿，心底有点发凉——仅仅是有一点，撕就撕吧，就算把我撕碎那也是应该的，我心甘情愿！

一个极其干涩的声音从后座传来：

"停……停车。"

左大成脚下可远比脑子反应快得多，脚一踩，轿车在路边停住。

"熄……火。"

这回左大成的脑子跟手合上了节拍，吧嗒一下，钥匙关了，车内立刻安静下来。

"你下车……"

左大成脑子里闪了两闪，有点难以领会：叫我下车干吗？但他没敢多问，扭开车门下了车。脚刚站稳，身后便传来一声摄人心魄的咆哮，隔着车窗望去，水忆寒猛地扎入前后座之间，咆哮着，抓挠着，撞击着……左大成明白过来，他是控制不住了，怕伤着了自己，才叫自己下了车。在失去理智的最后一刻，他想找个地方卡住自己，便慌不择路地钻入了前后座间。

从窗外只能看见水忆寒剧烈抖动着的背部，左大成的背也跟着水忆寒一道剧抖着，最初的三分钟内，他完全给吓住了，只是张大嘴巴呆望着车厢内那恐怖的一幕。过了一阵，他醒过神来，咣咣咣地拼命拍打起车门来：

"水科！水科你醒醒，水科！水科你醒醒……"

他这一拍，水忆寒反而折腾得更加厉害了。左大成怔了怔，猛然一巴掌拍在自己脸上，王八蛋你怎么昏头了你？狂犬病人不就是怕声音吗？！

他一停止拍击，水忆寒果然安静了些。左大成实在不知道该怎么办了，只好就那样趴在车窗外，看着水忆寒咆哮、抓挠、撞击，撞击、抓挠、咆哮，抓挠、咆哮、撞击……然后——左大成不知道这个然后到底是隔了多长时间，现在时间对他来说已经完全没有感觉了，车内那位发作的狂犬病患者的动作渐渐变缓，声音渐渐变小，最后完全停止下来，还是那样拱伏在前后座间，宽厚的背部宛若一条茶几横在那儿。

左大成还是那样干趴着，他浑身都僵住了，连眼珠子都不会转动了，一颗心就卡在嗓子眼，已经不会跳动了，只要稍不小心，就有可能滑出嗓子眼外。

不知道过了多久，元气才又渐渐回到了左大成身上。他喉咙里涌痰似的滚出了一声：

"水科……"

颤抖着摸索了半天，才拉开车门。却又不敢去碰水忆寒，只是胆战心惊地轻唤着：

"水科，水科……"

连唤了十几声，水忆寒没有任何反应。左大成的心啵地又蹿到嗓子眼，糟了，可别是死了吧？他大叫一声：

"水科！"

忘情地伸手去拍水忆寒的背，手还没沾着水忆寒，水忆寒便传来一声无力的呻吟。身子随之一抖，努力了好几把，才极勉强地撑起身子。当左

大成看到他的面部以后，他的呼吸都差不多停止了。他看到一个几乎不认识了的水忆寒，这位水忆寒的面部变了形，脸色青紫，嘴角上吊，一些粘液从那严重歪斜的嘴巴里长长地挂了下来。刚才所趴伏的部位还积着一滩呕吐物，腥臭扑鼻。

左大成好不容易缓过劲儿来："水科，你还、还行吗？"

水忆寒眼珠子动了一下，左大成似乎听到他喉咙里发出了一个什么声音。

"你说什么？"

水忆寒的喉咙里又咕哝了一下，左大成还是没听清。他壮着胆子，把耳朵贴上水忆寒那淌着呕吐物的嘴巴。这回他听清了，水忆寒嘴里反复念叨的是两个字"医院"。

"我知道，我知道，去医院，去医院，我们马上就去医院。"

水忆寒嘴里的咕哝却又多了一些。左大成又把耳朵贴上去，听到水忆寒含糊不清地说着："本市第三传染病医院……"

左大成心中一热，差点掉下泪来。他完全明白水忆寒的心思，水忆寒其实非常想回到家里，但又怕发作起来伤着家里人，所以想直接住进医院。但他又不想死在这里的医院做一个异乡野鬼，他想回到本市的医院，死也要死在本市。他强忍心酸，把水忆寒的身体扶正，让他坐得舒服一点：

"回去，咱们马上就回去。你放心，我一定把你带回去！"

剩下的路程中，左大成再也不敢放半个屁，连呼气吸气都是小心翼翼的，生怕再弄出什么声响来引得水忆寒发狂。而这时，太阳也渐渐下山，闷热和强光减轻了许多。这对于极度极度敏感的水忆寒来说，无异于一个巨大的福音。

七十四

什么地方的走廊,都比不上传染病医院的更暗、更深、更静。走在这样的走廊里,谁都会觉得脚下轻飘飘的,水芷烟更是,那两条腿都仿佛不是自己的了。

618病室比走廊还要暗、还要静。所有透光的地方都被毯子遮住了。站在门口,水芷烟好一阵才看清,最里头摆着一张床,床前有结实的护栏围着。床上静静地躺着一个人,那个人正在输液。

那个人,就是她的父亲,水忆寒。水芷烟脚下一软,差点摔倒。紧跟旁边的左大成与舒梅赶紧托住她。一个干涩低哑得如同砂粒磨擦般的声音从床上传来:

"是芷烟吗?"

水芷烟向前紧走几步,竭力稳住心神,涩着嗓子答道:

"是、是我,爸……"

因为戴着口罩,穿着臃肿的隔离服,她的声音听起来像是来自另一个世界。暗淡的光线下,她看不太清父亲的脸,只觉得黑暗中他的牙齿一闪一闪的。

"还有三位是谁?"因为都穿着隔离服、戴着口罩,光线又暗,水忆寒分不清几个人的身份。

水芷烟镇定了一些。来之前她就一再告诉自己,坚强,一定要坚强:

"是左叔和舒姨。这位是医生。"

"小伟呢?"

"小伟他……"水芷烟打了个顿,迅速答道,"小伟去了上海,去参加一个网络发展研讨会,过几天才会回来。"

水芷烟撒了谎。没有人看得清舒梅两口子的表情,所以也没有看得到他们脸上刹那间划过的惊慌与担忧。

现在提到左小伟,水芷烟的心就寒透了。从她知道父亲得了狂犬病

起，左小伟就再也没有到她家来过，打他手机也不接。从父亲被左大成带走之时起，左小伟竟然也神秘地失踪了。她不想问为什么，她已经没有力气去问。她不能理解为什么世界上会有人创造出了"良知"、"感情"这样的词语，遍布这个世界的，不都是绝情么？她只知道，在她心中，凡是有左小伟影子的地方，都已经结上了冰，她坚信那冰里永远也不会再冒出新芽来，即使现在左小伟又突然重新站到了她的面前。她知道那些冰将会被岁月的尘土所覆盖，成为一块寂寞的永冻层。

父亲的目光在水芷烟脸上停留了好一阵，她清楚地感觉到他心底的怀疑。但水忆寒没有再追问这个问题。喉管里一阵呼噜呼噜的湿响之后，他转移了话题：

"你们都来了，你妈呢？"

"妈不要紧，她在家里躺着，很安全。"

"哦。"水忆寒沉默了一阵，语气更加缓慢，"芷烟，我叫你来，无论告诉你什么，你都会平静地对待，对不对？因为现在你就是家中的顶梁柱。"

水芷烟定定地望着父亲，没有说话，良久才缓缓地点了一下头。因为室内光线的缘故，她脸上的阴影看上去很浓重，很厚实，也很遥远。

女儿的镇静让水忆寒放了点心。他对旁边陪着的那位医护人员说：

"对不起，能请你回避一下吗？"

医护人员点点头，无声地走了出去，把门带上。舒梅跟左大成对视一眼，眼神里有点犹豫。水忆寒又说道：

"你们两个不必离开，我要说的，跟你们有关，当着你们的面说，也许更好。"

舒梅两口子又对视一眼，眼中布满惊惶。

"芷烟，你肯定从医生那里听说了，我的生命顶多只剩下十几个小时了。所以，我想来想去，还是应该把有些事情告诉你，趁着我头脑还清醒，让你知道真相，反而更好。我指的是，那封信的内容。"

舒梅跟左大成差点叫出声来。水忆寒自顾自地继续往下说道：

"你上次就问我，我究竟为什么会得狂犬病。我现在就可以告诉你，有人给我下了毒……"

舒梅惊叫起来："水忆寒,你答应过的!"

水忆寒看都不看她一眼,冷冷地说:"你让我把话说完,好吗?那个人就是——"

说到这里他停下来,把目光投向呆若木鸡的左大成。谁都以为水芷烟会跟吃了炸药似的惊爆起来。出人意料的是,她却出奇地平静,缓缓地说:

"爸,我已经猜到了。你们走了以后,我一直在想这个问题。除了他,没有人有这个动机。"

又是好一阵沉默,水忆寒说:"既然你已经猜到了,那你一定要答应我,这件事,不报案,咱们私了。"

"为什么?"

"因为,错误的根源在我,是我侵犯了他的家庭,让他半辈子抬不起头来。我应该受到惩罚。"

水芷烟一时无语。她一动不动地注视着父亲,目光灼灼。水忆寒说:

"你听我说,我知道你心里想不通。但这件事情发生在我身上,是我跟你左叔之间的恩怨,所以,请你务必尊重我的选择。"他艰难地滚动了一下喉结,歇了片刻,接着说,"我已经让他把他所犯下的罪行,写在那封信上。并且,还要求他赔偿相应的经济损失,一共是四十万元。"他没有说到将来与舒梅骨灰共葬这件事,他知道现在把这件事说出来,水芷烟肯定不会答应,"如果他不能及时赔偿这笔钱,你可以向公安机关报案。你不要怕他们加害与你。今天我敢当着他们的面把这件事说出来,就是想让他们知道,我不怕他们加害。因为这封信是一式三份,另外两份已经寄给了我上次告诉你的两位叔叔。一旦你这边有事,他们一定会帮助你的。"

水忆寒停了下来,浓重的沉寂犹如看不见的胶水,迅速弥漫了整个室内,紧紧裹挟住每个人,令人窒息。一条深色的线条顺着水芷烟的嘴角弯弯曲曲地淌下来,那是她咬破嘴唇后淌下的鲜血。但她的眼中干干的,她不会流泪。父亲说得对,现在她就是家中的顶梁柱,只要她一倒,这个家就完了。她不仅要当顶梁柱,她还要当大树,从现在起,她的根会越扎越深,越长越茂盛,无论多大的风,无论多大的雨,都击不垮她。

水忆寒却产生了误解,努力侧过脸:"芷烟,你不想答应我吗?"

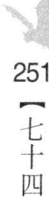

水芷烟慢慢低下身子，一条腿跪在地上。右手从床前的围栏下探进去，抓住父亲的一只手。水忆寒的手本能地退缩了一下，他怕把病毒传染给女儿，但是当他发现女儿手上和那些医护人员一样戴着手套时，立即紧紧地反握住女儿的手，父女俩的手就这样紧紧握在一起。虽然谁也没有说话，但是父女俩的心中都是波涛汹涌。也许，这将是他们的最后一次握手了！水芷烟心中产生一个奇妙的想法，我这么紧拉住父亲，死神是不是可以迟些把父亲带走呢？她的手不觉握得更紧了。

一片微弱的光亮从门口斜铺进来，门被无声地推开，一群人悄无声息地走了进来。前面的两个倒认识，一位是这所医院的负责人，另一位是水忆寒的主治医生。水芷烟他们惊讶地发现，后面的三个居然穿着公安制服。

舒梅跟左大成同时一震，心刷地凉到极点，不由得同时看了水芷烟一眼。一定是水芷烟报的案，左大成心里苦笑道，得，费尽心机，该来的还是来了。罢了，不能怪水芷烟，杀父之仇谁要是不想报，那就枉活人世了，这就是报应啊！他看着三位警察靠近了，默然举起双手：

"来吧。"

警察给他的动作弄得一愣，为首的高个警察盯着他问："你干什么？"

"你不是来抓我的吗？"

高个警察不动色："你知道你犯了什么罪？"

左大成此时已经将生死置之度外，轻蔑地笑道：

"不就是给水忆寒他王八蛋下了狂犬病毒吗？谁叫他睡了我的老婆？要是你的老婆也被人家一睡就是二十几年，你恐怕早就把人家大卸八块了！"

"你是怎么下的？"

"用蝙蝠啊，这还用问？"

"那只蝙蝠是打哪儿来的？"

"药科大学的实验室呗。"

"药科大学的哪间实验室？"

左大成一时语塞，过了片刻才突然想起来似的急忙说："随便哪间实验室呗，大学里的实验室还不多得是？"

"那个实验室的门是朝哪个方向开的?"

"向南。"

"药科大学实验室的门有向南的吗?"

"啊,向北,向北,我记错了,是向北。"

"这只蝙蝠当时装在铁笼子里还是装在竹笼子里?"

"当然是铁笼子了。"

"你是什么时候弄过来的?"

"是六月?七月?那个……时间太长,记不太清楚了。"

"可以知道你的身份吗?"

"我?左大成,远大运输公司的卡车司机,先进工作者。"他指向躺在床上的水忆寒,"这是我们公司的业务科长,我的老婆被他整整霸占了二十一年,我不找他报仇找谁去?"

舒梅紧张地顷听着他们之间的对话,透不过气来

高个警察深深地盯了左大成一眼,掏出手机,走到外面说了几句什么,又走了进来,径自来到左大成面前,正视着他道:

"通过我们的调查,药科大学实验室的门没有朝北开的;这种蝙蝠也根本不是装在笼子里,而是装在一种特殊的器具里。那些地方一般人也根本进不去。如果我没有猜错的话,你应该是左小伟的父亲,对吧?我要警告你,给别人顶罪,同样也是犯法的,不仅得不偿失,而且自己也会受到相应的法律治裁。我想要告诉你,我们来之前,你的儿子左小伟已经投案自首了!"

犹如晴天里起了一声炸雷,左大成夫妇、水忆寒父女都一下子震懵了。水忆寒父女都以为自己听错了。怎么会是左小伟呢?他那么老实、那么内向的一个人,怎么会呢?一定是警察搞错了。左大成首先跳起来:

"不可能,他是瞎说的,是我干的,都是我,他没有理由!要抓就抓我,要枪毙就枪毙我!"

舒梅也跳了起来:"不,不是他,绝不是他!"

高个警察严厉地道:"请你们冷静一点,不要影响我们办案!"他转身面对水忆寒,"水先生,我们是南城公安分局刑警大队的。我姓汤。很抱歉在您身体欠佳的时候来打搅您,但有些案情还需要找您核对,希望您能

配合我们。"

水忆寒喃喃地道："不，不会是他，不会是小伟……"

汤警官说："水先生，我们给您看些东西。如果您觉得身体吃不消，可以跟我们说，我们可以随时中止。好吗？"

一位年轻的警官打开了一台随身携带着的笔记本电脑。这是一台可以无线上网的电脑。几个人都把脑袋凑过去。随着警察几下飞快的敲击，一个熟悉得如同自己肢体的页面跳入水芷烟眼中，这不是进入"伤心小筑"网站了吗？警察们进入这个网站干什么？她的注意力又一下子被网页吸引住，令她惊异的是，页面上那些常有的内容不见了，取而代之的是一行触目惊心的血红色大字：

站长泣血哀告：谁来拯救我的可怜女友？

水芷烟纳闷地想，这谁弄的呀？自己十来个小时没光顾网站，好好的"伤心小筑"居然给篡改成了这个样子，这是哪位超级大虾的杰作？

但她立刻又心里一动，站长，"伤心小筑"的站长，不就是左小伟吗？是谁冒充他的大名，还是……

警官轻轻点击，一大片整洁的文字跳了出来：

朋友，您可能绝不会想到，天天与你们贴心交流的"伤心小筑"的站长——我，左小伟，竟然是一个阴险卑鄙的杀人犯。非常抱歉，我让你们失望了。

是的，我的的确确是一个杀人犯，我使用的手段阴损毒辣，像老鼠一样见不得阳光。我杀人的手法举世罕有。我把一只带有浓烈狂犬病毒的蝙蝠放入一个人的包里，让那个人染上了狂犬病。那个人，就是我女友的父亲。我的女友其实你们大家都很熟悉，她的网名叫做"雪舞蝶"，真名叫水芷烟，也是我的网站合伙人。

我们从小青梅竹马，但我们的关系实际上是畸形的：在我们很小的时候，她的父亲就与我的母亲私通，我们正是由于这样一层关系，才相识、相处并相恋。但也正是由于这样一种关系,我从小便生活在别人的耻笑中。从我懂事时起,"龟儿子"这个词,便像钢锥一样牢牢地扎在我的心里。我在那种沉重的阴影里耻辱地成长着,就好像一棵生长在背阴处又被牢牢踩上一脚的小草。在我童年的记忆里,我似乎不曾感受到过阳光的温暖。我越来越害怕接触人群,只愿时刻一个人独处,实际上我得了自闭症。从我懂事时起,我就时刻渴望拔掉心中那根钢锥,但我一直做不到,因为我无法斩断母亲与那个人之间的联系,只能任心底的仇恨越积越深。终于,我做出了那个疯狂的举动。

　　我知道善有善报,恶有恶报。我希望不久以后,会有一颗正义的子弹来结束我这条罪恶的生命。也许到那个时候,我才能真正解脱。

　　朋友,我把我家里那最见不得人的耻辱展示在你们面前,等于是给自己、给我的家剥下了一层血淋淋的皮。但是此刻羞耻、痛楚对我而言,又何足道哉?我的灵魂早死,唯一令我挂心的,是我那可怜的女友。现在她的母亲傻了,父亲因为狂犬病发作即将辞别人世,男友又是杀害她父亲的凶手。这一切的一切,都必须由一个尚未正式经历世事的柔弱女孩来扛啊!她会一下子崩溃吗?谁愿意来拯救我的可怜女友?谁愿意在我之后,为她提供一个可以相依相偎的臂膀、为她提供一个可以让她疲惫的心憩息、加油的港湾?

　　朋友,如果您愿意与她一起携手共渡这山一般的难关,请联系我的QQ号：6215357328。我不求您大富大贵,不求您有权有势,只要求您有一颗宽容善良的心。在此后的十个小时之内,我将一直在"伤心小筑"内恭候着您。我将作为您的向导,亲手把她那双冰凉的小手交到您的手心。十个小时之后,我将去公安局投案自首。

　　……　……

　　水忆寒父女、左大成夫妇的目光,都仿佛被强大的磁场吸引着,牢牢地粘在了屏幕上。从这个帖子显示的时间来看,正是十个小时之前。这短短的十个小时之内,这幅帖子的点击率,居然高达九万之众。许多网友看过帖子之后,即发出了回帖。

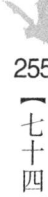

回帖一：这是我开始上网以来，看到的最令我感动的帖子。站长，您的所作所为令我吃惊，您的坦荡更令我感动。我不知道该怎样帮助您，因为我已经有女友了，真的很抱歉。我只想对您说，敢于剥下自己外表的人，绝对是真正的男子汉！

回帖二：这些都是真的吗？为什么一定要想着投案自首呢？如果对方不知道这是你干的，其实不必去自首，只要自己知道错了，想办法慢慢弥补对方的损失就是了。要知道，一旦被枪毙了，可就没办法偿还对方什么了。呵呵，左站长，别怪偶说得直率。偶猜你是受不了心灵的煎熬才这样做的。但你的做法不够聪明呀！坚强一点，闯过去，前面是晴天！

回帖三：如果偶是法官，我会让你受到惩罚，但偶一定不会判你死刑；如果偶能遇见审判你的法官，偶一定会向他鞠躬行礼，求他对你手下留情；如果偶是你的女友，偶会想尽办法不让你判死刑，然后等你归来，永结秦晋之好，因为世上像站长这样真诚的人可不多呀。

回帖四：左小伟，如果你不死的话，我一定嫁给你！！！

回帖五：站长，你真傻，为什么要想着下毒呢？长辈之间的事你硬要掺和进去干什么？你要是别管他们的事，不就什么事没有了？你真可怜，你是世界上最最不幸的人！

回帖六：站长，如果确实没法子解决你所说的问题，我们大家都愿意帮助你的女友度过难关。你放心，我们不要任何回报，更不会乘人之危霸占你的女友。你如此信任我们，如果我们还那样做，还算人吗？

回帖七：那位雪舞蝶小姐，如果你真的换了一位男友，你这辈子就真的幸福了吗？在你今后的漫长岁月中，你会不会觉得丢掉了最可贵的东西？

回帖八：雪舞蝶小姐，如果你真的就这样放弃了你的男友，你就成了最最没有情义的人，全世界人民都会谴责你，我们大家从此以后也不再登录你们的网站了！！

回帖九：小弟欲成立一个'保卫站长联盟'，愿意加入者，报名来。
…… ……

水芷烟还想接着往下翻，一个声音叫住她，是那位汤警官：

"水芷烟?"

水芷烟抬起头。

汤警官递过两张纸:"这是左小伟托我们转交给你的。"

这是两张写满字的信笺纸。尽管光暗昏暗，但水芷烟还是一下子认出了那些字，那是多么熟悉的字体！一看到这些字，就如同左小伟那略带感伤的声音在耳边响起:

芷烟:

当你读到这封信的时候，我已经在去往公安局投案自首的途中了。

尽管我非常非常害怕告诉你真相，尽管我丝毫不敢想像你得知真相以后的情景，但我还是无法隐瞒这些。因为我无法欺骗自己的良知，更无法面对你那双时时在我心中眨动着的眼睛。从我们相识之日起，尽管我们的关系经历了这样那样的挫折，但彼此之间从来都是真诚的，从未有过半点瑕疵。也许将来我会被判处死刑，但无论怎样的判决对我来说都是应该的，我都不会有半点后悔。因为，那不是对我惩罚，而是帮助我解脱。我将微笑着迎接那颗射向我的子弹，感谢它及早送我升入天堂。

我罪孽深重，为你、为你的家庭带来了如此巨大的苦难。我不敢也没有脸请求您的谅解。但我还是想请求您，请求您让我尝试着做一些事情，以求减轻一点你的苦难，也减轻一点我的自责。我知道我所要做的事情太突然，但我请求您耐心一点，把我的设想看完，好吗？

我想做的，就是为你找一位忠诚的伴侣，和你一道扛起这山一般的苦难。因为这苦难实在太大了，你一个人会被压垮的。请原谅我事先没有征得您的同意，我知道如果我那样做了，我的计划便无法实现。

十个小时以前，我在"伤心小筑"上挂出了一个帖子，为你征召新伴侣。很幸运，短短几个小时之内，就收到大量的回帖。你还记得那位叫做"一叶飘零"的网友吗？就是上个月为我们提供页面建设新方案的那位。在比较了三百多个同类的回帖之后，我选中了他。对不起，我的确是着急了点，因为我知道，留给我的时间不多了。但请你放心，我决不会因为着急，而轻率地作出最后的决定，我深知此事的重大。

初步确定了"一叶飘零"之后，我立刻启程去了他所在的城市。如果不去亲眼瞧一瞧他的情况，当面考察一下他的为人，我是无论如何都不会放心的，一开始我就告诫过自己宁缺勿滥。

我跟"一叶飘零"作了一个小时的长谈。他没有令我失望。我也可以以我的人格作保证，他也同样不会令你失望。我一时想不起来用什么语言来形容他，我只想说，他是一个好人，一个可靠的人，一个值得信赖的人，一个可以依托的人。这种印象其实并非见上一面就形成的，以前跟我们网上交往的时候，他不是一直都很值得我们信赖吗？

他说，等他手头的事情料理完了，就可以来和你见面。答应我，先试着和他相处一段时间，好吗？你会得到真正的幸福的。把我彻底忘了吧，我们的过去虽然难忘，但它只是个梦，一个不该诞生的梦。你应该去过真正属于自己的生活。我将永远祈祷你幸福、安宁。

另外，我还单独立了两份声明。一份是把"伤心小筑"网站中属于我的部分，全部无偿赠予你；另一份是如果我将来被判处死刑，我希望把自己的遗体无偿捐赠给用得着的人。如有可能，一对肾我想卖点钱，留给我的父母。这两份声明，我都放在"伤心小筑"的办公桌上。

……………

见所有的东西都看得差不多了，汤警官扫了大家一眼，说：
"都看了？有什么不符合事实的吗？"

沉寂中，躺在床上的水忆寒喘息着，发出一声呻吟似的喃喃低语："作孽，作孽……"

他突然出人意料地直跃起来，嘶哑的喉咙里发出一声令人毛骨悚然的悲怆长嚎，宛若一匹受伤的狼：

"作孽呀作孽，都是我的错呀……"

嚎叫声中，那输液的瓶子被一下甩到墙壁上，砰地撞个粉碎。跃起的水忆寒在半空中灵活地一扭身，砰地一下，四肢着地，仿佛一条炸了毛的恶犬蹲伏在床上。他整张脸都可怕地扭曲了，口眼严重歪斜，那发红发烫的眼珠骨碌碌乱转着。上下唇剧烈扇动着，嘴角被割裂开了似的大幅度向后翻起来，嘴巴大张到不可思议的程度，鼻子、下巴都被挤缩得看不见了，白森森的利齿一下子朝前探出足有寸许，谁见了都不能不想起"血盆大口"这个词语。他的嘴角处不停地往下淌着亮晶晶粘乎乎的口液，喉咙深处发出嘶哑的却足以令人丧魂失魄的低沉咆哮。如果不知情的人听了，一定会误以为进入了一头猛兽的笼中。他的脑袋不住地左右摇摆着，寻找着攻击目标。

陪同的医生发出一声低低的惊叫："不好，他太激动了，发作了，快出去！"

说时迟那时快，蹲伏着的水忆寒身子朝后缩了缩，猛然发出一声震撼人心的狂嗥，犹如一颗炮弹似的突射而起，轰地一下，结结实实地撞在床前的护栏上，四根足有胳膊粗细的护栏一下子撞断了三根。人们齐齐发出一声大叫，本能地扭头就跑。在这逃跑的人群中，却有一个娇小的身影奔跑着迎向水忆寒，哭喊着：

"爸！爸！爸……"

她奔不上两步，就被一双强有力的胳膊拦腰抱起，挟着她与其他人一道向门外逃去。这一下险到了极点，汤警官的那条胳膊抱得再迟一点点的话，水芷烟这时一定已经被父亲扑倒了。汤警官紧抢几跑，跳出门外，另一条空着的胳膊反手一拉，门砰地关上。紧贴身后的水忆寒收势不及，坦克般地猛撞到门上，巨大的撞击力，把整层楼的玻璃窗都震得哗哗直响。

水芷烟还试图去开门："爸！爸！爸……"

汤警官把她拖离门口，喝道："你不要命了？！"

门内猛烈的撞击和如雷的咆哮，在门外听来，仿佛里面不知道有多少人、多少猛兽在舍命互搏。门外的人无不相顾失色。舒梅瑟瑟发抖，几乎站立不住，完全靠脸色惨白的左大成扶持着。水芷烟不停地哀声哭叫着：

"爸，爸……"

汤警官不敢松手，一松手的话她马上又会扑到门前。数名穿着防护服

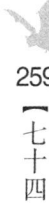

的医护人员几次试图进入门内,都因为里面动静太大而不得不一次次放弃。

约摸二十分钟之后,里面的咆哮与撞击声迅速变小,很快没了声。一名医护人员说了声:

"你们靠后。"

与其他几名医护人员一道迅速拧开门,冲了进去,其中两人还捧着急救器材。只片刻,一名医护人员又走了出来,摘下防护帽,说了声:

"病人去了。"

什么?!水芷烟一下子挣脱汤警官的手,尖叫一声跳起来,第一个蹿进门里。

里面的灯已经被医护人员打开了,明亮的光线,把室内照射得一览无余。水忆寒像狗一样趴伏在地上,头上、身上鲜血淋漓,地上、门后、床上也有着不少血迹。门的内面几乎给他撞烂了,床也几乎给他折为两截。他的脸向外侧着,眼睛瞪得吓人地大,特别是那突出的眼白,宛若一只剥去壳的鸭蛋,真让人难以置信人的眼白原来有那么大。他的嘴巴依旧歪斜着,白森森的牙齿从张大到令人胆颤的嘴里恐怖地突出来,一道亮闪闪的粘液仍然长长地挂在嘴边。瞳孔早已散开,空洞地瞪着一个方向,似乎想问什么,却一直没有得到答案。胳膊、腿滑稽地弯曲、张开着。其中双膝、左臂都撑在地上,右臂却斜着伸到地上。奇怪的是,他的右手下压着一张纸,那是原来放在他床前的卫生纸,上面写着几行大大的血字。很显然是他在临终前回光返照的片刻,用食指蘸着自己的鲜血写就的,因为字还没有最后写完,食指上残留的血与卫生纸粘在了一块儿:

原谅小伟,一切都是我造成的。所有的受害者中,小伟受伤最深……

水芷烟身子晃了晃,一头朝地上倒去。失去意识之际,一位医护人员的话传进她的耳中:

"病人在激烈的发作中死于呼吸衰竭,很多狂犬病患者最后都是这样。"

七十五

高墙，电网，冰冷的大铁门，荷枪实弹的武警，内外分明的探视室。

一阵哐啷哐啷的脚镣声，从铁栅栏里头传过来。不一会儿，左小伟出现在视野里。他穿着黄色的监服，手上和脚上都戴着沉重的镣铐，两副镣铐之间还用一条细铁链连着。那条细铁链显然短了点，左小伟不得不一直佝着腰。

两个人的视线一对接，便一下子粘上了，仿佛那是两块磁性极强的磁铁。这两根看不见的视线拉着他们一点点，一点点，一点点靠近，靠近，再靠近，最后在指定的地方停住。还是左小伟先露出笑脸，他笑得很轻松，一副无牵无挂的样子：

"你好吗？"

水芷烟没有回答，依旧跟刚进门时那样瞧着他。她神情专注，仿佛一位十分用功的小学生，正全神贯注地注视着黑板上的讲解一般。

左小伟舔了一下嘴唇，自顾自地说道："我很好，真的。饭吃得挺多，夜里也睡得挺香。"

水芷烟还是没有回答，仍是那样专注地瞧着他。

"你以后不要来了。宣判的时候你也不要来，不管怎么判你都不要关心。我这样挺好，真的。"

水芷烟的神情没有一点变化。左小伟眨着眼皮，过了一阵问：

"'一叶飘零'怎么不跟你一块儿来？他大前天就应该来找你了。"

水芷烟的目光闪了一下，慢慢举起一只手。她手上提着一只密封的塑料袋，里面装着一张卫生纸。那纸上写着几行字，一看就知道是用鲜血写就的，只不过时间稍长，颜色已经开始发黑了。因为字又黑又大，所以透过薄薄的塑料袋看上去很清楚：

原谅小伟，一切都是我造成的。所有的受害者中，小伟受伤最

深……

左小伟有点发愣，这字体看上去怎么那么眼熟呢？这是谁写的？不等他领悟出什么，水芷烟已经仔细地把塑料袋重新收起，转过身，一步一步朝探视室外走去。左小伟想喊她，喉咙口却仿佛被堵住了，怎么也喊不出口。

七十六

"秋千秋千飞呀飞，飞到天上彩云间。云中有个胖神仙，神仙说让我也来荡一回。哎呀呀，可不行，你的肚子实在大，小小秋千挤不下……"